每個門窗都是
一幅畫

黃春明研究資料 續編
2013–2023

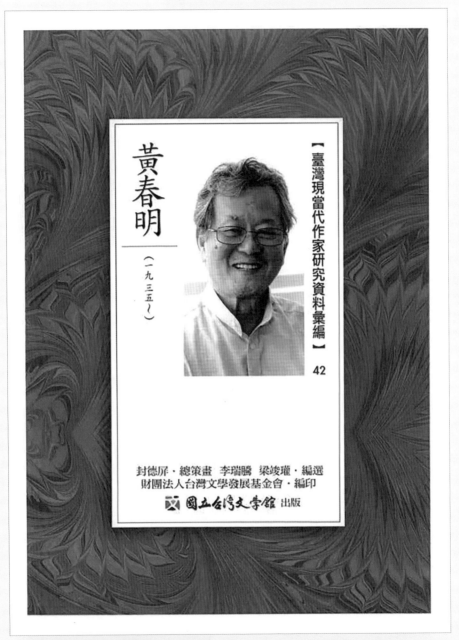

《臺灣現當代作家研究資料彙編42：黃春明》

2013年，國立臺灣文學館出版《臺灣現當代作家研究資料彙編42：黃春明》，由李瑞騰與梁竣瓘
合編，本書《每個門窗都是一幅畫——黃春明研究資料續編（2013-2023）》為其續編。

2013年12月17日，黃春明應邀至紀州庵文學森林出席
《臺灣現當代作家研究資料彙編》23冊新書發表會。
（李瑞騰提供）

謝々大家的關心
与祝福.這些都變成
我的力量. 相信不久的
將來.我又可以變成不
令人討厌的老頑童。
祝 大家健康
春明 敬謝 ☺
10 07'014

2014年9月26日，黃春明因身體不適到醫院受檢，10
月2日檢查出罹患淋巴癌，10月7日公布病情，並以手
寫信向各界人士致謝。（黃春明提供）

2015年2月13日，完成第四次化療，周昭翡
為黃春明慶生。（周昭翡提供）

2015年5月4日，應「藝文fun輕鬆」之邀，於
中國廣播公司錄製《聽見‧黃春明——給自
己寫的臺灣小說留下聲音》，對談人為陳怡
蓁。（黃春明提供）

2015年2月11日，宜蘭童話公園正式啟用，公園設計理念出自黃春明《我是貓也》、《短鼻象》等撕畫作品。此公園已於2020年被鐵路局移作他用。（李瑞騰提供）

宜蘭百果樹紅磚外觀。2012年，宜蘭縣政府委託黃春明於此成立「百果樹紅磚屋」咖啡廳，先後由黃大魚兒童劇團與黃大魚文化藝術基金會負責管理。2020年12月31日，因故結束運營。（李瑞騰提供）

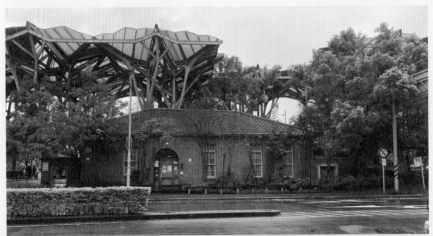

黃春明於百果樹紅磚屋正門以及屋內之影像。（水月草提供）

2018年7月7日，由黃春明成立二十餘年的黃大魚兒童劇團舉辦「魚兒回娘家活動」。共有結一百多位不同年代的魚兒齊聚一堂。（黃大魚兒童劇團提供）

2020年12月9日，黃春明於宜蘭百果樹紅磚屋為大家說故事。（水月草提供）

2020年12月27日，宜蘭百果樹紅磚屋熄燈前夕，最後一次活動合影。（水月草提供）

2022年7月1日-8月28日，由黃春明擔任發行人的《九彎十八拐》雜誌，在宜蘭礁溪老爺酒店舉辦「九彎十八拐——百輯風華展」。（李瑞騰提供）

由黃春明擔任發行人的《九彎十八拐》百輯雜誌封面牆。（李瑞騰提供）

2018年1月9日，國立宜蘭大學於圖資館三樓設置「黃春明體驗行動館」。（宜蘭大學提供）

2020年9月29日，國立宜蘭大學正式成立「黃春明研究中心」，黃春明應邀出席揭牌及捐贈手稿、著作。（宜蘭大學提供）

2023年1月28日，於宜蘭人故事館舉辦「宜蘭講堂」（第拾講），由黃春明主講〈日日是好日〉。右圖為黃春明全家福。（水月草提供）

2023年12月9日，於宜蘭人故事館舉辦「宜蘭講堂」（第貳拾壹講），講者為吳靜吉博士。（王榮文提供）

2019年10月18-19日，黃大魚文化藝術基金會舉辦第十四屆「悅聽文學」系列活動。18日，黃春明與召集人李瑞騰邀請亮軒、蕭蕭、郭強生、洪淑苓、吳茂松等人，赴礁溪老爺大酒店迎賓廳參與「家：一門之內」分享晚會。（黃大魚文化藝術基金會提供）

2023年10月22-24日，黃大魚文化藝術基金會舉辦第十八屆「悅聽文學」系列活動。24日，黃春明與召集人李瑞騰邀請楊錦郁、李欣倫、陳維鸚、陳銘磻、席慕蓉等人，赴宜蘭大學萬斌廳參與公開表演場。（宜蘭大學提供）

2013-2023年間，共舉辦9場「悅聽文學」系列活動。其中第9屆因黃春明身體緣故停辦；第16屆因疫情停辦。（黃大魚文化藝術基金會提供）

2015年10月16-17日，國立宜蘭大學與宜蘭縣文化局、黃大魚文化藝術基金會聯合舉辦為期兩日的「黃春明及其文學國際學術研討會」。（左圖為林美音提供，右圖為水月草提供）

研討會首日，黃春明以「聽說讀寫」專題演講。（宜蘭大學提供）

2017年2月4日，於宜蘭百果樹紅磚屋舉辦，由李瑞騰主編的《聽說讀寫黃春明：黃春明及其文學國際學術研討會論文集》新書發表會。（水月草提供）

研討會開幕式大合影。（水月草提供）

2021年11月26日，國立屏東大學舉辦「黃春明的文學與藝術——第九屆近現代中國語文國際學術研討會」，共發表9篇論文，並舉辦1場專題演講及1場座談會。（黃大魚文化藝術基金會提供）

研討會開幕式大合影。（黃大魚文化藝術基金會提供）

尤麗雯編《黃春明的文學與藝術：第九屆近現代中國語文國際學術研討會論文集》（臺北，萬卷樓出版社，2022年6月），收入8篇論文，另於文末收錄黃春明年表。

　每個門窗都是一幅畫

2020年12月1-4日，國立中央大學舉辦「黃春明週」系列活動。首日於圖書館舉辦「九彎十八拐─黃春明特展」開幕式。（中央大學人文中心提供）

黃春明以「小李子不是大騙子：黃春明與兒童戲劇」為題分享戲劇製作經驗。（李瑞騰提供）

播放《芬芳寶島：大甲媽祖回娘家》紀錄片，由康來新主持，並邀請黃春明映後分享。（李瑞騰提供）

「讀吟唱演：向黃春明先生致敬活動」邀請簡上仁、渡也、向陽、宇文正、方梓、李欣倫、田麗雲和高滿德等人，以不同形式詮釋黃春明的作品。（中央大學人文中心提供）

2022年10月17日-21日，國立宜蘭大學和黃大魚文化藝術基金會，共同舉辦「黃春明週」系列活動，主題包括「黃春明文藝作品的課程實踐」和「黃春明文藝創作的在地連結」。（水月草提供）

10月18日，邀請時任立法院院長游錫堃主講「黃春明在地關懷的教育的實踐」。（宜蘭大學提供）

10月19日，蘭陽戲劇團於萬斌廳演出黃春明編導《杜子春》折子戲，由邱坤良與黃春明為觀眾導聆。（水月草提供）

（林美音提供）

2023年5月16-19日，國立清華大學以「向土地借個火：黃春明的創作與行動」為題，舉辦「黃春明週」系列活動。首日在清大名人堂舉辦「黃春明人文講座暨詩歌朗誦」開幕式，黃春明複刻《芬芳寶島》紀錄片時的裝扮現身，並擔任講者。（清華大學提供）

（水月草提供）　　　　　　　　　　　　　　　（王鈺婷提供）

2015年11月24、26日，國立中山大學余光中人文講座舉辦「當代臺灣文學師黃春明系列講座」。24日，黃春明於中山大學活動中心三樓演藝廳，以「一個不良少年的成長與文學」為題演講，由余光中擔任引言人。（中山大學提供）

2017年5月，中原大學舉辦「黃春明父子藝文聯展」、「夏賞經典作家——黃春明」主題書展，以及「凝視・黃春明」主題影展。黃春明與長子國珍參加開幕活動。（中原大學提供）

2022年10月21日-11月27日，曉劇場導演鍾伯淵製作的《戰士，乾杯！》（To the Warriors！）舞台劇，改編自黃春明同名散文，於臺北、臺中、屏東三地巡演。（林美音提供）

2022年12月7日-2023年1月8日，趨勢教育基金會於國家圖書館舉辦「日日是好日創作展」。首日，黃春明受邀參加「日日是好日創作展暨詩劇場」揭幕茶會，並於會後至展區親自向觀眾導覽，並說明其創作歷程及理念。（潘殷琪提供）

2022年12月7日，黃春明於「日日是好日創作展」介紹其著作。（潘殷琪提供）

2022年12月24日-25日，趨勢教育基金會於國家圖書館籌辦趨勢劇場：「《日日是好日》黃春明選」，黃春明親自登台演出。（潘殷琪提供）

2019年10月5日，參加由聯合文學出版社於洪建全教育文化基金會舉辦「跟著黃春明走：跟著寶貝兒走新書分享會」。（林劭璘提供）

2020年10月24日，於紀州庵文學森林舉辦《秀琴，這個愛笑的女孩》新書分享會。（林劭璘提供）

2023年12月15日，參與由遠流出版社舉辦的《撐亮星空的菅芒花：黃春明話撕畫》「詩歌・茶話・同樂會」。（王榮文提供）

2023年5月13日，於臺北世貿——館辦理的「2023蔬食文化節」，特別安排黃春明文學漫畫《石羅漢日記》新書發表會，由黃春明與《人間福報》總監楊錦郁對談。（梁竣瓘提供）

2023年7月29日，在佛光山蘭陽別院舉辦《石羅漢日記》新書分享會。（林美音提供）

2023年11月8日，國際書展暨蔬食博覽會名家講座邀請黃春明於佛陀紀念館五觀堂講述「石羅漢的眼淚——從《石羅漢日記》談起」，主持人為李瑞騰。（梁竣瓘提供）

2013年12月1日，獲頒第三屆全球華文文學星雲獎貢獻獎，於臺北國際會議中心舉行頒獎典禮。（公益信託星雲大師教育基金提供）

2013年12月27日，獲第七屆總統文化獎，於總統府舉行頒獎典禮。（林美音提供）

2015年12月26日，獲第六屆宜蘭文化獎，於宜蘭縣政府文化局舉行頒獎典禮。（林美音提供）

2020年12月15日，長篇小說《秀琴，這個愛笑的女孩》榮獲「2021第14屆台北國際書展大獎」小說獎首獎。（周昭翡提供）

2021年11月17日，以長篇小說《秀琴，這個愛笑的女孩》榮獲第45屆金鼎獎。（周昭翡提供）

2014年6月12日，獲頒北京師範大學——香港浸會大學聯合國際學院授予的UIC榮譽院士。（林美音提供）

2015年12月6日，獲頒國立臺北教育大學名譽博士學位。（向陽提供）

2017年12月10日，獲頒國立屏東大學終身貢獻獎及名譽博士學位。（屏東大學提供）

2022年11月25日，獲頒國立臺灣大學名譽博士學位。（臺灣大學提供）

2023年11月21日，獲頒國立中央大學榮譽文學博士學位。（中央大學秘書室提供）

| 2013-2023年間海外出版之翻譯著作 |

| 2013-2023年黃春明在臺灣出版之著作 |

【小說】

【詩集】

【兒童文學／繪本】

【文學漫畫／撕畫】

目次
CONTENTS

【輯三】研究資料目錄（2013-2023）

┃編序┃

李 瑞 騰

　　2014年，我應宜蘭鄉親的邀請協助「黃春明及其文學國際學術研討會」的籌備工作，一年之中親赴宜蘭開會近十次，和由宜蘭縣府文化局、宜蘭大學與黃大魚文化藝術基金會組成的委員會一起討論相關事務。會議於2015年10月16-17日假宜蘭大學召開，共發表32篇論文，黃春明於開幕後專題演講〈聽說讀寫〉，大會且安排二場論壇，並有一場在礁溪老爺酒店舉行的黃春明文學之夜晚會。整體來說，議題雖嚴肅，但氣氛溫馨熱絡，宜蘭鄉親用百分百的熱情接待來自海內外的學者和作家，在黃春明的故鄉成功地辦成一場以黃春明為題的國際會議。

　　其後多年，因論文集之編印、黃大魚基金會及百果樹紅磚屋相關活動之參與，我常來去宜蘭，深深感受到基金會同仁的熱情，他們為了支持黃春明和他的鄉土實踐，出錢出力，積極奔走。因此，當他們希望我參與基金會，並承乏會務的時候，我欣然接受，並在充分了解過去做了些什麼以及如何做的基礎上，仔細思考基金會工作的再開展，並進一步在新創設的「宜蘭講堂」第一講中，以「黃春明和他的宜蘭──一個文化行政的思考」公開談新一屆董事會想做的事，其中原本計劃編印《黃春明研究通訊》（半年刊），後來滾動修正成《臺灣現當代作家研究資料彙編42：黃春明》（臺南：國立臺灣文學館，2013年12月）的「續編」（2013-2023）。

《臺灣現當代作家研究資料彙編》是我任職於臺灣文學館期間戮力推動的臺灣文學建設的基礎工程之一，到我歸建返校，總計出版了五十位作家的研究資料（50冊，其後持續編印到120冊），從賴和到王禎和、楊牧，黃春明那一卷編號42，由我和梁竣瓘合編。

　　竣瓘是我在中央大學指導的研究生，從碩士班到博士班學習階段參與我主持的許多計畫，1999年黃春明在榮獲國家文藝獎之後，應中央大學之邀擔任駐校作家，中文系特別為他開了一門「小說與社會」的課，由我和康來新教授主持，竣瓘即課堂助理，且負責接待黃春明，我建議她有計劃但隨機性專訪，這讓她獲得甚多第一手資料，順利在次年完成碩士論文《黃春明及其作品研究——文學、社會和歷史的交互考察》（2000）。數年後，她在博士論文《中國大陸學者論台灣文學：以小說為例》（2005）中，以專章討論大陸學者如何論述黃春明小說，資料翔實，論析愷切。

　　黃春明及其文學已經成為一門學問，可以稱為「黃春明學」，我認為竣瓘在這方面已相當專業，我當年邀請她一起彙編黃春明研究資料，厥因在此，現在要續編2013到2023年的研究資料，她當然是不二人選；更有意思的是，她在中原大學應用華語文學系的愛徒潘殷琪，隨竣瓘的步履來中大中文系讀碩士班，從我問學，像當年的竣瓘

一樣，勤奮好學，善解人意，兩年多來協助我做很多事，這是人間善緣，殷琪因此成為我們這個續編計畫的得力助手，是最佳執行編輯。

為了銜接2013年之彙編，我們大體承繼了它的體例，但也作了一些必要的調整；此外，我們從黃春明詩集《零零落落》中捻出「每個門窗都是一幅畫」（〈我家天天都在開畫展〉）作為書名，視窗外景色如畫，這是「目既往返，心亦吐納」，你可以盡情觀賞，也可以搦筆寫詩作畫，分享給更多人。

黃春明以小說聞名，也寫詩、編劇、作畫，他創作的靈感來自生活，題材無所不在，而筆尖所及總在腳下這片土地上；他的門窗之外，天地廣闊，花木扶疏，一枝一葉總關情，人來人去，悲歡離合，讓人心弦震盪。我們彙編本集，旨在多面顯影，多音交響。

黃春明的作品之出版，從遠景到皇冠，最後集中在聯合文學出版社，先是《放生》（1999），然後以「黃春明作品集」書系發行，有小說、散文、文學漫畫、童畫繪本四類，已發行至編號第13，周昭翡總編輯同意資料續編由聯文出版，堪稱得其所哉。而本業務執行之經費，由基金會董事楊杰先生捐助，楊先生是成功的企業家，熱心參與涉及公眾利益的事務，長期支持本基金會，特此致謝。

編例

一、本書編選之目的，為呈現2013-2023年間，黃春明生平、著作及研究成果，以作為臺灣文學相關研究、教學之參考資料。

二、全書共三輯，各輯內容及體例說明如下：

　　輯一：基本資料，包括三部分：

　　　　1. 小傳：主要內容包括作家本名、重要筆名，生卒年月日，籍貫，及創作風格、文學成就等。

　　　　2. 作品目錄及提要（2013-2023）：依照作品文類（小說、詩集、文學漫畫／撕畫、兒童文學／繪本）及出版順序，並撰寫提要。

　　　　3. 年表（2013-2023）：考訂作家於此區間所進行的文學創作、文學活動相關之記要，依年月順序繫之。

輯二：評論文章精選。選收國內外相關研究論文及一般性評論。

輯三：研究資料目錄（2013-2023）。收錄2013年1月初至2023年
　　　11月底止，有關研究、論述黃春明生平和作品評論文獻。
　　　語文以中文為主，兼及日文和英文資料。所收文獻資料，
　　　以臺灣出版為主，酌收中國大陸、香港、日本和歐美國家
　　　的出版品。內容包含三部分：
　　　1. 專書及學位論文。
　　　2. 期刊及研討會論文。
　　　3. 一般評論及訪談。

研究綜述（2013-2023）

梁竣瓘

一、前言

　　2013年國立台灣文學館出版《臺灣現當代作家研究資料彙編42——黃春明》，迄今倏忽十年。十年來，黃春明的文學創作並未因年齡增長而減少，反而超越過去每個十年的創作量。2016年大病初癒的黃春明用iPad一字一字按出四篇短篇小說：〈尋找鷹頭貓的小孩〉、〈兩顆蛤蜊的牽絆〉、〈閹雞計畫〉及〈人工壽命同窗會〉，更在2019年出版長篇小說《跟著寶貝兒走》，隔年再出版長篇小說《秀琴，這個愛笑的女孩》，2022年出版詩集《零零落落》以及2023年出版第六本童話《犀牛釘在樹上了》、文學漫畫《石羅漢日記》及詩話撕畫《撐亮星空的菅芒花：黃春明詩話撕畫》。兩部長篇小說分別獲得台灣文學獎「2020金典獎」，2022年「金鼎獎」的肯定。儘管黃春明曾在多個場合中提到近幾年的作品是在出清存貨，是大清倉，然而，我以為這些在心裡醞釀多年的故事應該是作者非常珍重的題材，希望找到更好的表達方式。不管如何，我們終於等到黃春明的長篇小說面世，而且是兩部，雖然還不是原來一直想寫的《龍眼的季節》。

　　除了新作品的出版，各項動態活動的催生及參與，亦形塑黃春明文學家以外的多重樣貌，諸如：兒童劇的編導與巡演、《九彎十八

拐》文學雜誌發行、「百果樹紅磚屋」的設立與藝文活動的推廣、「悅聽文學」活動的舉辦與閱讀的推廣等等。學術界與藝文界以黃春明為主題的活動，在近十年也相當活絡。2020年宜蘭大學成立「黃春明研究中心」，讀者可經由常設性的展覽親近黃春明及其作品。此外，宜蘭大學及屏東大學兩場大型的黃春明作品研討會，以及各大學以黃春明為對象的小型研討會，不但累積多篇黃春明研究篇章，更激盪出多面向的研究火花；學院裡舉辦的黃春明週活動，亦讓年輕的學子能直接親近作家與作品。各地以黃春明為主題的策展，也讓大眾能較全面地綜覽黃春明的文學風貌。第一部個人出版的黃春明研究專書《黃春明小說研究》，也於2022年面世，標誌了黃春明研究的另一個里程碑。

本文將對黃春明研究進行再分期，梳理2013年以後黃春明作品評論，並對比此前黃春明研究，找出近十年來黃春明研究的變化與發展。

二、2013年以後的黃春明研究

文學研究除了與作品關係密切之外，亦與社會發展有緊密的關係。文學作品出版後，或為介紹宣傳、或因感動讀者，作品的評述與作家寫作背景與現況的報導，會較密集地見於刊物。書籍出版作為一個事件，因而引起關注，而作品的改編、作家的動態，以及與作家和作品產生連結的事件，亦可能促成讀者的再閱讀與作品的再詮釋。2013年我在〈黃春明研究評述〉一文中，爬梳了黃春明作品評論與其作品發表、出版、改編成電影之間的關係，將42年間黃春明研究分為四期，分別為（一）第一期（1967年～1974年2月）「發迹——仙

人掌時期」（二）第二期（1974年3月～1982年）「暢銷——遠景時期」、（三）第三期（1983～1986年）「改編——新電影與皇冠時期」、（四）第四期（1986～2009年）「總結——聯合文學時期」。其時的分期乃希望能照顧到黃春明的創作史與評論史所採取的策略，以現在的時點回顧，第四期應可調整，若延長時間則看不出新作與評論之間的關係，若再細分又恐失去分期的意義，幾經思考，仍希望兼顧作家的創作與評論的發展走向，緣此，將第四期調整為兩期：第四期（1986～2013年）「綜論——聯合文學時期（一）」，再加上第五期（2014～）「再論——聯合文學時期（二）」。以2013年為界，乃因該年國立臺灣文學館出版《臺灣現當代作家研究資料彙編42——黃春明》編選2013年前黃春明研究的重要論述，該書彙整了此前黃春明研究資料，可為黃春明研究重要的分水嶺。以2014年為第五期起點，則因此年黃春明罹病，病中創作不少配合時事的撕畫作品，癒後發表短編小說創作，2019年更出版長篇小說。隨著新作的出版，相關的研究亦陸續於報刊或研討會發表，其中，新作和舊作之間的關聯研究，是此階段研究的熱點，因此，第五期以再論為名。

　　台灣文學研究在上世紀1990年代初期進入學院，1990年代後期大放異彩。在此之前，文壇關於黃春明其人其文的討論，多半集中在文本的分析，諸如：作家何以形成如此的寫作風格？作品的思想與作家寫作目的為何？以及小說人物的分析等等。台灣文學研究進入學院後，不僅台灣文學的研究數量增加，學院裡教授的文學理論亦為黃春明研究提供了新的道路。1997年台灣成立第一所台灣文學系，並於2002年到2005年之間成立多所台灣文學系所，帶動了台灣文學的推廣與研究，亦推動了黃春明研究。1967年到2013年之間，黃春明作品評論就近900筆次，學位論文亦超過40部。2013到2023僅十年之間，以

黃春明為研究對象的碩博士論文超過20本，足見黃春明在學院受到的重視。這當中，除了中文系與台文系外，更有戲劇系加入討論黃春明撕畫童話作品及兒童劇。我曾在〈黃春明研究評述〉一文末了，如此呼籲：「多才的黃春明在繪畫上的成就，以及兒童劇、歌仔戲的編導才能等等，也都有待跨領域的研究者參與，希望『黃學』能在這部研究資料彙編出版後，更加蓬勃發展。」往後十年，黃春明兒童劇的研究就有三本，此外更有多篇小說改編成電影的研究及歌仔戲研究。這些研究成果，無疑是黃學版圖的再擴張。黃春明於1993年出版五部童話，隔年成立「黃大魚兒童劇團」並投入兒童劇的編導。事實上，早在1972年黃春明就在統一公司的支持下引進日本杖頭木偶，並編導了90集的「貝貝劇場——哈哈山樂園」，二十多年後再次投入兒童劇的編導，雖曾短暫中斷，但一直到80多歲仍持續指導劇團，直到近年方真正交棒。如此漫長的兒童劇的執導經歷，相信還有更多可以發掘的史料與研究切入點，盼未來能有更多兒童文學研究專家投入研究。

不僅黃春明研究進入學院，黃春明的小說、散文乃至新詩，亦成為大學與國、高中國語文教育的教學文本。自1972年〈兒子的大玩偶〉編入齊邦媛主編的《中國現代文學選集》以來，多篇作品入選於各大文學選集中，此外，上世紀末以大學國文課為使用場域的文學選本，亦選入多篇黃春明的作品。這些收編皆為黃春明作品典律化的重要依據。2010年前後教育部推行閱讀素養進入國、中小學的國語文課程，以背誦為導向的國語文教育與測驗，此後有了很大的轉變。為了培養學生的閱讀素養，大量閱讀與文意理解成為教學的重點。除了導入中、小學的國語文課程外，大學的通識課程亦受其影響。而文學的教學與實踐研究也受到學院青睞。在黃春明研究中，我們也觀察到這樣的現象，這包括大學文學教育的教材編纂，及黃春明作品作為教育

媒介的意義及功能等，前者如：林積萍（2013）〈文學與影像的對話──臺灣新電影之教材編纂〉；後者如劉滌凡（2013）〈黃春明〈看海的日子〉一文中「永生」神話原型的研究〉。2017年教育部推行『教學實踐研究計畫』，教師得以經由計畫的補助優化教學並記錄教學的流程與學習成效，與此相應的研究論文在近幾年越來越多，也為文學研究開拓了一條新的路徑。徐秀菁（2020）〈引導式提問法融入大一國文教學之成效──以黃春明〈溺死一隻老貓〉為例〉一文以黃春明小說作為通識教育課程文本，並討論了以〈溺死一隻老貓〉為文本的教學方法及成效。這幾篇論文都是以黃春明作品作為大學通識課程教材的延伸研究。

除了本國學生語文教育起了革命性的變化外，以外籍生為對象的華語教學現場，亦有極大的改變。1995年台灣第一所華語文教學研究所於成立，2003年成立第一所以華語文教師培育為教育目標的應用華語文學系，各公私立大學亦相繼成立以外國學生為對象的華語文教育中心。因華語熱的增溫，文學作品作為華語文教材的討論形成腳力場，支持文學作品應納入語言教學的一方，除了論述亦有教學的實踐，而黃春明的小說也成為作為華語文教學實踐研究的文本。2013年以後有兩部碩士論文將黃春明的作品作為教授外籍生的語文材料，並以此作為教學研究主題，一是黃千蕙在2013年完成的《臺灣文學作品在華語文教學上的運用研究──以黃春明《蘋果的滋味》為討論範圍》，一是2019年吳伊婷的《台灣文學繪本融入華語文課程設計──以黃春明〈兒子的大玩偶〉為例》。這些教學實踐研究同時也促成了黃春明作品的海外推廣與流傳。

台灣文學外譯亦是將黃春明作品介紹到海外的重要推手。黃春明小說早在1970年代即受到海外關注。1973年齊邦媛邀請余光中、吳奚

真、何欣與李達三投入英譯《中國現代文學選集》(An Anthology of Contemporary Chinese Literature: Taiwan, 1949-1974)，1975年付梓，短篇小說集收錄了黃春明的〈兒子的大玩偶〉。1979年黃春明作品《さよなら・再見》（《莎喲娜啦・再見》）由田中宏翻譯，めこん社出版，可說是台灣文學日譯的先鋒，爾後黃春明的作品翻譯成多國語言，包括：英文、德文、法文、日文、韓文、捷克文……。2021年西田勝翻譯《溺死した老猫－黃春明選集》，由法政大學出版局出版，重譯了多篇舊作，亦選譯了2016年的短篇小說〈人工壽命同窗會〉及散文，提供日本讀者一個能較全面認識黃春明其人其文的管道。譯本出版後，除了相關的報導，台灣出生、三歲移居日本的作家溫又柔亦為文推介。黃春明作品外譯在多年的累積下篇數不少，或許由於外譯的數量多，外語學系也加入黃春明的研究。2013到2023年之間，有一部討論黃春明作品韓文譯本的碩士論文《黃春明小說在韓國的翻譯、展演及影響——以〈莎喲娜啦・再見〉與〈兩個油漆匠〉為中心的探討》；一篇討論黃春明何以在日本受關注的論文[1]、一篇〈戰士乾杯〉日譯的研究[2]，及一篇探討黃春明小說中對戰爭的反省[3]。

　　上述黃春明的兒童劇、歌仔戲、外譯、電影改編及教學研究皆可歸類於黃春明及其作品的跨域研究，而黃春明的文學本體研究十年間

1　黃英哲：〈翻譯臺灣（一）：黃春明與日本〉《文訊》，第360期　2015年10月，頁21-25。

2　賴錦雀：〈日本語「戰士、乾杯！」の解剖〉，《潘》創刊號，2020年10月，頁93-121。

3　西端彩：〈黃春明小說中的戰爭記憶——以〈甘庚伯的黃昏〉、〈有一隻懷錶〉為例〉（原文為〈黃春明が描く戰爭の記憶「甘庚伯的黃昏」から「有一隻懷錶」へ〉，《日本当代中国文学研究会会報》，2021年12月，35号），頁93-121。

仍持續加深加廣。2016年以來發表的新作很快受到關注，新的研究亦與過去黃春明的作品連結，像是〈黃春明2016年短篇小說之研究〉、〈時移事往，精魂猶在──黃春明小《跟著寶貝兒走》研究〉兩篇論文就是從新作出發延伸至舊作《放生》與〈戰士，乾杯！〉。亦有從新作中找出新路徑的研究論文，像是：〈哭笑不得──黃春明《跟著寶貝兒走》、《秀琴，那個愛笑的女孩》中的情色書寫與政治社會批判〉、〈論黃春明《跟著寶貝兒走》的思想藝術特色〉、〈談黃春明《秀琴，這個愛笑的女孩》中的女性處境〉。過去，從情色或女性主義的角度研究黃春明作品的論文不多，兩部長篇小說讓讀者看到黃春明另一個面貌，也帶出了新的研究視角。

近十年來，以黃春明為研究對象的碩士論文，探究作品中人物及人物關係的論文占多數，其次是作家的思想探究，以及不同作家與作品間的比較研究。博士論文則多將黃春明及其作品置於大的文學發展脈絡下討論。至於黃春明文學作品新視角的研究，多為單篇論文，像是小說中的意象運用、小說中的語言、小說中的聲音等等。比較研究也是這個階段較常見的研究方法，諸如：洪士惠〈烈日炎炎──鍾理和〈蒼蠅〉與黃春明〈打蒼蠅〉的象徵意涵〉以同一意象不同作品的對比，分析兩篇作品中蒼蠅象徵今年輕人懼怕的父權與子女離鄉衍生的老人問題，反映了不同時代的社會議題。相似的對比研究還有：謝世宗〈跨國資本主義與理性化精神：論王禎和與黃春明筆下的中小企業主原型〉、楊森〈現代化歷程中的海峽兩岸鄉土文學──以黃春明與閻連科為觀察核心〉、施又文〈從兩篇小說來看文學與社會──吳濁流〈三八淚〉與黃春明〈蘋果的滋味〉〉、李有成〈在冷戰的陰影下：黃春明與王禎和〉等等。此外，還有黃春明經典作品的再研究，如：劉淑凡〈黃春明〈看海的日子〉一文中「永生」神話原型的研

究〉、蘇碩斌〈文學的時空批判：由〈現此時先生〉論黃春明的老人系列小說〉等。

三、近十年黃春明評論選文

　　綜觀十年來的黃春明研究，研究面向多元，不僅反映了台灣文學研究發展的樣貌，亦能看到黃春明作品在海外的接受現況。儘管只有十年，但研究成果豐碩。研究資料續編的選文，希望盡可能呈現近十年黃春明研究的概況，並顧及前編的選文，因此選文難免有遺珠，所幸研究目錄提供了十年來完整的黃春明研究面貌，多少彌補未盡的遺憾。以下簡要介紹本書的選文。

　　目前擔任黃大魚文化藝術基金會董事長的李瑞騰，長期致力於黃春明研究，擅長從多部作品中找到同中有異的意象或行業，像是「家」、「老人」、「動物」、「廣告」……並將之與台灣社會的變遷連結。〈黃春明小說中的車聲輪影〉一文是綜觀黃春明四部短篇小說集中「車」的意象，從〈城仔落車〉到《放生》中的〈售票口〉，從腳踏車、三輪車、機車、公共汽車、卡車、轎車、計程車、消防車、救護車、到火車，這些交通工具出現在作品中，亦反映了台灣的變化與發展。

　　〈看海的日子〉是黃春明重要的代表作品，1983年改編拍成同名電影，更廣為人知。歷來評論家多以為白梅的經歷像傳奇一般，認為這是一篇鄉野傳奇[4]。劉滌凡〈黃春明〈看海的日子〉一文中「永

4　樂蘅軍：〈從黃春明小說藝術論其作品的浪漫精神〉一文指出〈看海的日子〉是一篇鄉野傳奇。《臺灣文藝》，第60期，1978年10月，頁33-62。

生」神話原型的研究〉一文則提出〈看海的日子〉與神話原型中的「永生」神話原型有極大的相似之處，並以「生命長期遭受苦難」、「尋求救贖之道」、「返回子宮（樂園）」三個階段解析〈看海的日子〉，強調多次出現「水」、「樂園」與「地母」等意象，正是對原型的呼應。作者認為黃春明的創作應不是以神話理論的指引，而是從現實的經驗中建構故事，而故事恰恰與神話理論中的「永生」神話原型幾乎不謀而合。研究最終目的是希望能「以西方永生原型理論可以用來考察臺灣文學作品，並且提供通識博雅深化課程──『臺灣文學經典選讀』教學一條新的閱讀視野的路徑」。這篇文章不僅以神話的角度重新詮釋黃春明經典小說〈看海的日子〉，更揭示黃春明小說作為經典在通識教育上的意義。

蘇碩斌〈文學的時空批判：由〈現此時先生〉論黃春明的老人系列小說〉以黃春明1986年發表的小說〈現此時先生〉為主要論述文本，並論及黃春明《放生》一書所收的篇章。作者將〈現此時先生〉劇情拆解成三大階段：第一階段「純粹說故事」的時期、第二階段「以報紙說故事」的時期及第三階段「新聞權威崩壞、不再偽裝說故事、揭露現代時空」的時期，這三個階段亦為媒體入侵鄉村的進程。時代的變遷、訊息傳遞媒介的改變，使得〈現此時先生〉及黃春明《放生》一書所描寫的老人所面臨的困境不同於1960-1970年代之間發表〈青番公的故事〉、〈溺死一隻老貓〉中的青番公與阿盛伯。該文並反駁過去黃春明的小說迴避「現代性」的論述，指出黃春明「並不是漸行漸遠的說書人，也不是孤單在講著遺棄老年人的故事」。2013年出版的《臺灣現當代作家研究資料彙編42──黃春明》收錄兩篇以班雅明〈說故事的人〉為理論基礎的文章，蘇碩斌不僅對前說有所質疑，更以同樣的理論經由〈現此時先生〉一文分析並建構出說故

事方式的轉變。

　　黃春明2016年癒後發表四篇短篇小說，隨後同樣長期關注黃春明作品的蒲彥光發表〈黃春明2016年短篇小說之研究〉一文，以〈尋找鷹頭貓的小孩〉、〈兩顆蛤蜊的牽絆〉、〈閹雞計畫〉及〈人工壽命同窗會〉四篇小說為研究主軸，並延伸至黃春明此前創作的小說與散文及童話，經由近似或相異的對比，指出四篇新作「皆與八、九〇年代的《放生》有延續性的主題及作法。」

　　黃春明作為台灣作家，小說的研究與討論相對豐富，近十年來雖仍如此，然而，關注黃春明小說創作以外的研究越來越多，尤其是兒童文學與兒童劇的研究。林鍾隆兒童文學推廣工作室執行長謝鴻文對黃春明的研究擴及童話與兒童劇，其〈黃春明童話角色的身體認同與差異〉一文從身體的認同與差異分析黃春明三部童話《我是貓也》、《短鼻象》和《小駝背》，指出童話裡的主角「將身體這個媒介進行身體計畫改造與反改造的過程，從中還可見到他們如何架構自我與社會的關係。」而這也是黃春明經由童話對弱勢族群的關懷與思考。

　　黃春明在2001年擔任蘭陽戲劇團第二任導演兼首任藝術總監，編導過《杜子春》、《新白蛇傳I——恩情‧愛情》、《新白蛇傳II——人情‧世情》、《愛吃糖皇帝》等歌仔戲，其編導的《杜子春》一劇為2022年蘭陽戲劇團三十年慶演出劇目，迄今仍在台灣各地演出。然而，關於這些歌仔戲作品卻少有人論及。孫致文〈試析黃春明新編戲《杜子春》的文學、表演及佛教內涵〉一文的發表，開拓了黃春明研究的新領域。該論文探討了黃春明編導的歌仔戲《杜子春》故事的來源，並比較該劇與後來改編版本之間的關係，認為此劇接近日本作家芥川龍之介改編的短篇小說〈杜子春〉。文中亦論及小說改編為戲劇增刪的內容與表演方式，最後提出《杜子春》一劇雖非明顯標識佛教

色彩，但含有諸多佛教元素，是為「佛教兒童戲劇作品」。

黃英哲〈翻譯臺灣（一）：黃春明與日本〉一文指出，戰後接受國民政府教育的台灣作家中，黃春明是很早受到日本關注的。其《莎喲娜啦・再見》早在1979年就被翻譯為日文在日出版，並掀起一股黃春明熱。文中認為日本黃春明旋風的形成，是因為《莎喲娜啦・再見》所描寫的經濟殖民與日本文化界對戰爭及殖民的反省不謀而合。黃英哲整理了《莎喲娜啦・再見》在日出版後的三十年間，黃春明透過和日本文化界人士、學者之間的對話及公開演講，直接面向日本發出訊息，包括：歷史認識問題、關於台灣文學及關於原住民問題與原住民文學。文末呼籲學界「應好好整理黃春明過去30年在台灣、日本的發言內容，並且從中擷取作家的智慧，在東亞的大歷史敘述中找出彼此共同的議題」。日本學者西端彩論文〈黃春明小說中的戰爭記憶──以〈甘庚伯的黃昏〉、〈有一隻懷錶〉為例〉討論戰後的台灣如何描繪日本統治時期與戰爭的記憶，並試圖探討其中隱含的意義，或可為黃英哲呼籲的一種回應。

本書主要收錄已發表或出版的黃春明研究論文，為了更全面呈現黃春明近十年的文化與出版活動，亦收錄報刊的相關文章。阮慶岳〈為什麼要回來寫小說？──評黃春明《跟著寶貝兒走》〉一文在介紹黃春明新作的同時，更點出黃春明小說創作的變與不變。〈率真之詩，動人之景〉是詩人向陽專文分析黃春明《零零落落》詩集，詩人之眼點出黃春明的詩充滿童趣，並在詩句中呈現動人之景。吳明益〈文化需要耕作〉一文試圖釐清「百果樹紅磚屋」被迫熄燈與文化政策之間的關係。看著說著石虎伯故事的黃春明，吳明益這麼說：「老作家的聲音與身影裡，我們看到巨大的文化魅力，而不只是文創商機。而只有在地的文化存在著魅力，商機才會出現，才能長期支持文

化的生命力。」文化耕作的價值不應用金錢來衡量，文化魅力帶來的永續文化發展甚或超越金錢價值。

四、結語

　　黃春明1956年開始創作以來，迄今已近70載，他的創作史不僅是他個人的歷史，亦能從中窺探台灣文學的發展脈絡。在他的作品中，我們看到上個世紀60年代現代主義文學潮流、70年代台灣鄉土文學、80年代文學的眾聲喧嘩，看到他引領關懷老人族群，以及對環境破壞的憂心。在以文字記錄台灣作為發聲的管道之外，更身體力行參與許多文化重建與推廣的工作；為台灣的下一代創作童話、編導兒童劇，希望能從兒童教育紮根，改變因私欲而被異化的人心，傳達萬物共生的思想。

　　近六十年來的黃春明及其作品研究，亦呈現出台灣文學研究的發展脈絡。從作家之間的閱讀與評述，進入到學院以西方文學理論的剖析，再到各種宏觀視野的論述，以及文學作品作為教育素材的研究。黃春明作品在海外的接受，亦能一窺台灣文學外譯的發展史。這些因時代背景而發展的研究方法，為下一世代提供了更多黃春明研究的方向，也提供了研究深化與開展的基礎。2013年《臺灣現當代作家研究資料彙編42──黃春明》出版以來，研究者得以綜覽黃春明研究的樣貌，進而發展出不同於過去的研究。以同一文學理論再論的研究、新視角的研究、新領域的研究等等，都為黃春明研究開展出新的方向，也讓黃學的發展益發茁壯。

　　台灣多才多藝的作家不在少數，但像黃春明這樣多才多藝又持續親身實踐的作家就比較少見了。黃春明離開國小教職後，經歷電台記

者、廣播節目製作、記錄片製作與拍攝、兒童節目編製、廣告公司藝術總監、電影編劇、電視節目主持人、兒童劇和歌仔戲編導……甚至賣過飯包。這些生活與工作的經驗，成為他寫作重要的養份。黃春明研究若能在文學作品解讀之外，再與其過去的工作連結並合而觀之，相信將能更完整呈現黃春明的價值。近期黃春明曾在受訪中提及他在宜蘭採訪的經歷，也談及與廣告界的分分合合，這些既精彩又珍貴的故事，若能經由口述記錄下來，不僅能豐富黃春明研究，也必能豐富台灣的歷史研究。

2014年，黃春明在1974年拍攝的紀錄片「大甲媽祖回娘家」數位修復版完成，令各界驚喜，期待黃春明的紀錄片能一一修復，更期待未來年輕的一代，能研究這些珍貴的影片。1972年黃春明在中視製作九十集的兒童節目「貝貝劇場──哈哈山樂園」若能修復再現，相信也能讓黃春明研究更完整。此外，黃春明作為台灣文學代表性作家，外譯及海外的研究亦有相當的成果，目前這方面的研究已經受到關注，未來希望更多精通外語的研究者參與，補上黃學海外研究的拼圖。

輯一
基本資料

小傳————
作品————
年表————

| 小傳 |

黃 春 明（1935-）

　　黃春明，1935年2月13日出生於宜蘭羅東，筆名春鈴、黃春鳴、春二蟲、黃大魚等。

　　畢業於屏東師範學校，曾任小學教師、電台記者、廣告企劃、編劇、導演等，亦曾於中國文化大學廣告系、中央大學、東華大學、成功大學、政治大學、宜蘭大學、淡江大學、台東師範學院、世新大學、台灣藝術大學、佛光大學、香港浸會大學等院校講學。《九彎十八拐》雜誌創辦人，現為黃大魚兒童劇團團長。曾獲吳三連文學獎、國家文藝獎、時報文學獎、東元獎、噶瑪蘭獎、行政院文化獎、全球華文文學星雲獎、總統文化獎、宜蘭文化獎及韓國李炳注文學獎、台灣文學金典獎、金鼎獎等獎項。

　　黃春明1956年在文壇初試啼聲，爾後以各種文體持續創作迄今。黃春明對人性細微的觀察，在作品中隨處可見。我們在小說中的小人物身上看見人性的光輝，也在世俗尊崇的知識分子身上看到人性的醜惡。1980年代後期，黃春明的創作視角轉向社會變遷下浮現的老人問題，預示了台灣新的社會問題。黃春明的作品帶給讀者的不僅是文學的美、社會的真與人性的善，投射出的人生觀更為面臨困境的人們帶

來曙光，經由不同的作品訴說著：環境再苦也仍有希望的所在。

在台灣文學史的論述中，黃春明經常與鄉土文學作家畫上等號，然而他的寫作風格與對台灣社會的貢獻，鄉土文學作家之名並不能概括之。除了跨文類的文學創作，黃春明更長年耕耘台灣文化，肩負文化傳承的重擔。在黃春明所提倡與參與的各項藝文活動當中，始終不變的是他對鄉土的愛與對弱勢族群的關懷。

著有小說《兒子的大玩偶》、《鑼》、《莎喲娜啦·再見》、《我愛瑪莉》、《青番公的故事》、《看海的日子》、《放生》、《沒有時刻的月台》、《跟著寶貝兒走》、《秀琴，這個愛笑的女孩》；散文《等待一朵花的名字》、《大便老師》、《九彎十八拐》；詩集《零零落落》；童話繪本《小駝背》、《我是貓也》、《短鼻象》、《愛吃糖的皇帝》、《小麻雀·稻草人》、文學漫畫《王善壽與牛進》、文學撕畫《撐亮星空的菅芒花：黃春明詩話撕畫》等，另編有《鄉土組曲》、《本土語言篇實驗教材教學手冊》等書。作品亦翻譯成多國文字。

作品目錄及提要（2013-2023）

【小說】

Huang Chunming Stories（黃春明小說集）
香港：香港中文大學翻譯研究中心
2013年10月，21.3×14公分，176頁
Howard Glodblatt編譯

短篇小說集。本書收錄"The Fish"（魚）、"Dead Again? "（死去活來）、"The Pocket Watch"（有一隻懷錶）、"Set Free"（放生）、"Ah-ban and the Cop"（阿屘與警察）、"No Talking to the Driver"（請勿與司機談話）、"Two Sign Painters"（兩個油漆匠）、"I Love Mary"（我愛瑪莉）共8篇。正文前有"Translator's Note"、"Author's Preface"，正文後附錄"Permissions"、"About the Author and the Translator"。

Synkova panenka（兒子的大玩偶）
Praha（布拉格）：IFP Publishing
2014年1月，18.8×12.8公分，224頁
Jana Benešová、Lucie Olivova、Petr Janda譯

短篇小說集。全書收錄"Synkova panenka"（兒子的大玩偶）、"Chu Jabler"（蘋果的滋味）、"epi ka Malé Siao- chi"（小琪的那一頂帽子）、"Miluji Tě, Mary"（我愛瑪麗）、"Soumrak Starého Keng-Poa"（甘庚伯的黃昏）、"Hrátky S Ohněm"（玩火）、"Dvacetitisíciletá Historie"（兩萬年的歷史）、"Pochcánek A-Le"（鮮紅蝦）、"Vlajkový Stožár"（把瓶子升上去）、"Zametačův Syn"（清道伕的孩子）共10篇。

J'aime Mary（我愛瑪莉）
Paris（巴黎）：Gallimard
2014年1月，20.4×14公分，208頁
Kolatte Matthieu譯

短篇小說集。全書收錄"J'aime Mary"（我愛瑪麗）、
"Le Goût des Pommes"（蘋果的滋味）、"La Grande
Poupée de Son Fils"（兒子的大玩偶）、"Le Chapeau
de Hsiao-Chi"（小琪的那一頂帽子）共4篇。正文前
有"Présentation"、"Note sur la transcription des noms
propres"。

聽見‧黃春明：
給自己寫的臺灣小說留下聲音（6CD）
臺北：趨勢教育基金會
2016年2月，18.6×14公分

本書共收錄6片CD，包括由黃春明親自朗讀〈青番公
的故事〉、〈甘庚伯的黃昏〉、〈呷鬼的來了〉、
〈等待一朵花的名字〉、〈愕然的瞬間〉等5篇小說，
以及2場分別與李瑞騰和陳芳明的〈名家對談〉。

看海的日子
北京：北京聯合出版公司
2019年9月，32開，315頁
黃春明小說集

短篇小說集。本書收錄〈看海的日子〉、〈青番公
的故事〉、〈兩個油漆匠〉、〈小寡婦〉、〈借個
火〉、〈照鏡子〉共6篇。

莎喲娜啦・再見
北京：北京聯合出版公司
2019年9月，32開，307頁
黃春明小說集

短篇小說集。本書收錄〈莎喲娜啦・再見〉、〈鑼〉、
〈溺死一隻老貓〉、〈魚〉、〈癬〉、〈北門街〉、
〈小巴哈〉、〈城仔落車〉、〈大餅〉、〈阿屘與警
察〉共10篇。

沒有時刻的月台
北京：北京聯合出版公司
2019年9月，32開，247頁
黃春明小說集

短篇小說集。本書共分為「中短篇小說」和「最短篇
小說」，前者收錄〈男人與小刀〉、〈跟著腳走〉、
〈請勿與司機談話〉、〈他媽——的，悲哀！〉、
〈沒有頭的胡蜂〉、〈眾神，聽著！〉、〈金絲雀
的哀歌變奏曲〉、〈沒有時刻的月臺〉、〈有一隻
懷錶〉、〈胖姑姑〉、〈龍目井〉共11篇；後者收
錄〈葡萄成熟時〉、〈買觀音〉、〈迷路〉、〈聽
眾〉、〈小羊與我〉、〈棉花糖，紫藥水〉、〈挑戰
名言〉、〈靈魂招領〉、〈許願家族〉共9篇。合計20
篇。

放生
北京：北京聯合出版公司
2019年9月，32開，271頁
黃春明小說集

短篇小說集。本書收錄〈現此時先生〉、〈瞎子阿
木〉、〈打蒼蠅〉、〈放生〉、〈九根手指頭的故
事〉、〈死去活來〉、〈銀鬚上的春天〉、〈呷鬼的
來了〉、〈最後一隻鳳鳥〉、〈售票口〉共10篇。

跟著寶貝兒走
臺北：聯合文學出版社
2019年9月，14.8×21公分，224頁
聯合文叢叢書系列 黃春明作品集11

本書為黃春明二十多年前之腹稿，內容描述私娼寮的保鑣兼跑腿郭長根，某日又想仗勢無套霸王硬上小姐瞇內子時，反被一刀剪去「寶貝兒」。當人生陷入愁雲慘霧之際，卻意外接受移花接「鵰」的器官捐贈，重獲「寶貝兒」的他下海成了牛郎，並受到貴婦們熱烈追捧，引起各方角頭勢力覬覦。於是就在金錢滿溢、慾望、權力的複雜交織下，逐漸演變成一齣瘋狂失控的黑色悲喜劇。

兒子的大玩偶
北京：北京聯合出版公司
2019年10月，32開，297頁
黃春明小說集

短篇小說集。本書收錄〈兒子的大玩偶〉、〈蘋果的滋味〉、〈小琪的那頂帽子〉、〈我愛瑪莉〉、〈甘庚伯的黃昏〉、〈玩火〉、〈兩萬年的歷史〉、〈鮮紅蝦〉、〈把瓶子升上去〉、〈清道伕的孩子〉共10篇。

秀琴，這個愛笑的女孩
臺北：聯合文學出版社
2020年9月，14.8×21公分，224頁
聯合文叢叢書系列 黃春明作品集12

本書為黃春明三十多年前之腹稿，內容描述五〇年代的宜蘭羅東小鎮上，太和料理店店東的女兒許秀琴，因為天生麗質，臉上總是掛著似有若無的笑意，故追求者無數。某日，來自北投的臺語電影公司來到店內，以讓秀琴去當電影女主角為名目享用「霸王餐」，而後許家在公司的誘騙與黑道的脅迫之下，將

房子拿去貸款並簽訂片約。然而天性純良的秀琴內心深處始終無法認同酒家女艷紅的角色，現實與虛構的衝突嚴重影響拍攝進度。於是電影公司安排酒攤模擬情境，半哄半強迫讓秀琴慢慢入戲。就在秀琴漸漸放下心魔，電影可望順利復拍之際，安全局于局長的介入卻引發了一場料想不到的意外，被玷污染病的秀琴最終喪失笑容，陷入瀕臨潰堤的邊緣。

溺死した老猫──黃春明選集
日本：法政大学出版局
2021年5月，13×18.5公分，276頁
西田勝譯

短篇小說集。本書收錄〈道路清掃人夫の子供〉（清道伕的孩子）、〈「城仔」下車〉（「城仔」落車）、〈青番爺さんの話〉（青番公的故事）、〈溺死した老猫〉（溺死一隻老貓）、〈海を訪ねる日〉（看海的日子）、〈坊やの大きな人形〉（兒子的大玩偶）、〈今や先生〉（現此時先生）、〈花の名前を知りたい〉（等待一朵花的名字）、〈死んだり生き返ったり〉（死去活來）、〈人工寿命同窓会〉（人工 壽命 同窗會）、児童劇〈小李子は大騙りではない〉筋書（小李子不是大騙子）共11篇。另收錄訪談〈龍眼の熟する季節〉、〈わが文学を語る〉2篇，以及西田勝〈黃春明の眼差し──社会的弱者・ユーモア・文明批判〉。

Raise the Bottles（把瓶子升上去）
London：Balestier Press
2021年9月1日，21.6×13.8公分，260頁
Goldblatt, Howard編譯

短篇小說集。本書收錄"The Street Sweeper's Son"（清道伕的孩子）、"Northgate Avenue"（北門街）、"Young Bach"（小巴哈）、"Playing with Fire"（玩

火）、"Raise the Bottles"（把瓶子升上去）、"Got a Light?"（借個火）、"Fat Auntie"（胖姑姑）、"A Man and His Pocketknife"（男人與小刀）、"Damn—It's, Misery!"（他媽——的，悲哀！）、"Follow My Feet"（跟著腳走）、"The Face in the Mirror"（照鏡子）、"A Headless Wasp"（沒有頭的胡蜂）、"The Gong"（鑼）、"Uncle Gan Geng at Dusk"（甘庚伯的黃昏）共14篇。

A Platform with No Timetable（沒有時刻的月台）
London：Balestier Press
2021年9月1日，21.59×13.97公分，246頁
Goldblatt, Howard編譯

短篇小說集。本書收錄"Sayonara"（莎喲娜啦‧再見）、"Bright Red Shrimps"（鮮紅蝦）、"Mr. Presently"（現此時先生）、"Blind Ah-mu"（瞎子阿木）、"Swatting Flies"（打蒼蠅）、"The Ghost-Eater Is Here"（呷鬼的來了）、"A Story of Nine Fingers"（九根手指頭的故事）、"The Last Phoenix"（最後一隻鳳鳥）、"A Platform With No Timetable"（沒有時刻的月臺）、"Listen to Me, All You Deities"（眾神，聽著！）、"Variations on a Canary's Lament"（金絲雀的哀歌變奏曲）、"Dragon-Eye Well"（龍目井）共12篇。

【詩集】

零零落落
臺北：聯合文學出版社
2022年5月，14.8×21公分，376頁
聯合文叢叢書系列 黃春明作品集13

本書為黃春明首部詩集，內容收錄〈國峻不回來吃飯〉、〈戰士，乾杯！〉、〈九彎十八拐〉、〈蘭陽搖籃曲〉、〈龜山島〉等74首詩作，以及珍貴詩作手稿。

【文學漫畫／撕畫】
王善壽與牛進
臺北：聯合文學出版社
2018年6月，12.8×19公分，128頁
聯合文叢叢書系列 黃春明作品集10

本書結合散文與作者自繪的四格漫畫，表達作者對於存在主義、文明、生態等面向的思考與關懷。全書收錄〈王善壽考〉、〈鬼月夜訪客〉、〈存在主義曾經來過臺北〉、〈雛妓與烏龜〉、〈有味道〉、〈半百壯士〉、〈忘了自己是誰〉、〈什麼時代了〉、〈最後的勝利〉、〈弱小的啟示〉共10篇。正交前有黃春明「新版序」〈很久沒有畫畫了〉、「舊版序」：〈王善壽與牛進有話要說〉。

石羅漢日記
新北：香海文化事業有限公司
2023年5月，17×20.5公分，56頁
星月風叢書系列

本書共收錄21幅水墨文學漫畫，藉由佇立於路口的石羅漢，反映世間眾生相，亦從石羅漢內心的獨白中，刻畫行者的解脫自在。

撢亮星空的菅芒花：黃春明詩話撕畫
臺北：遠流出版事業股份有限公司
2023年11月，12×23公分，68頁

本書結合黃春明「現代詩×撕畫×筆書」三個向度的創作，將內容分為「早安台灣」、「請進來喝一杯咖啡，火車會等你」以及「沒有時刻的月台」三項，以詩話撕畫表述對於土地的摯愛、對生命的凝視，以及對自身創作的剖析。

【兒童文學／繪本】

코짧은 코끼리（**短鼻象**）
서울（**首爾**）：홍정산출판사
2012年10月25日，18.8×25.4公分，192頁
김태연譯

短鼻象
北京：現代出版社
2014年8月，21×28公分，35頁
黃春明童話集

短鼻象
河北：花山文藝出版社
2019年9月，26×25公分，35頁
黃春明童話集

本書內容描述被小孩嘲笑的短鼻象，嘗試了各種讓鼻子變長的方式，經歷了懷疑自己與徬徨的過程，最後因為勇敢幫助撲滅森林的野火，鼻子變長了也重拾自信。

愛吃糖的國王
北京：現代出版社
2014年8月，21×28公分，35頁
黃春明童話集

愛吃糖的皇帝
河北：花山文藝出版社
2019年9月，21×28公分，35頁
黃春明童話集

本書改編屈原典故，將忠言比喻為鹽，讒言比喻為糖，皇帝聽信小人的話只願吃糖而不願吃鹽，並因屈原直諫而流放屈原。這故事說明了端午節的由來，並警惕小朋友要少吃糖多吃健康的食物。

小駝背
北京：現代出版社
2014年8月，21×28公分，35頁
黃春明童話集

小駝背
河北：花山文藝出版社
2019年9月，26×25公分，35頁
黃春明童話集

本書描述被人欺負的孤兒「小駝背」，某日在夢裡不僅遇見親切的駝背鎮鎮民，還想起了早被自己遺忘的真實姓名，最後永遠的留在駝背鎮裡。

我是貓也
北京：現代出版社
2014年8月，21×28公分，35頁
黃春明童話集

我是貓也
北京：北京聯合出版公司
2019年8月，26×25公分，35頁
黃春明童話集

本書描寫一隻被富有人家寵愛的黑貓，被遺棄至偏遠村莊，因不願意抓老鼠而被嘲笑不具貓的資格，最後黑貓抓到了鼠王而證明自己是真正的貓。

小麻雀・稻草人
北京：現代出版社
2014年8月，21×28公分，35頁
黃春明童話集

小麻雀‧稻草人
北京：北京聯合出版公司
2019年8月，26×25公分，35頁
黃春明童話集

本書描述農家製作稻草人的過程中，小孩子稻草人繪上五官，稻草人因此有了生命，還與麻雀成好朋友。故事解說農村擺放稻草人於稻田的習俗，呈現秋收前熱鬧的農村景象。

犀牛釘在樹上了
臺北：聯合文學出版社
2023年2月，21×28公分，40頁
黃春明童話集6

本書描述非洲大草原上，一隻初出茅廬的小犀牛在父母的鼓勵下，認為自己已然長成「無敵鐵金剛小坦克」，然而在與紅蜻蜓小姐邂逅後，因為小犀牛的直拗以及紅蜻蜓小姐的調皮，發生一連串啼笑皆非的故事。

| 年表（2013-2023） |

2013年

1月1日　〈歡樂宜蘭年〉、〈蘭陽文學的喜事〉、〈海豚會轉彎〉
　　　　刊於《九彎十八拐》第47期，頁2、12、16。

2月3日　出席由聯合線上於臺北國際世貿中心舉辦之「說故事的
　　　　人：《黃春明作品集》電子書發表會」。

3月1日　〈心燈〉、〈舉例與比喻〉刊於《九彎十八拐》第48期，
　　　　頁2-3、9-10。

3月3日　〈紅燈下〉刊於《聯合副刊》。

3月6日　出席宜縣環保聯盟反核誓師活動，談論核能安全爭議。

4月4日　於「百果樹紅磚屋」說故事，與孩子們歡度兒童節。

4月10日　應邀至淡江大學以「創業人生與實現自我」為題演講。

4月20日　參加由趨勢教育基金會及國家圖書館共同主辦的書香大遊
　　　　行，並與教育部長蔣偉寧共同敲鑼，為遊行拉開序幕。

5月1日　〈媽媽，請您再打我一次〉刊於《九彎十八拐》第49期，
　　　　頁2。

5月2日　應邀至靜宜大學以「臺灣文學的未來展望」為題演講。

5月4日　應邀至宜蘭演藝廳，參與大提琴家張正傑舉辦的「親子音
　　　　樂會」，並於現場朗誦童詩。

5月7日　應邀至亞洲大學以「一個不良少年的成長與文學」為題演
　　　　講。

5月21日-22日　應邀至台南市省躬、大同、立人等三所國小，以「生
　　　　活即教育」為題演講。

6月22日　　應新北市「魚樹畫室」師生聯展之邀，赴南山中學「南山藝廊」為小朋友講故事。

7月1日　　　〈篆刻俗諺成章〉（文／春二蟲，圖／林登義）、〈魚與熊掌〉刊於《九彎十八拐》第50期，頁33、28。

8月1日　　　發表〈國防部，不敬禮解散！〉於《自由副刊》。

　　　　　　應邀出席「國立宜蘭大學」升格十週年慶祝大會，並受聘為宜蘭大學講座教授。

8月9日　　　聯合文學雜誌社於佛光大學主辦2013全國巡迴文藝營，以「生活與創作」為題演講。

8月26日　　應邀出席東華大學達人學苑暑期研習營，談論「老人照護」議題。

　　　　　　獲第6屆韓國李炳注文學獎。

9月1日，　　〈國防部，不敬禮解散〉、〈俗諺篆刻〉（二）（文／春二蟲，圖／林登義）、〈誰把我的天空變成鳥籠？〉刊於《九彎十八拐》第51期，頁2、33。

10月1日　　香港中文大學翻譯研究中心出版由Howard Goldblatt編譯的"Huang Chunming Stories"（黃春明小說集）。

10月17-19日　黃大魚文化藝術基金會舉辦第八屆「悅聽文學」系列活動。19日，黃春明代表主辦單位邀請席慕容、吳晟、陳美儒、吳敏顯等作家，赴佛光山蘭陽別院參與公開表演場。

10月27日　　受邀至韓國慶熙大學的李炳注文化館，出席第6屆韓國李炳注文學獎頒獎典禮。

11月1日　　　〈玫瑰與殘燭的對話〉、〈在龍眼樹上哭泣的小孩〉、〈詩人把詩寫在大地上——致詩人吳晟〉刊於《九彎十八

拐》第52期，頁13、14-15、16-17。

12月1日　獲頒第三屆全球華文文學星雲獎貢獻獎，於臺北國際會議中心舉行頒獎典禮。

國立臺灣文學館出版由李瑞騰、梁竣瓘編著《臺灣現當代作家研究資料彙編42──黃春明》。

12月17日　應邀至紀州庵文學森林出席《臺灣現當代作家研究資料彙編》23冊新書發表會。

12月27日　獲頒第七屆總統文化獎，於總統府舉行頒獎典禮。

2014年

1月　　本年度獲聘為金門縣駐縣作家。3月25日-26日，應邀至賢庵國小、金鼎國小、古城國小等地區小學，為小朋友說故事，推廣「悅聽文學」。

1月　　布拉格IFP Publishing 出版社出版捷克譯本"Synkova Panenka"（兒子的大玩偶）。同月，巴黎的Gallmard出版社出版法文譯本"J'aime Mary"（我愛瑪莉）。

1月1日　〈篆刻俗諺成章〉（三）（文／春二蟲，圖／林登義）、〈石羅漢日記〉刊於《九彎十八拐》第53期，頁33、35。

3月1日　〈小說社會的良心〉、〈路燈與癩蛤蟆的對話〉、〈張照堂〉、〈石羅漢日記〉刊於《九彎十八拐》第54期，頁2-3、9、20、35。

擔任宜蘭文學館年度系列文學推廣講座首場講者，以「文學來自生活」為題演講。

4月12日　赴東華大學出席由中華民國筆會、國立東華大學人文社會科學學院等主辦的「台灣與馬來西亞文學交流會」，同時

參與《臺灣與馬來西亞短篇小說選》新書發表會。該書收錄黃春明、王文興、平路、林黛嫚、宇文正、蔡素芬等6位台灣作家和6位馬來西亞作家的作品，分別出版中文和馬來文版本。

5月1日　〈巨魔的誕生〉、〈小小的台灣〉、〈黃槿花〉、〈石羅漢日記〉刊於《九彎十八拐》第55期，頁2、2-3、15、35。

6月9日　應邀至宜蘭大學為「學思林蔭大道」揭碑，並與洪蘭、余光中、劉炯朗等人一同出席「人文與科學的對話」座談會。

6月21日　獲頒北京師範大學——香港浸會大學聯合國際學院授予的UIC榮譽院士。

6月27日　應邀至礁溪鄉溫泉飯店以「生活就是教育」為題演講。

7月1日　〈什麼？和為什麼？〉、〈手〉、〈黑馬與斑馬〉、〈石羅漢日記〉刊於《九彎十八拐》第56期，頁2-3、17、24、35。

8月1日　北京現代出版社出版簡體版「黃春明童話集」（全五冊），包括《我是貓也》、《短鼻象》、《小駝背》、《愛吃糖的皇帝》、《小麻雀‧稻草人》。

8月2日　應邀至華文朗讀節「譯動國界論壇」，與英、德、波、法等四種語言譯者談論其短篇小說《死去活來》。

9月1日　〈美麗的桃花源〉刊於《九彎十八拐》第57期，頁7。

9月27日　黃大魚兒童劇團於金門文化局演藝廳演出黃春明作品——兒童劇《小李子不是大騙子》。

9月25日　發表〈傾聽〉於Facebook粉絲專頁。

10月7日　公布罹患淋巴癌，前後共經歷六次化療。

11月1日　〈量力而為〉、〈老人與時間〉、〈石羅漢日記〉刊於《九彎十八拐》第58期，頁2-3、13、35。

11月2日　　發表〈頂新牌打油詩〉於《自由副刊》。

11月9日　　發表〈歡迎對號入座〉於Facebook粉絲專頁。

11月15日　發表〈牽豬哥的黃昏〉於Facebook粉絲專頁。

11月20日　發表〈流浪狗之歌〉於Facebook粉絲專頁。

11月21日　發表新詩〈四腳朝天送馬年　國泰民安〉於Facebook粉絲
　　　　　專頁。

11月26日　發表〈國父孫中山先生的眼淚〉於Facebook粉絲專頁。

12月2日　　發表〈殭傀〉於Facebook粉絲專頁。

12月4日　　發表〈鹿茸阻塞馬耳〉（原文無題，編者暫擬）於Facebook
　　　　　粉絲專頁。

12月5日　　發表〈人呢？〉於Facebook粉絲專頁。

12月16日　發表〈雙色盲〉於Facebook粉絲專頁。

12月31日　發表〈默哀十秒〉於Facebook粉絲專頁。

2015年

1月1日　　〈一里通，萬里徹〉、〈向日葵〉、〈河淚〉、〈尋覓就
　　　　　在前方〉刊於《九彎十八拐》第59期，頁2-3、18、31、35。

1月7日　　發表〈鳳凰花〉於Facebook粉絲專頁。

1月11日　　發表〈河淚〉於Facebook粉絲專頁。

1月17日　　發表〈一個頭兩個大〉於Facebook粉絲專頁。

1月22日　　發表〈巨蛋變大混蛋〉於Facebook粉絲專頁。

1月26日　　發表〈大巨蛋變馬桶〉（原文無題，編者暫擬）於Facebook
　　　　　粉絲專頁。

2月11日　　出席宜蘭童話公園啟用典禮，公園之設計理念出自黃春明
　　　　　《我是貓也》、《短鼻象》等撕畫作品。

3月1日　　　〈淡若水〉、〈創刊的一封信〉、〈孫子的大玩偶〉、
　　　　　　〈石羅漢日記：氣球篇〉刊於《九彎十八拐》第60期，頁
　　　　　　2-3、10-12、33、35。

3月　　　　參與聯合文學及udn讀書吧合作的「經典再造‧數位風
　　　　　　華‧文學名家系列APP」。

5月1日　　　〈談文創〉刊於《九彎十八拐》第61期，頁2-3。

5月　　　　接受趨勢教育基金會邀請，於中國廣播公司錄製「藝文
　　　　　　FUN輕鬆廣播」。

5月30日　　黃大魚文化藝術基金會舉辦第十屆「悅聽文學」系列活
　　　　　　動。黃春明代表主辦單位邀請席慕蓉、廖玉蕙、平路、向
　　　　　　陽、吳明益等作家，赴礁溪老爺大酒店迎賓廳及宜蘭大學
　　　　　　萬斌廳參與公開表演場。此為黃春明生病接受化療後首次
　　　　　　公開露臉。

6月17日　　發表〈寫作的窩──每個人和明星都有一段情〉於《風傳
　　　　　　媒》。

7月1日　　　〈無題〉刊於《九彎十八拐》第62期，頁2-3。

9月1日　　　〈語言與文盲〉刊於《九彎十八拐》第63期，頁2-3。

9月26日　　與其子黃國珍一同受邀至高雄，參與第三屆華文朗讀
　　　　　　節──朗讀劇場，並以「講一口好故事」為題演講。

10月16-17日　宜蘭大學與宜蘭縣文化局、黃大魚文化藝術基金會聯
　　　　　　合舉辦為期兩日的「黃春明及其文學國際學術研討會」，
　　　　　　黃春明應邀出席，並以「聽說讀寫」專題演講，主持人為
　　　　　　宜蘭縣文化局林秋芳局長。研討會期間共發表32篇論文
　　　　　　及舉辦2場論壇，第一場論壇講題為「黃春明與同時代華
　　　　　　文作家及其文學史地位」，主持人為陳芳明，討論人為李

瑞騰、柳書琴、蔡詩萍；第二場論壇講題為「台灣作家眼中的黃春明」，主持人為楊錦郁，討論人為蔡素芬、林文義、言叔夏。

10月29日　〈海倫凱勒的淚水〉（原文無題，由編者暫擬）發表於Facebook粉絲專頁。

11月1日　〈老人的一聲嘆息〉、〈臭美〉、〈茄子〉刊於《九彎十八拐》第64期，頁2、17、27。

11月5日　發表〈皮諾裘回到故鄉了〉於Facebook粉絲專頁。

11月13日　發表〈撕與畫〉（原文無題，編者暫擬）於Facebook粉絲專頁。

11月14日　應邀至臺北齊東詩舍主辦的「耆老憶詩」講座，並以「ABC狗咬豬‧從童謠談音樂韻腳」為題主講。

11月18日　發表〈龜兔賽跑〉於Facebook粉絲專頁。

11月22日　發表〈抹黑〉（原文無題，編者暫擬）於Facebook粉絲專頁。

11月24日　發表〈真假〉（原文無題，編者暫擬）於Facebook粉絲專頁。

　　　　　國立中山大學余光中人文講座及頂新人文藝術中心共同舉辦「當代臺灣文學大師黃春明系列講座」。第一場於國立中山大學活動中心三樓演藝廳，以「一個不良少年的成長與文學」為題演講，由余光中擔任引言人。

11月26日　第二場於國立中山大學國研大樓二樓光中廳，以「放風箏的孩子──生活就是教育」為題演講，主持人為余光中和張錦忠，與談人為蔡詩萍和楊照。

11月29日　發表〈蕃薯屁與台灣的空氣〉於Facebook粉絲專頁。

12月6日	獲頒國立臺北教育大學名譽博士學位。
12月22日	發表〈光芒啊──！〉於Facebook粉絲專頁。
12月26日	獲頒第六屆宜蘭文化獎,於宜蘭縣政府文化局舉行頒獎典禮。
12月31日	至宜蘭參與「百果樹紅磚屋熄燈告別趴」。此「百果樹紅磚屋熄燈」事件自2015年年末至隔年年初,引發各界人士關注,紛紛發起聲援、募資、連署等活動,《九彎十八拐》第66期收錄包含〈文化界聲援黃春明聲明〉、〈聲援黃春明活動的深層意義〉等多篇文章。

2016年

1月1日	〈猴年怎麼說好呢?〉、〈犀牛釘在樹上了〉、〈又見酸葡萄〉刊於《九彎十八拐》第65期,頁2-3、11-15、19。
1月30日	應邀至宜蘭農田水利會「幸福農村・有機田園」講座,以「生活教育」為題演講。
2月6日	趨勢科技出版有聲書《聽見・黃春明:給自己寫的臺灣小說留下聲音》(6片CD)。
3月1日	〈請來喝一杯咖啡,火車會等你〉、〈大鳥看世面,小鳥看場面〉刊於《九彎十八拐》第66期,頁2-3、41。 〈吃齋念佛的老奶奶〉刊於《人間佛教》學報・藝文第2期,頁367-371。
3月20日	擔任《聯合報・聯合副刊》3、4月駐版作家,並發表〈尋找鷹頭貓的小孩〉(上)於《聯合副刊》。
3月21日	〈尋找鷹頭貓的小孩〉(下)刊於《聯合副刊》。
4月16日	應「勇源教育發展基金會」和「聯合文學基金會」邀請,

參與「2016台灣文學巡禮／台中場」，於台中市國立公共資訊圖書館以「昨日今日」為題演講。

4月24日　發表〈常看好小說讓心靈活動活動〉於《聯合副刊》。

5月1日　〈錯亂何時了〉、〈尋找鷹頭貓的小孩〉、〈鷹頭貓〉刊於《九彎十八拐》第67期，頁2-3、8-14、35。

5月4日　婉拒馬英九總統頒授的「二等景星勳章」。

5月10日　應邀出席宜蘭大學90周年校慶，並以「創作，要寫什麼？」為題主講於「遇見大師主題講座」。

5月28日　宜蘭百果樹紅磚屋重啟大門。

6月3-4日　黃大魚文化藝術基金會舉辦第十一屆「悅聽文學」系列活動。黃春明代表主辦單位邀請廖輝英、李昂、利格拉樂‧阿𡠄、零雨、顏艾琳等女性作家，赴礁溪老爺大酒店迎賓廳及宜蘭大學萬斌廳參與公開表演場。

7月1日　〈手機的時代〉刊於《九彎十八拐》第68期，頁2-3。

8月24日、9月8日　出席由文化部、UDN、聯合文學共同主協辦的「原鄉文學&巡演——無障礙閱讀推廣計畫」，舞臺劇改編自黃春明〈魚〉和〈溺死一隻老貓〉。

9月1日　發表〈兩顆蛤蜊的牽絆〉（上）於《聯合副刊》。〈看板市招〉、〈兩顆蛤蜊的牽絆〉、〈佛經的歎息〉刊於《九彎十八拐》第69期，頁2-3、14-18、34。

9月2日　發表〈兩顆蛤蜊的牽絆〉（下）於《聯合副刊》。

9月15日　發表〈閹雞計畫〉（上）於《聯合副刊》。

9月16日　發表〈閹雞計畫〉（下）於《聯合副刊》。

11月1日　〈醫病糾紛何時了〉〈閹雞計畫〉、〈玉蘭花〉刊於《九彎十八拐》第70期，頁2-3、8-11、14。

12月1日　宜蘭縣文化局出版由李瑞騰主編的《聽讀寫黃春明：黃春明及其文學國際學術研討會論文集》。

12月7日　發表〈人工　壽命　同窗會〉（上）於《聯合副刊》。

12月8日　發表〈人工　壽命　同窗會〉（下）於《聯合副刊》。

12月27日　與詹宏志、陳哲芳、蕭渥廷等五十六人共同受聘為總統府國策顧問，聘期自2016年12月22日起至2018年5月19日止。

2017年

1月1日，〈人工　壽命　同窗會〉、〈短鼻象〉（文／吳茂松，圖／黃春明）刊於《九彎十八拐》第71期，頁8-13、24。

2月4日，《聽說讀寫黃春明：黃春明及其文學國際學術研討會論文集》新書發表暨黃大魚家族新春團拜，於百果樹紅磚屋舉辦。

2月21日，發表〈那個時代的路人甲〉於《聯合副刊》。

3月1日，〈聽・說・讀・寫〉（演講／黃春明，整理／李賴、黃麗惠）、〈短鼻象〉（文／吳茂松，圖／黃春明）刊於《九彎十八拐》第72期，頁7-13、17。

5月1日，〈那個時代的路人甲〉、〈短鼻象〉（文／吳茂松，圖／黃春明）刊於《九彎十八拐》第73期，頁6-8、27。

5月4日，應邀至政治大學舉辦的「《文學季刊》五十周年回顧研討會」並受邀演講。

5月8日-6月30日　中原大學2017樂讀節舉辦為期兩個月的系列活動，包括「黃春明父子藝文聯展」、「夏賞經典作家——黃春明」主題書展，以及「凝視・黃春明」主題影展。

6月2日	應邀至東華大學參與「宗燦」講座，進行「人文與科學跨時空對談」討論。
6月22日	發表〈一切始於那個上課被帶走，從此下落不明的「王老師」〉於《風傳媒》。
7月1日	〈呷鬼的來了〉、〈掛鈴噹〉（文／黃大魚兒童劇團，圖／黃春明）刊於《九彎十八拐》第74期，頁8-16、33。
9月1日	〈癖〉、〈我是貓也〉（文／吳茂松，圖／黃春明）刊於《九彎十八拐》第75期，頁9-13、29。
11月1日	〈北門街〉、〈我是貓也〉（文／吳茂松，圖／黃春明）刊於《九彎十八拐》第76期，頁8-11、23。
11月3-4日	黃大魚文化藝術基金會舉辦第十二屆「悅聽文學」系列活動。黃春明代表主辦單位邀請向陽、李敏勇、路寒袖、林央敏等作家，赴礁溪老爺大酒店迎賓廳及宜蘭大學萬斌廳參與公開表演場。
12月10日	獲頒國立屏東大學終身貢獻獎及名譽博士學位。
12月20日	發表〈犀牛釘在樹上了〉於《皇冠雜誌》。

2018年

1月1日	〈兒戲〉、〈把瓶子升上去〉、〈我是貓也〉（文／吳茂松，圖／黃春明）刊於《九彎十八拐》第77期，頁2-3、8-10、29。
1月1日-3月25日	黃春明的《三卷底片》與阮義忠的《有名人物無名氏》作為宜蘭市阮義忠台灣故事館開館首展。
1月9日	宜蘭大學於圖資館三樓設置「黃春明體驗行動館」，黃春明應邀出席啟用典禮。

1月27日-4月8日　宜蘭縣文化局於羅東文化工場展出「春光再明媚──黃春明特展」及系列活動。

2月24日　至宜蘭百果樹紅磚屋出席「黃大魚團隊」新春團拜，並與團員一同慶祝八十四歲農曆生日。

3月1日　〈兒戲〉、〈我是貓也〉刊（文／吳茂松，圖／黃春明）於《九彎十八拐》第78期，頁2-3、32。

3月24日-25日　應邀出席國台交巨觀交響系列「峰迴路轉－布魯克納第三」音樂會演出，其中作曲家陳士惠以黃春明的四首詩〈菅芒花〉、〈吃齋唸佛的老奶奶〉、〈龜山島〉及〈國峻不回來吃飯〉為題材，創作大提琴與室內管弦樂──《菅芒花》。

4月7日　參與在華山文創園區舉辦的「從南到北看桑貝｜系列講座」，主講「簡單，不簡單──跟著黃春明讀桑貝」，主持人為張大春。

4月19日　發表「漫畫隨想」系列作品：〈禁果〉、〈傳統與現代〉（原文無題，編者暫擬）於Facebook粉絲專頁。

4月20日　發表〈我有恐龍多好〉於Facebook粉絲專頁。

4月22日　參加屏師47級校友於母校民生校區五育樓國際會議廳，舉辦的畢業60週年同學會。

4月23日　宜蘭大學通於黃春明體驗行動館舉辦「宜蘭在地繪本展」。展出包括家黃春明的撕畫童書、幾米的繪本、李潼的少年小說繪本及在地社區繪本。

5月1日　〈低級感官〉、〈我是貓也〉（文／吳茂松，圖／黃春明）刊於《九彎十八拐》第79期，頁2-3、13。

6月22日　聯合文學出版社出版黃春明文學漫畫《王善壽與牛進》。

7月1日　　〈鄉愁商品化〉、〈很久沒有畫畫了──《王善壽與牛進》新版序〉、〈王善壽與牛進有話要說──舊版序〉、〈王善壽考〉刊於《九彎十八拐》第80期，頁2-3、16-17、17-18、18-19。

7月22日　　發表〈有味道〉（摘錄）於《人間福報》。

8月18日　　參與「第十四屆海峽兩岸圖書交易會──黃春明講座暨簽名會」，於台北市世貿一館A區沙龍區以「生活即是教育──昨日與今日的生活」為題演講。

9月1日　　〈拜託拜託！〉、〈我是貓也〉（文／吳茂松，圖／黃春明）、〈黃春明的文學漫畫：《王善壽與牛進》〉（摘錄）刊於《九彎十八拐》第81期，頁2-3、25、35。

10月1日　　〈雞冠花〉、〈我有恐龍多好〉刊於《九彎十八拐》13周年特輯，頁4-5。

10月20日　回母校羅東國小參與創校一百廿週年校慶。

10月26-27日　黃大魚文化藝術基金會舉辦第十三屆「悅聽文學」系列活動。黃春明代表主辦單位邀請陳義芝、楊澤、簡媜、宇文正、黃春美等作家，赴礁溪老爺大酒店迎賓廳及宜蘭大學萬斌廳參與公開表演場。

11月1日　　〈老話一則〉、〈小駝背〉（文／吳茂松，圖／黃春明）、〈黃春明的文學漫畫：《王善壽與牛進》〉（摘錄）〉刊於《九彎十八拐》第82期，頁2-3、23、35。

2019年

1月1日　　應邀參加阮義忠故事館舉辦的「陳澄波《淡水澄波》＆阮義忠《淡水小鎮70年代》＆馬偕博士《從滬尾街到噶瑪

蘭》」開幕典禮並致詞。

〈人民的眼睛是雪亮的！?〉、〈借個火〉、〈小駝背〉（文／吳茂松，圖／黃春明）刊於《九彎十八拐》第83期，頁2-3、8-11、19。

1月9日　國立中央大學中國文學系與現代文學教研室／琦君研究中心共同舉辦「黃春明小說研討會」，共發表15篇論文。

2月10日　至宜蘭百果樹紅磚屋參與黃大魚兒童劇團新春團拜，並和團員一同歡慶85歲生日。

2月15日　參與「2019 TIBE　台北國際書展──黃春明講座暨簽書會」，於台北市世貿一館主題廣場以「生活與教育」為題演講。

3月1日　〈沉默的玫瑰花〉、〈小駝背〉（文／吳茂松，圖／黃春明）刊於《九彎十八拐》第84期，頁2-3、25。

3月15日　參加《POP搶先報》POP大講堂#7：「台灣文學國寶黃春明談『生活教育』」，主持人為黃光芹。

4月1日　參與八大電視台於學學文創志業4D教室舉辦的「《眾神的停車位》台灣國寶文學大師──黃春明╳澎恰恰導演講座」。

4月6日　由澎恰恰改編自黃春明同名小說的電影《眾神的停車位》於八大電視台首播。

4月30日　至國立臺北大學三峽校區人文學院101會議廳，參與「2019臺灣文學巡禮──昨日‧今日」並擔任主講，引言人為洪嘉勵。

5月1日　〈擬似環境〉、〈小駝背〉（文／吳茂松，圖／黃春明）刊於《九彎十八拐》第85期，頁2-3、29。

6月15日　　參加聯合文學出版社於舊香居舉辦的尉天驄《到梵林墩去的人》新書發表會。

7月1日　　〈照鏡子〉、〈金絲雀的哀歌變奏曲〉、〈小駝背〉（文／吳茂松，圖／黃春明）刊於《九彎十八拐》第86期，頁2-3、7-12、34。

7月27日　　黃大魚兒童劇團於百果樹紅磚屋演出《小李子不是大騙子》兒童劇說書版～精選折子演出，由黃春明親自上陣說書。

8月2-26日　曉劇場將黃春明小說《魚》改編成舞台劇，並前往愛丁堡藝穗節演出。

9月1日　　〈點心的尊嚴〉、〈寫作的窩〉（黃春明口述，印刻整理）、〈小駝背〉（文／吳茂松，圖／黃春明）刊於《九彎十八拐》第87期，頁2-3、11-12、35。

　　　　　　長篇小說《跟著寶貝兒走》節錄發表於《聯合文學》419期，頁108-121。

　　　　　　北京聯合出版公司出版簡體版「黃春明小說集」：《看海的日子》、《莎喲娜啦‧再見》、《沒有時刻的月台》、《放生》；花山文藝出版社出版簡體版「黃春明童話集」：《短鼻象》、《愛吃糖的皇帝》、《小駝背》；北京聯合出版公司出版簡體版「黃春明童話集」：《小麻雀‧稻草人》、《我是貓也》。

9月20日　　受邀參加第十五屆「海峽兩岸圖書交易會」，於會場短講並簽書。

9月21日　　廈門大學臺灣研究院演講，講題為「談小說與生活」。由文學所蔣小波所長主持，與談人為聯合文學主編周昭翡。

發表〈老不修〉（序《跟著寶貝兒走》）於《聯合副刊》。

9月27日-28日　曉劇場舞台劇《魚》（黃春明小說改編）於宜蘭演藝廳演出。

9月30日　聯合文學出版小說《跟著寶貝兒走》。

10月1日　〈龜山島〉等3首刊於《九彎十八拐》14週年特輯，頁4-9。長篇小說《跟著寶貝兒走》節錄發表於《聯合文學》420期，頁108-114。

北京聯合出版公司出版簡體版「黃春明小說集」：《兒子的大玩偶》。

10月1日　聯合文學雜誌10月號（420期）製作「來去春明家吃飯：黃春明新書《跟著寶貝兒走》專號」。

10月5日　參加由聯合文學出版社於洪建全教育文化基金會舉辦「跟著黃春明走：《跟著寶貝兒走》新書分享會」。

10月18-19日　黃大魚文化藝術基金會舉辦第十四屆「悅聽文學」系列活動。黃春明代表主辦單位邀請亮軒、洪淑苓、郭強生、蕭蕭、吳茂松等作家，赴礁溪老爺大酒店迎賓廳及宜蘭大學萬斌廳參與公開表演場。

10月25日　國家電影中心成立40週年，於華山文創園區發表黃春明與張照堂1974年完成16mm的《大甲媽祖回娘家》紀錄片數位修復版。黃春明受邀請觀看並發表觀後感言。

11月1日　〈老不修〉、〈小駝背〉（文／吳茂松，圖／黃春明）刊於《九彎十八拐》第88期，頁2-4、31。

11月7日、14日　台灣文學發展基金會策劃舉辦「現當代文學練功坊──高中國文教學新攻略」系列活動。7日、14日由中原大學梁竣瓘教授主講「『戰士，乾杯！』──黃春明文

學作品教學工作坊」，黃春明於7日蒞臨文訊雜誌社——多功能教室與讀者互動簽書。

2020年

1月1日	〈琉球的印象〉、〈愛吃糖的皇帝〉（圖文／黃春明、簡說／吳茂松）刊於《九彎十八拐》第89期，頁2-3、35。
3月1日	〈愕然的瞬間〉、〈愛吃糖的皇帝2〉（圖文／黃春明、簡說／吳茂松）刊於《九彎十八拐》第90期，頁2-3、35。
4月3日	《名人書房》第二季第一集邀請黃春明及黃國珍父子二人談論「閱讀真正有趣的地方，在於跟生活連結」。
5月1日	〈解嚴〉、〈愛吃糖的皇帝3〉（圖文／黃春明、簡說／吳茂松）刊於《九彎十八拐》第91期，頁2-4、19。
7月1日	〈我愛你〉、〈愛吃糖的皇帝4〉（圖文／黃春明、簡說／吳茂松）刊於《九彎十八拐》第92期，頁2-4、23。
7月26日	發表〈忘年之交陳永興〉於《民報》。
8月8日	發表〈救我一命的忘年之交陳永興〉於《風傳媒》。
8月30日	國立中央大學人文研究中心與黃大魚文化藝術基金會合辦「『閱讀黃春明』競寫活動」。
9月1日	〈清倉〉、〈忘年之交陳永興〉、〈愛吃糖的皇帝5〉（圖文／黃春明、簡說／吳茂松）刊於《九彎十八拐》第93期，頁2-4、9-11、29。 節錄《秀琴，這個愛笑的女孩》發表於《文訊》419期，頁74-96。
9月19日	發表〈清倉〉（序《秀琴，這個愛笑的女孩》）於《聯合副刊》。

9月29日　宜蘭大學成立「黃春明研究中心」，黃春明應邀出席揭牌及捐贈手稿、著作，會後與陳芳明以「人生理想的追尋」為題進行對談。

9月30日　聯合文學出版長篇小說《秀琴，這個愛笑的女孩》，《文訊》9月號（419期）刊登搶先看資訊。

10月1日　〈清倉〉、〈倒勾齒的媚眼〉、〈打著心燈〉刊於《九彎十八拐 悅聽文學15》，頁6-8、8-9、10。

10月24日　於紀州庵文學森林舉辦《秀琴，這個愛笑的女孩》新書分享會。

10月30-31日　黃大魚文化藝術基金會舉辦第十五屆「悅聽文學」系列活動。黃春明代表主辦單位邀請羅智成、廖鴻基、渡也、朱嘉雯、伊絲塔等作家，赴礁溪老爺大酒店迎賓廳及宜蘭大學萬斌廳參與公開表演場。

11月1日　〈輕言之前〉、〈石羅漢日記發想〉刊於《九彎十八拐》第94期，頁2-3、32。

11月14日　《跟著寶貝兒走》榮獲2020臺灣文學獎金典獎。

11月26日　接受飛碟聯播網《飛碟午餐：尹乃菁時間》「Let's Read 讓我們讀書吧」專訪，談《秀琴，這個愛笑的女孩》。

12月1日　由國立中央大學人文研究中心及黃大魚文化藝術基金會，共同策劃在中央大學舉辦「黃春明週」活動。首日開幕式結束後，在羅家倫講堂舉辦黃春明人文講座，以「故事在哪裡？」為題演講。晚間放映已完成數位修復的黃春明紀錄片「芬芳寶島」之一「大甲媽祖回娘家」，由中央大學康來新教授主持，黃春明親自解說。

12月2日　「黃春明週」活動，下午舉辦「小李子不是騙子：黃春明

與兒童戲劇」演講，晚間安排「讀吟唱演：向黃春明致敬」晚會，特邀簡上仁、渡也、向陽、宇文正、蔡素芬、方梓、李欣倫、田麗雲等多位文藝人士朗讀黃春明作品，同時舉辦「悅讀黃春明」贈獎活動。

12月3日　「黃春明週」活動，放映改編自黃春明同名小說的電影《看海的日子》，導演王童親自參與映後座談。

12月4日　「黃春明週」活動，舉辦「黃春明文學研討會」，由中央大學中文系研究生發表6篇論文。

12月15日　長篇小說《秀琴，這個愛笑的女孩》榮獲「2021第14屆台北國際書展大獎」小說獎首獎。

12月26日　百果樹紅磚屋告別演講，講題為「漫談老人」。

12月31日　百果樹紅磚屋再次熄燈。

2021年

1月1日　〈我遇見我了〉、〈愛吃糖的皇帝〉（圖文／黃春明、簡說／吳茂松）刊於《九彎十八拐》第95期，頁2-3、25。

3月1日　〈討厭與討厭的距離〉、〈雞同鴨講〉刊於《九彎十八拐》第96期，頁2-3、夾頁。

5月1日　〈多元社會二分法〉、〈小鳥〉（圖文／黃春明、簡說／吳茂松）、〈油菜花田、進香、五月〉刊於《九彎十八拐》第97期，頁2-3、23、28-29。

5月　　日本法政大學出版局出版西田勝編譯的《溺死した老貓──黃春明選集》（溺死一隻老貓）。

8月1日　〈幽他一默〉、〈沒有鞋子和沒有腳〉（圖文／黃春明、簡說／吳茂松）、〈有兩種宜蘭人〉刊於《九彎十八拐》

第98期，頁2-3、29、34。

9月1日　〈玻璃家庭〉、〈愛吃糖的皇帝〉（圖文／黃春明、簡說／吳茂松）、〈無題〉（圖文／黃春明、簡說／吳茂松）刊於《九彎十八拐》第99期，頁2-3、25、35。

倫敦Balestier Press出版社出版Goldblatt, Howard編譯的 *"Raise the Bottles"*（把瓶子升上去）及 *"A Platform with No Timetable"*（沒有時刻的月台）。

10月5日　以長篇小說《秀琴，這個愛笑的女孩》入圍「2021臺灣文學獎」金典獎。

10月28日，發表〈黃春明X簡靜惠　說不盡的精彩故事〉於《中國時報‧藝文副刊》。

11月1日　發表〈九彎十八拐一百〉於《九彎十八拐》第100期，頁2-3。

11月17日　長篇小說《秀琴，這個愛笑的女孩》榮獲第45屆金鼎獎。

11月26日　國立屏東大學舉辦「黃春明的文學與藝術——第九屆近現代中國語文國際學術研討會」，共發表9篇論文，並舉辦1場專題演講及1場座談會。專題演講以「黃春明小說中的寬容精神」為題，由簡光明主持、陳芳明主講；座談會以「黃春明的文學與藝術」為題，由陳芳明主持，黃春明、鄭秉泓及李瑞騰擔任與談人。

2022年

1月1日　〈學習的校園，真正的模樣〉刊於《九彎十八拐》第101期，頁2-3。

3月1日　〈詞彙膠囊的見證〉、〈松羅生子〉（撕畫／黃春明、

文／李賴）、〈蘭陽搖籃曲〉刊於《九彎十八拐》第102
期，頁2-3、17、31。

5月1日　〈只問耕耘，不問收穫〉、〈羅東的孩子〉（撕畫／黃春明、文／李賴）、〈我家的五月〉刊於《九彎十八拐》第103期，頁2-3、27、28。

5月9日　聯合文學出版社出版新詩集《零零落落》。

6月19日　台中中央書局於5月11日-7月11日〔2022年度作家主題展〕，舉辦「悅讀黃春明：閱詩・悅畫・詩話・撕畫」活動，其中6月19日的「悅讀黃春明的撕畫世界」邀請黃春明親臨，以「談他寫的詩　說他撕的畫」為題演講。

7月1日　〈《零零落落》自序〉、〈父親，慢走——我的宜蘭民謠丟丟銅〉刊於《九彎十八拐》第104期，頁2-3、29。
宣布將《九彎十八拐》雙月刊交棒給吳茂松主編。
萬卷樓出版社出版由尤麗雯編著《黃春明的文學與藝術：第九屆近現代中國語文國際學術研討會論文集》。

7月1日-8月28日　宜蘭礁溪老爺舉辦「九彎十八拐｜百輯風華展」。

8月3日　與羅智成於臺北明星咖啡館談論〈詩與小說的二重奏〉。
全文由陳昱文整理並分為上下兩輯，2022年9月26-27日分別刊於《聯合副刊》。

9月1日　〈天回天〉、〈宜蘭有禮　金棗有情〉（撕畫／黃春明，文／李賴）刊於《九彎十八拐》第105期，頁26、30。

9月13日　宜蘭縣政府於宜蘭演藝廳舉辦「傾聽・黃春明的歌仔美學」講座，並邀請黃春明到場分享創作點滴。

9月24日-25日　黃春明編導的《杜子春》二十年後再次登台演出。

10月17日-21日　國立宜蘭大學和黃大魚文化藝術基金會，共同舉辦

為期五日的「2022黃春明週」系列活動，活動主題包括「黃春明文藝作品的課程實踐」和「黃春明文藝創作的在地連結」。「黃春明文藝創作的在地連結」邀請時任立法院院長游錫堃主講「黃春明在地關懷的教育實踐」；陳芳明教授「黃春明文學創作在臺灣文學史上的地位」；楊蕭浩主講「黃春明鄉土組曲與在地關懷」；邱坤良與黃春明對話談論「黃春明歌仔戲──蘭陽戲劇團演出杜子春折子戲」；宜蘭大學原住民學生演出讀劇「黃春明〈戰士，乾杯！〉」；「相聲瓦舍」負責人馮翊綱主講「小劇場 大事業」。

10月21日-11月27日　曉劇場導演鍾伯淵製作《戰士，乾杯！》（To the Warriors!）舞台劇，改編自黃春明同名散文〈戰士，乾杯！〉，於臺北、臺中、屏東三地巡演。

11月1日　〈寂寞的豐收〉、〈宜蘭有禮　鴨子呱呱叫〉（撕畫／黃春明，文／李賴）、〈紅燈下〉刊於《九彎十八拐》第106期，頁2-3、30、32。

11月25日　獲頒國立臺灣大學名譽文學博士。

11月4-5日　黃大魚文化藝術基金會舉辦第十七屆「悅聽文學」系列活動。黃春明代表主辦單位邀請張曉風、吳晟、陳芳明、廖玉蕙、平路等作家，赴礁溪老爺大酒店迎賓廳及宜蘭大學萬斌廳參與公開表演場。

12月7日-2023年1月8日　趨勢教育基金會於國家圖書館舉辦「日日是好日　創作展」。12月7日受邀參加「日日是好日　創作展暨詩劇場」揭幕茶會，並於會後至展區親自向觀眾導覽說明其創作歷程及理念。

12月24日-25日　趨勢教育基金會籌辦趨勢詩劇場：「《日日是好日》黃春明詩選」，於國家圖書館B1多功能展演廳演出，黃春明親自登台朗讀詩作。

2023年

1月1日　〈大地上的三炷香〉、〈蘇花公路〉、〈宜蘭有禮　日日有魚〉（撕畫／黃春明，文／李賴）刊於《九彎十八拐》第107期，頁2-4、30、31-33。

1月28日　參與【宜蘭講堂第拾講】，在宜蘭人故事館以「日日是好日」為題演講。

2月16日　國立宜蘭大學續聘黃春明為講座教授，並議定四項合作計畫。

2月22日　聯合文學出版社出版撕畫童話《犀牛釘在樹上了》。

3月1日　〈謝謝白髮老館長〉、〈回到山水〉（撕畫／黃春明，文／李賴）、〈圓與直的對話〉刊於《九彎十八拐》第108期，頁2-3、27、28。

4月19日　至宜蘭大學講述台版「拇指姑娘」以及「貧窮」兩則故事。

4月26日　應邀至臺灣大學博雅教學館主講「我的學思歷──成長中的叛逆」，主持人為丁詩同。

4月30日　參加電影《看海的日子》電影上映40週年紀念活動，原著編劇黃春明和導演王童聚晤。

5月1日　〈記憶裡的紙條──懷念沈登恩〉、〈回到山水的後面〉（撕畫／黃春明，文／李賴）、〈逢石記〉刊於《九彎十八拐》第109期，頁2-3、28-29、30-31。

5月8-27日　國立清華大學於清大人社院圖書館舉辦「黃春明的圖文實驗與台灣作品主題書展」，由王威智策展。

5月13日　人間福報社與社團法人中華福報生活推廣協會於臺北世貿一館主辦為期四日的「2023蔬食文化節」，其中第二日下午舉辦黃春明文學漫畫《石羅漢日記》（新北：香海文化，2023年5月）新書發表會，並邀請黃春明與《人間福報》總監楊錦郁對談。

5月16日　國立清華大學黃春明週以「向土地借個火：黃春明的創作與行動」為題，舉辦為期4日的黃春明週系列活動。16日在清大名人堂舉辦「黃春明人文講座暨詩歌朗誦」開幕式，由黃春明主講，李瑞騰為對談人，王鈺婷為總主持；李癸雲為詩歌朗誦主持。

5月17日　清華大學黃春明週由毛雅芬、謝世宗主講「回望鄉土：黃春明與「芬芳寶島」電視節目」，陳芷凡為主持人，並邀請黃春明擔任特別來賓；下午舉辦「黃春明及其作品研究」研討會，共發表6篇論文；晚間舉行曉劇場「《戰士，乾杯！》播映會暨編劇座談」，由劉柳書琴主持，與吳緯婷、王威智映後座談。

5月18日　清華大學黃春明週舉辦「黃春明劇場」系列短講暨綜合座談，由石婉舜主持，並邀請李賴、陳筠安、劉淑英、鍾伯淵、李易修擔任講者。

5月19日　清華大學黃春明週舉辦「黃春明的圖文實驗：以《王善壽與牛進》為例」演講，由周文鵬主講。

7月1日　〈王禎和的笑臉〉、〈黃槿花〉（撕畫／黃春明，文／李賴）、〈飄飄而落〉刊於《九彎十八拐》第110期，頁

2-3、26-27、30。

7月29日　於佛光山蘭陽別院舉辦《石羅漢日記》新書分享會。

9月1日　〈給憨欽仔的一封信〉、〈影子〉、〈請來喝一杯咖啡，火車會等你〉（撕畫／黃春明，文／李賴）刊於《九彎十八拐》第111期，頁2-4、32、24-25。

10月22-24日　黃大魚文化藝術基金會舉辦第十八屆「悅聽文學」系列活動。22日，黃春明於佛光山蘭陽別院以「小孩子是可以期待的」為題演講。23-24日黃春明代表主辦單位邀請席慕容、楊錦郁、陳銘磻、李欣倫、陳維鸚等作家，赴礁溪老爺大酒店迎賓廳及宜蘭大學萬斌廳參與公開表演場。〈小孩子是可以期待的〉、〈一把老剪刀〉、〈記得昨日〉、〈有兩種宜蘭人〉、〈我是台灣人〉刊於《九彎十八拐　悅聽文學18》，頁2-3、6、7、8、9。

11月1日　〈陶淵明先生，請坐〉、〈小茶壺〉（撕畫／黃春明，文／李賴）、〈相約武昌街〉刊於《九彎十八拐》第112期，頁10-13、22-23、30。

11月8日　應邀至佛光山佛陀紀念館國際書展暨蔬食博覽會，以「石羅漢的眼淚」為題演講。

11月16日　遠流出版公司出版《撢亮星空的菅芒花：黃春明詩話撕畫》。

11月21日　獲頒國立中央大學榮譽文學博士學位，並舉辦「黃春明和他的時代」論壇，由李瑞騰主持，先邀請黃春明以「我還能寫什麼？」為題演講；而後由向陽、王鈺婷、李欣倫及黃國珍擔任與談人。

11月25日　發表〈聊一點撕畫〉於《聯合副刊》。

12月9日　出席由吳靜吉主講的「宜蘭講堂」（第貳拾壹講）。

12月15日　參與由遠流出版事業股份有限公司舉辦的《撐亮星空的菅芒花：黃春明詩話撕畫》「詩　歌　茶話　同樂會」。

12月30日　台中市政府文化局與宜蘭縣文化局共同攜手，邀請「蘭陽戲劇團」於台中市中山堂演出黃春明編導的歌仔戲《杜子春》，演出前黃春明親自為觀眾導聆。

參考書目：

李瑞騰總編輯《2013台灣文學年鑑》：台南，國立台灣文學館，2014年12月。

李瑞騰總編輯《2014台灣文學年鑑》：台南，國立台灣文學館，2015年12月。

廖振富總編輯《2015台灣文學年鑑》：台南，國立台灣文學館，2016年12月。

廖振富總編輯《2016台灣文學年鑑》：台南，國立台灣文學館，2017年12月。

蘇碩斌總編輯《2017台灣文學年鑑》：台南，國立台灣文學館，2018年12月。

蘇碩斌總編輯《2018台灣文學年鑑》：台南，國立台灣文學館，2016年12月。

蘇碩斌總編輯《2019台灣文學年鑑》：台南，國立台灣文學館，2020年12月。

蘇碩斌總編輯《2020台灣文學年鑑》：台南，國立台灣文學館，2021年12月。

李賴〈黃春明文學年表〉，收錄於尤麗雯編《黃春明的文學與藝術：第九屆近現代中國語文國際學術研討會論文集》，台北，萬卷樓圖書公司，2022年7月1日。

林巾力總編輯《2021台灣文學年鑑》：台南，國立台灣文學館，2022年12月。

輯二

評論文章
精選 ———

黃春明小說中的車聲輪影

李瑞騰

關於食衣住行等民生課題進入文學作品中的千姿百態，只要想想近年風行的旅行寫作、飲食文學、城市小說等，就可以了解諸如交通、餐飲、服飾、房屋等等之於寫作，不只是空間題材，有時更是關注對象，乃至成為核心題旨了。本文簡單清理黃春明小說世界中車之存在樣態，並結合小說脈絡，略加論析車之意象在文本中流動的意涵，大體來說，皆和台灣社會發展狀況相互對應。

1

關於食衣住行等民生課題的內涵及其重要性，已不必多費唇舌；它們進入文學作品中的千姿百態，只要想想近年風行的旅行寫作、飲食文學、城市小說等，就可以了解諸如交通、餐飲、服飾、房屋等等之於寫作，不只是空間題材，有時更是關注對象，乃至成為核心題旨了。

我在這篇文章裡想談的是與「行」有關的「車」。

在古典文獻中早就有「車如流水，馬如游龍」（《後漢書 皇后記 明德馬皇后》），陶淵明的名詩〈飲酒〉（第五首）有「結廬在

人境，而無車馬喧」，杜甫重要的〈兵車行〉有「車轔轔，馬蕭蕭，行人弓箭各在腰」等，說明傳統車馬寫入文學世界的盛況。近代以降，東西洋的器物文化隨著侵略者進入中土，乃逐漸改變了「行」的文化，特別是所謂「自移性」（automobility）汽車的引入。[1]

1901年，第一輛汽車駛進了上海[2]；大約十年後（1912），時在日據下的台北也出現了首輛汽車[3]。從轎子到汽車，從馬車、牛車到卡車、貨車，交通運輸工具的發展，說明兩岸都曾在「行」的方面取得長足的進步；城市的現代化，改變了市民社會的樣態，我們很快在穆時英、劉吶鷗、張愛玲等生活在上海的作家筆下，聞見車來車去的街景了。

我們也很容易就想到，日據下作家呂赫若〈牛車〉中的牛車作為運輸工具的困境，一方面是速度比它不知快上幾倍的電動車開始發揮它的作用了；另一方面，殖民政府下令牛車不能行走大馬路，只能開上一些小的產業道路，理由是牛車太慢，妨礙車行，而且牛沿途拉屎拉尿，沒衛生且有礙觀瞻。當汽車工業日新月異，比速度、比安全，也比氣派；另一方面卻也因嚴重污染環境、車禍等負面影響而受到詛咒，再回看一路輾轉而來的各式車輛，我想起台灣重要小說家黃春明的作品如一座大型的車庫，停滿琳琅滿目的車輛。我因之而想以黃春明為例來談談當車子進入小說文本，究竟鋪陳了一個什麼樣的社會現

1　米米・謝勒爾（Mimi Sheller）、約翰 厄里（John Urry）合著〈城市與汽車〉，收入江民安等編《城市文化讀本》（北京： 北京大學出版社，2008年1月），頁208-211。
2　徐茂昌《車輪上的上海》第一章《1901：汽車開進上海》（上海：三聯書店，2007年3月）。
3　陳柔縉《台灣西方文明初體驗》（台北：麥田出版，2005年7月），頁180。

實與人生。

　　我之所以選擇黃春明，主要是他半世紀來的寫作歷程正對應著台灣戰後的社會變遷。最早，他主要是以蘭陽平原作為場域，寫傳統鄉鎮及農村社會的變貌；其後隨著他到了台北，開始以城市為背景，寫城鄉衝突以及台北在資本市場高度發展的情況下變化；上世紀的80年代以來，在台灣社區主義盛行的背景下，他的筆觸重返所來自的鄉土，碰觸鄉鎮社會老年孤獨問題。由於時間的跨度甚長，環境的變遷甚鉅，黃春明又有意寫小人物在此歷程中的處境及其適應，因此有不少社會變化的軌跡，在他的小說中有比較完整的呈現，譬如「家」觀念、老人命運、廣告行業的發展等，過去我曾在這些地方作過一些考察，並形諸文字。[4] 現在我擬試探他小說中的「車」之意象。

2

　　翻開《黃春明小說集》（三冊，台北：皇冠，1985年8月），開篇即以「車」命名：〈「城仔」落車〉。「城仔」在宜蘭南方澳途中的一個小鎮，小說寫一位祖母帶著身有殘疾的孫子搭上公路班車要到城仔把孩子交給從良的母親，過了站卻未「落車」（下車），回頭走一路艱辛，滿是焦慮。班車的稀少、鄉下人進「城」的慘狀，隨車的車掌等，讓人印象深刻，1950-60年代台灣鄉鎮間的交通景況就是這個樣子。其中雖然把掠過的大卡車形容成「一頭怪獸」，但「最後

4　我曾寫過有關黃春明小說的論文如下：〈黃春明小說中的廣告分析〉（1993）、〈筆尖所及正在社會的脈動上——我看黃春明小說〉（1994）、〈老者安之？——黃春明小說中的老人處境〉（1996）、〈鄉野的神秘經驗——論春明最近的三個短篇〉（1998），觸及上述諸議題。

幸虧守橋的衛兵，替她擋了一部卡車，讓他們到城仔」，「守橋的衛兵」在戒嚴勘亂年代可說全台皆然，如今已不復可見。

清理一下黃春明已結集的小說（上述三冊加上《放生》，台北：聯合文學，1999年10月），各式車輛如下：

腳踏車：〈魚〉、〈蘋果的滋味〉
三輪車：〈照鏡子〉、〈兒子的大玩偶〉、〈鑼〉
機車：〈大餅〉、〈打蒼蠅〉
公共汽車：〈「城仔」落車〉、〈魚〉
轎車：〈蘋果的滋味〉、〈我愛瑪莉〉
計程車：〈小寡婦〉
卡車：〈「城仔」落車〉、〈魚〉、〈小琪的那一頂帽子〉
消防車：〈兩個油漆匠〉
救護車：〈蘋果的滋味〉、〈兩個油漆匠〉、〈死去活來〉
火車：〈看海的日子〉、〈兩個油漆匠〉、〈售票口〉

黃春明顯然還來不及把捷運和高鐵寫進作品當中，不過已經非常可觀了。當然，有一些車在小說脈絡中與情節的關聯性並不是那麼大，譬如在〈兩個油漆匠〉中的警車、消防車和救護車，那是阿力和猴子兩個油漆匠在第17層樓處的工作架油漆，收工後沒下來反而往上爬，被誤以為要自殺，因此而有人群之圍觀，有警察之來規勸，有記者之來採訪，有消防車、救護車之來待命等。又如〈大餅〉中林文通之騎機車，〈魚〉中的公共汽車，〈小琪的那一頂帽子〉中運武田瓦斯快鍋的卡車，〈看海的日子〉中運魚的鐵牛車，〈蘋果的滋味〉和〈死去活來〉中的救護車，〈小寡婦〉中吧女菲菲叫計程車帶在越南

戰場上斷了手的比利要回她的家等，沒什麼太多的言外之意可以深探，下面我想談談與故事情節比較有關的車子。

3

前述〈「城仔」落車〉中的卡車，正反形象皆極鮮明，〈魚〉中的卡車則何止是巨獸，簡直就是惡魔了。

〈魚〉是黃春明的代表作之一，寫一位山上的孩子阿蒼到鎮上學木工，某次回山上時為孝順阿公，特買了一條鰹仔魚帶回去，為省巴士錢，苦苦求木匠借給他「擱在庫間不用的破車」（腳踏車）。沒想到魚卻掉在半途，「被卡車碾壓在泥地」，成了「一張糊了的魚的圖案」。他一直強調「真的買魚回家了」，和祖父之間產生了衝突。

小說開始的四段是這樣寫的：

> 「阿公，你叫我回來時帶一條魚，我帶回來了，是一條鰹仔魚哪！」阿蒼蹬著一部破舊的腳踏車，一出小鎮，禁不住滿懷的歡喜，竟自言自語的叫起來。
>
> 二十八吋的大車子，本來就不像阿蒼這樣的小孩子騎的。開始時，他曾想把右腿跨過三腳架來騎。但是，他總覺得他不應該再這樣騎車子。他想他已經不小了。
>
> 阿蒼騎在大車上，屁股不得不左右滑上滑下。包在野芋葉的熟鰹仔，掛在車上的把軸，跟著車身搖晃得相當厲害。阿蒼知道，這條鰹魚帶回山上，祖父和弟弟妹妹將是多麼高興。同時他們知道他學會了騎車子，也一定驚奇。再說，騎車子回到埤頭的山腳，來回又可以省下十二塊的巴士錢。這就是阿蒼苦苦

的求木匠，把擱在庫間不用的破車，借他回家的原因。

沿路，什麼都不在阿蒼的腦裏，連破車子各部份所發出來的交響也一樣。他只是一味地想盡快把魚帶給祖父，他將魚提地高高的說：「怎麼樣？我的記憶不壞吧。我帶一條魚回來了！」

這腳踏車「大」而且「破舊」，因此阿蒼「屁股不得不左右滑上滑下」，「沿途不停掉鏈子」，這是魚之所以掉的主因，更不幸的是被卡車壓糊了。這先「掉」後「糊」，把他的愛心、節省以及學會騎車子的得意全瓦解了。

腳踏車之於阿蒼，從正面的作用轉為負面，終成為成長之重挫。這裡面有城鄉差距、貧富不均，乃至於徒弟即奴僕的扭曲現象，全都要阿這孩子來承擔。

腳踏車之卑微的另一場景是〈蘋果的滋味〉的開頭：

車禍

很厚的雲層開始滴雨的一個清晨，從東郊入城的叉路口，發生了一起車禍：一輛墨綠的賓字號轎車，像一頭猛獸撲向小動物，把一部破舊的腳踏車，壓在雙道黃色警戒超車線的另一邊。露出外面來的腳踏車後架，上面還牢牢地綁著一把十字鎬，原來結在把手上的飯包，和被拋在前頭撒了一地飯粒，唯一當飯包菜的一顆鹹蛋，撞碎在和平島的沿下。

雨越下越大，轎車前的一大灘凝固的血，被沖洗得幾將滅跡。

幾個外國和本地的憲警，在那裏忙著鑑定車禍的現場。

從窮鄉僻壤到大都市，受困的仍是「破舊的腳踏車」，鰹仔魚換

成只有一顆鹹蛋的飯包；回家的阿蒼換成來北部大城市「碰碰運氣」的底層勞工江阿發，阿蒼人沒事，受到的是精神上的折磨，而阿發卻被美國車（墨綠的賓字號轎車）撞斷了腿，「一張糊了的魚的圖案」變成「轎車前的一大灘凝固的血」。

4

〈蘋果的滋味〉的故事就此展開，到城市生活的南部人的困境，赤裸裸地呈現出來，眼看隨之即將陷入絕境，卻因撞傷他的是駐台美軍高官（格雷上校），通過制度的有效賠償，解決了他的困難，並因之而惠及家屬。黃春明充分展現他悲憫小人物的情懷，幽默中微有嘲諷之意。小說中有二處情節與車有關，一是姊姊阿珠去小學帶弟弟阿吉、阿松出校門過天橋時，「阿松蹲在天橋當中的一邊欄干，望著底下過往的汽車出神」，稽之他平日「帶石子丟汽車」的事實，想來幼小心靈之於汽車是又恨又愛吧。另一處則是「坐轎車」一節，是寫阿桂母子四人搭乘黑色大轎車要到醫院去看阿發的過程，黃春明的描述顯示她們不知所措、懼怕、不慣、木訥等狀態，說明當下之空間的極度不協調；而阿桂之有意地哀傷哭泣，和孩子之好奇、嘻笑、興奮等，恰成明顯對比，更顯悽苦。

另一個「坐轎車」場景更怪異了，那就是〈我愛瑪莉〉中的「二、美國式的生活」中，大胃（大衛）從他的洋老闆衛門家帶走狼狗瑪莉，瑪莉上了車：

> 瑪莉留在後座，大胃一點也不會像過去，當小孩子上車時為了怕他們把座位弄髒，而緊張嘮叨。他看到瑪莉肯跟他上車，跳

上後座，不安的踩著座椅，留下了許多帶砂的梅花腳印，也都不在意了。可是他似乎變得很在意別人是否注意著他；……

黃春明極力敘述在台北的外國機關工作的大胃之崇洋，說他因這隻狗而自覺「生活又往上跳升了一格，越來越像美國似的生活了」。原來他這位洋老闆就要回美國了，大胃要求老闆把狗送給他。對大胃來說，這洋狗是「美國式生活」的象徵，也是他在辦公室的一種身分——用來暗示他跟前任主管的關係；他要太太容忍他把一家的生活秩序搞亂，無法容忍牠和土狗交配，甚至於帶牠去墮胎。就在他要帶瑪莉去找獸醫的時候，「奇怪的是，瑪莉一上了車，就安安靜靜的撲在後座」；不過，下場非常糟糕，這時太太已離家，而獸醫根本打錯藥劑，瑪莉痛苦不堪。

5

上面說過，黃春明的小說有城鄉差距，除了自然景觀、生活方式不同，還有就是空間距離問題。在還沒有高速公路的年代，當空間距離遙遠，火車是較佳的選擇，因此依常理判斷，黃春明小說中應該會出現火車，而且會很重要。

首先是〈看海的日子〉。小說中有兩段情節在火車上，一是第二、三節「雨夜花」、「魯延」，白梅因養父一周年忌辰回母家，從蘇澳搭火車經羅東、宜蘭到瑞芳九份仔，先是被曾嫖過她的男人輕薄，再是巧遇曾協助過的姊妹淘鶯鶯，她已從良，抱著孩子魯延，丈夫陪著。

魯延的出現，於她而言，是一個啟發，我們看她在「火車剛離開

頭城站沿岸奔跑」時，她自編討海人之歌，唱給魯延聽，即已暗示她內心幽微處已動念，再加上思及在養母家的卑微地位，白梅有了生自己的孩子的強烈念頭，「魯延」一節的最後，她「決定了」之後，她以「一種不是她坐過的新姿勢，很溫和且嚴肅的那種樣子」，這時：

> 火車輪壓著鐵軌跑的格答格答聲，就是那麼規律，那麼單調，那麼統一的一路麻醉人的感覺。

這多少對應著她的妓女生涯，她的啟悟將翻轉她這樣的人生。她選擇了來自恆春年輕的討海人吳田土，盼能受孕；然後毅然離去，回到生母家。小說到了最後一節「看海的日子」，她自己的孩子已經誕生，抱著他，搭上火車想重返南方澳，在穿過長長的山洞，一片廣大的太平洋的波瀾映入眼裡之際，她指著海，對著孩子自言自語說著她的期待。

比較起白梅之生張熟魏，〈兩個油漆匠〉中從東部來「祈山市」（台北市）當油漆工的阿力和猴子，在17層樓高的工作架上來回刷著廣告看板上女星VV的乳房，亦是社會的邊緣人；火車把他們帶到城市，卻不再把他們帶回家鄉：

> 看嘛！這一班從我們東部來的火車，一定載了不少像我們這樣的人來祈山。一下火車，提著包包，張著大嘴，茫茫然的東張西望。差不多都這樣。

他們也不是不想回，「沒有臉回去」才是主因。然而，從家鄉的角度來看會是如何呢？家裡的人當然希望出外的人帶錢回去，不知情

的左鄰右舍，期待出外的人把他們的子弟引介到城裡去。

《放生》的壓卷之作是〈售票口〉，背景在宜蘭，寫的是老人們天未亮冒冷到車站，排隊為出外的兒孫買回程火車預售票的奇觀，他們之中有老里長、老校長、老農夫，他們談著這家那家的孩子孫子，也談著突然病倒不能來買票的老友。

6

腳踏車兩輪，機車也是兩輪，有很破舊，也有非常進步新穎的。小說畢竟不是車史，也非圖鑑，不可能巨細靡遺。前面談過兩輛腳踏車，都牽繫著小說情節；舉出的一部機車，可有可無，但有一處卻極其重要，那是近期的〈打蒼蠅〉，寫老父苦等騎機車的郵差捎來大兒子寄回的錢好安家，「每一輛類似郵差的機車聲掠過巷口時，都會叫旺欉緊張一下」，原來是大兒子在台北的事業失敗，他拿了地契房契過戶給他處理債務，弄到如此這般下場：失去了房子、田地，租住荒涼的別莊，每天打蒼蠅，打到出神入化。

車也有三輪的。黃春明代表作〈鑼〉和〈兒子的大玩偶〉中的三輪車，都是威脅到徒步敲鑼的憨欽仔和以肉身裝扮奇特成為流動廣告媒體的坤樹；〈照鏡子〉中的三輪車是載客的，貧窮的阿本「坐在三輪車上扶著大鏡子」，它奉命把這面大鏡送去漁會新廈落成典禮，一路搖晃，對著鏡子，他追憶過去，彷彿面對著第二個自我。這裡和車有關的，一是他因所謂「窮人的自卑」，坐上三輪車而感到不安；一是最後卻因急煞車而碰破了鏡子。

車聲輪影，總也承載著小人物或悲或喜的人生，黃春明深刻地體會和他一起俯仰其間的凡夫俗子，有時也拉開距離，客觀描述一

座橋、一段路，前者像〈「城仔」落車〉中的「汽車在蘭陽大橋上跑」，像〈青番公的故事〉中的青番公帶著孫子阿明到濁水溪，撐一條鴨母船撈沙準備蓋豬舍，駛到下游的濁水溪橋下。這時的橋上亂成一團「橋的中間有兩部大卡車頂在那裡，雙方後面也跟停了各種各樣的車排列下來」，「雙方的司機在那裡爭執，沒有一邊願意倒退。……跟在後頭的車，有的幸災樂禍地按著喇叭玩，前頭的互相嚷得幾乎要動武。橋下的濁水溪理都不理默默地流。」後者像〈呷鬼的來了〉，文前引詩一首即題為「濁水溪」，寫的是從台北到宜蘭的北宜公路：

> 整條路段，不只是路躺在那裡，讓往來的車輛輾過來，輾過去的份。相反的，好像又有那麼一點，是路熟練地玩著各種各樣大小不同的車子，叫車子順著它彎曲的胳臂，讓車子滑過來，滑過去。

黃春明寫沿途拋撒的冥紙，寫塞車時「長長接連下來的車陣，從半山腰往下看，竟然在另一座山的山腳下的來路，還看到車陣的尾段」。這著名的九彎十八拐，在黃春明的筆下如動態畫面，走過一趟的人，想必可以同情共感。當然黃春明之描寫山路，意在舖陳「呷鬼」的背景與氣氛，主要的內容放在一部乘載了11位青年男女的福斯九人車，一路走走停停開到宜蘭過程中的鬼話連篇。

7

本文簡單清理黃春明小說世界中車之存在樣態，並結合小說脈

絡，略加論析車之意象在文本中流動的意涵，可窺知黃春明引車入文，頗為用心，形狀聲色必要時皆適度著墨，除了相應於所塑造的人物特性，車與車之間可見其亂中之序，有一些也明顯推動著情節發展，大體來說，皆和台灣社會發展狀況相互對應。

本文曾發表於「第三屆兩岸三地人文社會科學論壇」

（香港，2008.11.21-25）

──選自《臺灣文學館通訊》第39期，2013年6月

論文發表時為臺灣文學館館長，現為中央大學人文藝術中心主任

黃春明〈看海的日子〉一文中「永生」神話原型的研究

劉滌凡

一、前言

（一）問題意識的形成

黃春明〈看海的日子〉小說背景是在50-60年代的臺灣東北角的山區農村，國民政府從播遷來臺的十年，臺灣社會還是以農業、紡織輕工業為出口導向的經濟，社會普遍的窮困，民生物資非常缺乏。在偏遠山區，花東、或東北角農漁村，食指浩繁家庭，常將女兒賣掉，以解決生活的困境。有人買人家的女兒是做為將來自己兒子長大的媳婦——俗稱童養媳；有的是居心不良，買來當搖錢樹，改善家裏的經濟，養到十來歲，就賣到娼寮妓館當妓女，替養家賺錢。故事的女主角白梅就是其中一個典型女子悲慘的例子。白梅8歲被生家賣給來自瑞芳九份仔陳姓家，養到14歲，便被養父賣到中壢娼寮當妓女，身世如雨夜花的飄零，在此卑賤的行業14年，受盡男人的蹂躪，生命長期處在苦難的狀態。在偶然一次機會，遇到舊識鶯鶯，已從良生子，便興起借種返鄉生子，企求生命重生的願望。此種行徑無形中吻合「永生」神話原型的情節模式。

（二）方法論的選擇

神話原型理論盛行於20世紀60年代中期以後的西方學術界，由加拿大文學評論家諾思洛普・弗萊（Northrop Frye, 1912-1991年）最早提出的。

原型批評最初是以神話儀式、原始信仰、圖騰崇拜等視角來研究古希臘戲劇，故而被稱為「神話批評」、「圖騰批評」、「儀式批評」。到了1957年，弗萊的《批評的剖析》（*Anatomy of Criticism*）一書一出，「原型」（archetype）一詞才被定位為文學批評的術語。

自古及今，中外作家常會不自覺地運用一些基本的意象或象徵，而此意象或象徵普遍存在於世界各個種族的文化之中；原型其實也就是典型反覆出現的意象。[1]容格（Carl Gustor Jung, 1875-1961年）稱此「原型」為「集體無意識」（collective unconscious），[2]它是超越個人經驗的反覆出現的原始意象（primordial images），這種原始意象普遍存在世界各民族的神話中。因此，神話出現的母題，表現在文藝作品中，就是一再重複的意象。也就是說它是超越時空的限制，會導引相似的心理反應。

對臺灣小說而言，50-60年代貧困的社會帶給人民生命的苦難；臺灣小說家感受到此種焦慮，便透過小說語言的形式表現出此永生主題。西方學者艾利雅德（Mircea Eliade, 1907-1986年）在《神話與現實》（*Myth and Reality*）一書指出：「在永生的神話中，傳播最廣的

1　加拿大・諾思洛普・弗萊著、陳慧等譯：《批評的剖析》（天津：百花文藝出版社，2002年4月，3刷），頁99。

2　瑞士・容格著、馮川、葉戈福等譯：《心理學與文學》（臺北：久大文化公司，1990年5月），頁93。

主題之一是『返回子宮』（Regress Uterus）」，[3] 也就是說，返回生命創造的本源，「中國道家所認為未有世界以前那種至善和純真的狀態」（同前引），以獲得某種永生。在自然律中，人類當然受到肉體衰朽、死亡的時間法則的支配。

「永生」是一種古老的難題，表映在中外文學作品中，只是一種象徵。因為，人類自脫離母體以後，就不可能重返子宮。當生命遭受一連串苦難與挫折之後，就會出現焦慮感，企圖回到生命最初的本源，以求解脫，或安頓支離受傷的心靈。

因此在臺灣小說文本中「回歸初生的故鄉」便成為「返回子宮（樂園）」的母題。中國古代文人處亂世，也都有歸隱山林的行徑，如陶淵明的〈歸去來兮〉，事實上就是「返回子宮」的宣言。

（三）臺灣學術界研究神話原型相關文獻考查

從70年代中期到80年代中期，臺灣學術界有學者引進西方文學批評的神話原型理論，開始有學者運用此理論針對中國古典、現代文本，賦於新的詮釋，相關文獻有：

1. 繆文傑：〈試用原始類型的文學批評方法──論唐代邊塞詩〉，[4] 該文運用「死亡與再生」原型，檢視唐代邊塞詩中重複出現「春色」與「衰殘」的意象。

2. 許素蘭：〈由紅樓夢之神話原型看賈寶玉的歷幻完劫〉，[5] 該

3　Mircea Eliade. *Myth and Reality*. New York: Harper and Row, 1963, p83-84。

4　繆文傑：〈試用原始類型的文學批評方法──論唐代邊塞詩〉，《中外文學》（4卷3期），64年8月。

5　許素蘭：〈由紅樓夢之神話原型看賈寶玉的歷幻完劫〉，《中外文學》（5卷3期），65年8月。

文針對賈寶玉一生榮華富貴，到林黛玉死亡，而看破紅塵的證悟本性出家；原作者自行歸納出中國式的「歷幻完劫」的原型。

3. 蔡源煌：〈從顯型到原始基型──論羅門的詩〉，[6] 文針對羅門詩中一在出縣的都市意象，原作者自行歸納出中國式的「從有限的世界，去尋找無限永恒的象徵的原型。」

4. 陳啟佑：〈覃子豪兩首詩的原型〉，[7] 該文運用「死亡與再生」原型，檢視覃子豪兩首詩中的「落日」、「黎明」的意象。

5. 黃維樑：〈春的悅豫和秋的陰沉──試用弗萊「基型論」觀點析杜甫的「客至」與「登高」〉，[8] 該文運用弗萊四季配合黎明到黑夜，象徵「誕生與死亡」的文學類比，引申出的悲喜劇的境界，來檢視杜甫的「客至」──春的喜悅意象和「登高」──秋的悲傷意象。

6. 王孝廉：〈死與再生──原型回歸的神話主題與古典時間信仰〉，[9] 該文運用「死與再生」的神話原型，來檢視中國創世神話的重複出現的心象。

---

6 蔡源煌：〈從顯型到原始基型──論羅門的詩〉，《中外文學》（5卷9期），66年2月。

7 陳啟佑：〈覃子豪兩首詩的原型〉，《中外文學》（7卷10期），68年3月。

8 黃維樑：〈春的悅豫和秋的陰沉──試用弗萊「基形論」觀點析杜甫的「客至」與「登高」〉，發表於民國74年4月，中興大學中文系主辦「第一屆中國古典文學國際學術研討會」，收入《古典文學》（臺北：臺灣學生書局，民國74年8月），第7集，頁341-370。

9 王孝廉：〈死與再生──原型回歸的神話主題與古典時間信仰〉，發表於民國74年4月，中興大學中文系主辦「第一屆中國古典文學國際學術研討會」。收入《古典文學》（臺北：臺灣學生書局，民國74年8月），第7集，頁115-147。

以上六位學者各自運用不同的神話原型模式來考查中國古典、現代文本，只有王孝廉教授所運用模式較接近筆者本文的概念，只不過他是用來考察中國創世神話，而筆者選擇「永生」模式來考察臺灣小說，在臺灣學界可說是首位。

　　以下便介紹「永生」神話原型模式與常見的心象。

二、「永生」神話原型模式與心象

（一）「永生」神話原型模式

　　「永生」的原型模式通常出於下列兩個基本故事：

1. 逃避時間的拘限：「返回子宮（樂園）」──至善的狀態，人類在不幸墮入腐敗與無常之前所享受的那種永生之福。

2. 神祕地服從輪轉的時間：不息死亡與再生的主題──人類由順從大自然週而復始的神祕律動，特別是季節的週流循環，獲得一種永生。[10]

　　黃春明〈看海的日子〉的女主角白梅選擇「返回樂園」──生家坑底故鄉，借孕育新生命，來洗淨自己罪惡，使污濁生命得以聖潔重生。是兩個基本故事的混合。

（二）「永生」神話原型心象

　　在「永生」的原型故事情節中通常會出現的「心象」有下列三

10　John R. Willingham, Wilfred L. Guerin, Earle C. Labor, Lee Morgan等編，徐進夫譯：《文學欣賞與批評》（臺北：幼獅文化事業公司，民國77年3月11版），頁135所引。

種：

1. 水：以「海洋」或「河流」意象呈現。有生死的輪迴；淨化與滌罪；死亡與再生；無始和永恆；生育與生長等象徵意義。

2. 原型女人：以「大母」（The Great Mother）、「良母」（Good Mother）、「地母」、（Earth Mother）意象呈現。有誕生、生殖、生長、繁盛等等象徵意義。

3. 樂園：以「花園」或「農園」意象呈現；有純真未污損的美（特指女性）；生育、繁殖等象徵意義。

以上的所列舉的原型「心象」，都可以從黃春明〈看海的日子〉安排白梅回到坑底老家，使坑底從貧窮變成豐收的情節看到。

然而，此原型「心象」何以會與「永生」原型緊密的形成文學的象徵意義？筆者在「前言」裏有提到：「神話出現的母題，表現在文藝作品中，就是一再重複的意象。也就是說它是超越時空的限制，會導引相似的心理反應。」它是弗萊以降，容格心理學家，以及從事神話原型研究的學者，從世界各民族的文學作品中歸納出來的。讀者必須明白的是，上面所列舉的原型「心象」在文學作品出現時，不一定皆具有原型功用。只有批評者在整個文理中，可作原型解釋時，始做如此詮釋。

換言之，也許在原作者創作文本時，並無以此原型作為創作的理念；只有研究者發現有近似原型的模式時，才作如此解釋，這是筆者所要補充說明的。

介紹完「永生」神話原型的情節模式，及原型「心象」後，以下便進入本文的主題論述。

三、黃春明〈看海的日子〉一文中「永生」神話原型的解析

　　〈看海的日子〉發表在60年代中後期，從「永生」神話原型理論來看，女主角白梅具備有「原型女人」的特質；在「原型心象」方面有大海、坑底農村，在在吻合「永生」神話原型理論，可說是臺灣小說最早的一篇典範。

　　「返回子宮（樂園）」的前題是「生命長期遭受苦難」，才會有「尋求救贖之道」、「返回子宮（樂園）」，獲得重生的結果，以下筆者便以此三項情節模式分三個節次論述之。

（一）「生命長期遭受苦難」

　　在西方的永生神話原型文本故事模式，是逃避時間的拘束，返回生命未受污染前的純真狀態，其前提是對生命衰朽、死亡的一種焦慮。反觀臺灣小說具有永生神話原型的文本故事模式——返回子宮（樂園）前提，是當事人生命陷入腐敗、墮落、污穢、奴役的環境，企圖從長期遭受苦難中，尋求心靈或肉體的救贖。

　　〈看海的日子〉所描寫的是國民政府播遷來臺，早期東北角農漁村背景，彼時社會民生普遍凋敝。白梅就像其他偏遠山村的女孩命運一樣，八歲時，在食指浩繁的家庭中，被生父賣給來自瑞芳九份仔陳姓家；養到14歲，又被養父賣到中壢娼寮當搖錢樹。自有人類以來，不管是貧窮或富庶的社會，都存在這種罪惡的淫窟，滿足男人狎妓的生理發洩的需求。既有需求，就會有不幸的女性同胞被賣到火坑，過著污穢、羞恥的日子。

　　白梅從事妓女行業14年，肉體長期受男人的蹂躪，使白梅對男人的印象停留「那種雄性般野獸急促喘息的聲音」，[11]由於「習慣於躺

在床上任男人擺弄的累積，致使她走路的步款成了狹八字形。」（同前引，頁45），而視界長期停留在天花板的小世界，造成「平時眼神失焦於在習慣的那點距離上。」（同前引）

白梅從起初的忿怒、痛苦，到極力想擺脫這種污穢的環境，然而不管如何努力，都無法改變現狀的無奈，到後來整個人就認命、麻木了。

白梅生命像一株凋零的雨夜花。「永生」的原型心象──「水」，以「雨水」意象呈現，有負面死亡的象徵。

她最喜歡唱的一首歌就是「雨夜花」。

她對在中壢娼寮和她有同樣背景的姐妹──鶯鶯說：「我的眼淚在幾年前都流光了。……現在你還有很多的眼淚，要是你覺得要哭而哭不出來的時候，你不妨就唱這一支歌吧！」（頁56）

鶯鶯不明白什麼是「雨夜花」。白梅對鶯鶯說：「我們現在所處的環境不是很黑暗嗎？像風雨的黑夜，我們這樣的女人就像這雨夜中的一朵脆弱的花，受風雨的摧殘，……都離了枝，落了土……」（頁57）

對白梅和鶯鶯來說：「命運是傲橫的！」（頁57），不是能和它撒嬌改變的事，只有死心於這種悲慘的宿命。

由於這份特別行業，使白梅心靈自卑地無法自在地走入人群。「雖然她早已習慣於在小房間裏，在陌生男人面前剝掉僅有的衣著。但是她還是一直很害怕單獨到外頭走動。」（頁46），因為怕被熟

11　黃春明：〈看海的日子〉，收入《兒子的大玩偶》（臺北：大林出版社，民國63年1月），頁46。
　　（案：以下所引用原文，不再另注出處，直接標示頁碼於文末。）

客認出，又怕被人看出她是從事特種職業的「賺食女人」的歧視眼神。「這些即是牢牢地裹住她和社會一般人隔開的半絕緣體。」（頁45）；「儘管她怎麼努力於素樸的打扮，始終無法掩飾那種她極力想掩飾的部分和自卑！」（頁43）

因為，自覺生命的卑賤、污穢。一般女人可以過結婚生子的正常生活，和正大光明的走在人群中；對白梅而言，這些是可望不可及的奢想。所以養母逼她相親，隨便找個男人嫁的話題時，母女爆發嚴重的口角。當養母用了「爛貨」指責她不識抬舉時，刺傷白梅的自尊心，整個情緒如潰了堤的河水。

對白梅而言，別人可以罵她「爛貨」，養家就不行；養家十幾年，大小八口人，吃的，穿的，讀書的，成家立業的，所有花費都靠她賣皮肉錢掙來的，卻反過來嫌她髒！何況淪落到「爛貨」的悲慘地步，也是養父一手造成的。

白梅對自己的命運已經認定，也做了不結婚的打算，因為在她的想法裏，幹這種行業的女人不可能會找到一個愛她的男人，及帶給她幸福的歸宿。但是這個想法，在養父週年祭，回瑞芳九份仔的火車上，遇到已經從良的舊識鶯鶯，且生了一個三個月大，叫魯延的小孩的機緣，就被推翻了。

兩年前鶯鶯又被養父騙離開中壢，賣到臺東，遇到由一位大陸來臺的五十多歲軍人魯少校，為她贖身，並嫁給他。鶯鶯說：「生男的叫魯延，生女的就叫魯緣。延……表示魯家有繼延了，有希望了。女孩的緣就是緣份的意思，紀念從大陸北方來的他，還有緣份和我結婚。」（頁61）。從那個男人善良的笑容中，便可看出鶯鶯已經結束過去那悲慘的生活。

「緣」可以定住漂泊的生命；而「延」是透過新生命的再生。

魯少校擁著鶯鶯，這幸福的畫面深深打動了白梅的心，尤其是當她抱著魯延，嬰兒的笑聲，也引發出白梅潛在的母性，面對車窗外的大海，忘情的唱自編的歌給嬰兒聽。

　　「永生」的原型心象──「水」，又再次以「海洋」意象呈現，有再生與淨罪的象徵；純真無邪「嬰兒」，牽動白梅尋求重生救贖的念頭。

　　女人一生所渴求的也不過是一個家庭，一位愛自己的丈夫，為他生幾個小孩。鶯鶯可以得到的，她也可以得到。所以在事後和養母發生口角衝突時，白梅迫切需要一個像魯延的孩子。「只有自己孩子的目光，對她才不會冷漠欺視。才能讓她在世上擁有一點什麼。只有自己的孩子才能將希望寄托，……」（頁63），這個意念符合「永生」的原型主題：「返回子宮（樂園）」，也就是污穢、下賤的生命，可以透過孕育新生命得到淨化；這個生命將在不知道她污穢、不名譽的過往的農園──生母坑底的原鄉──誕生；她深信自己「可以做一個好母親」（頁63），又符合原型女人：以「良母」意象呈現。

　　問題是，白梅要去那裏找到一個潔淨的男人？

（二）「尋求救贖之道」

　　白梅決定在嫖客裏找一位忠厚老實的男人，借種生子。原作者順理成章地安排一位第一次上妓館，本名叫吳田土的討海人。白梅一眼看到「他那種不自然的表情」（頁68），就知道他是理想的借種對象。還有兩人在床上的一些對話，讓白梅看到「他裏面一片良善的心地」（頁71），白梅告訴自己，要和這個男人生一個小孩。原作者也刻意安排這天正是她的受孕期，白梅決定事後不做避孕的安全措施。兩人辦完事後，「似乎真的有個希望靜靜地潛入她的身體裏，而只有

她感到那種微妙和艱巨。」（頁75），雖然生命長期「被埋在傲橫的無比的養女到妓女的命運」（同前引）；白梅透過這一次的借種，「希望有那麼一天讓她看到她的希望長了出來。」（同前引）

白梅帶著希望返回原鄉——坑底之前，也就是說重生之前，靈魂必須經由「水」的潔淨，才能「返回樂園」；在佛教的經典裏也有相似的象徵，往生到西方極樂世界的人，在八功德水池中蓮花化生，如果沒有透過蓮花重生，是無法清除累劫所積的罪業。

原作者再次安排原型心象——「水」，以「海洋」意象呈現，來淨化白梅的原罪：

> 白梅淚汪汪地抱著滿懷歡喜走下山坡，走向漁港的公路局巴士站，頭也不回，一秒都不停地向前走著，雖然她都一直在海邊，但是今天才頭一次真正聽到海的聲音，一陣一陣像在沖刷她的心靈。不久，來了一班車，就把白梅的過去，拋在飛揚著灰塵的車後了。（頁77）

「水」有死亡與再生兩面象徵。白梅住在南方澳漁港附近的娼寮，都沒有真正聽到海潮聲，是因為自覺生命長期墮落在污穢的環境，永無潔淨的一天。當然「海」對她來說，沒有任何救贖重生的可能，反而折射出負面的「死亡」、「漂流」、「浮沉」的情緒。

如今孕育新生命「返回樂園」——原鄉，自然海浪聽入耳朵裏就有沖刷洗淨污穢原罪的功能——也象徵白梅精神由「死亡」到「再生」。

如此讀者便可了解原作者在此之前安排一段白梅抱著鶯鶯的孩子——魯延，面對車窗外的大海，忘情的唱自編的歌給嬰兒聽。流露

出原型女人的光輝，已埋設伏筆，暗示白梅未來將透過懷孕生子，使生命得以重生。

順此思維，以下便導出第三項情節模式的論述。

（三）「返回子宮（樂園）」

在此項情節模式下，白梅要面對內外兩個難題。

外在難題是：原鄉－坑底，是一處終年力作，豐年不免於饑餓，荒年不免於死亡的貧窮困苦的山村。以及坑底農地是官方的林班地，明年要收回，此舉將斬斷坑底住戶的生機。

「返回子宮（樂園）」，在原型的意象中是指形而上超自然的天界——伊甸園；和形而下的不受污染的農園。此原作者必須將坑底改造成一處豐樂的農園。

內在難題是：萬一白梅沒有受孕，又如何得到救贖？

其次在回鄉之前，白梅生家也面臨內外困境，大哥的爛腿沒錢鋸掉，要看這一季蕃薯的收成價；以及坑底農地，明年要收回。這一連串的問題沒有化解的話，白梅就不是「返回子宮（樂園）」，而是返回一個苦難農村。

關於第一個外在難題，原作者將白梅塑造成「地母」意象——會帶來生殖、生長、繁盛、豐收、等希望之女神。因白梅的回鄉，帶給生家和坑底原鄉的好運。

白梅首先澤被生家，鼓舞大哥動手術活下去。白梅大哥拒絕動手術的理由是：活下來也是廢物一個。白梅提示大哥一條生命的轉機：「你忘了？你的手藝不是很好嗎？你不是可以用竹子做椅子，做畚箕，做篩子，做很多很多東西？」（頁86）；這段話使她大哥重拾對生命的信心。

「回到坑底的第一個月，是梅子（案：這是白梅在原鄉老家的乳名）對什麼都開始有信心的時候，大哥不但接受她的勸告去鋸掉腿，並且病況非常進步。」（頁87）

其次「最令她禁不住喜悅，那就是經期的時候，月事沒來了。經城裏的兩家醫院的檢查，醫生都說很可能懷孕了。有一個醫生推算，如果這次懷孕的話，明年的正月就是順月。」（同前引）

原作者在以上文本的情節設計解決生家內在的困境和梅子自身內在難題：有沒有受孕的問題。接著原作者配合官方土地改革，公地放領、耕者有其田等政策，順理成章解決了坑底外在的第一個大難題：

五月的陽光並沒有落掉坑底這個角落。

一天清晨，由坑底一個叫木仔叔的中年人，從城裏帶回來一項消息，使得整個坑底都翻了起來。木仔叔手裏握著一份報紙，像瘋了似的興奮的飛奔上來，每碰到他的人，馬上就傳染上那份瘋狂，在坑底跑來跑去。

木仔叔站在幾個還沒獲得消息的村人的中間，大聲的說：「官廳明年不但不收回山坡地，反而把這些土地都要放領給我們！」（頁87）

在希臘神話裏也有一位森林女神教狄安娜，祂會帶給大地豐饒的福樂。

梅子的回鄉改善了坑底困苦的宿命，原作者透過梅子母親的歡喜，點明了也有此相似的用心：

「梅子，你不但帶給咱門家好運，整個坑底的運氣也是你帶來

的啊！」老母親快樂起來了。

幾天後，整個坑底人都認為梅子的回來是一個好吉兆，山坡地放領的運氣就是梅子帶來的。同時梅子對家裏的負責和孝行，在加上對村人的熱誠，她在坑底很受敬重。（頁90）

梅子從孕育新生命的「良母」行象，提升到「地母」神格的位置。過去從事妓女生涯的腐敗、墮落、污穢的生命，已逐漸被淨化，提昇到帶給別人至福至善的女神象徵。

六月是坑底蕃薯大豐收的季節。收成好，不代表收入會好；因為賣出價格是受到大盤控制。今天臺灣稻農已不再有被中盤剝削的現象。因為稻作是主糧，攸關國家民生，由各地農會保證價格收購。但是其它的蔬果、雜糧，就任憑商人削價收購，隨天災缺貨，公然漲價；隨生產過盛，公然賤價； 所以天下農民其悽慘如孟子所說的：「今也制民之產，仰不足以事父母，俯不足以畜妻子，樂歲終身苦，凶年不免於死亡！」[12]

從產地到市場直銷這問題，在臺灣從日據時代到今天，存在數十年，都無法改善，原作者將面臨這個現實的外在難題。

坑底的每戶人家全總動員，為了搶收蕃薯，搶先將蕃薯運到二十幾裏外的城裏。二十幾輛的板車載一兩萬斤的蕃薯，造成被收購大盤商殺價到100斤只賣48塊；而兩條鹹魚就16塊。坑底的村民人人忿忿不平：「他媽的，拿鋤頭的真不值錢哪！種的半死，一百斤蕃薯才四十八塊。」（頁90）

---

12 （戰國）孟軻著、（漢）趙岐注、（宋）孫奭疏：《十三經注疏本 孟子》（臺北縣：藝文印書館，民國65年5月）卷1下〈梁惠王〉，頁7。

坑底農民的收成攸關一年全家的生活所需；被大盤壓榨，此問題不獲得改善，就無法使坑底變成幸福的樂園。

當鄉親長輩福叔質疑梅子：坑底如此苦還想留下來的問題時，原作者再次透過梅子的「以量制價」的建議，改善了堂口市場的收購價：

> 「一百斤蕃薯四十八塊，這價錢好像我們自己向人要的。」梅子說。
> 「……整個媽祖廟口的蕃薯市場，我們坑底就佔有七成以上。……每天有這麼多的蕃薯能分三天或四天運出去的話，可能價格會提高一點。」她趕快聲明着：「我不知道，這是我一時的想法。」（頁92）

坑底鄉親得到啟示，將蕃薯分三批運出去賣，就發現了效果，每一百斤蕃薯多漲了二十四塊。一百斤可以賣到七十二塊。漲了50％。如果每戶產量1000斤的話，收入就有七萬多塊，在民國60年以前的臺灣農村，這是一筆大收入。

試想：梅子8歲未受教育，就被陳家買走；14歲被賣到娼寮，就算養家給她讀小學，那會知道經濟學的問題。原作者再次將梅子提昇到無所不知的智慧女神。

以上文本的情節設計近乎神蹟般的將坑底從貧苦困轉化成豐饒農村。可惜的是，原作者在經營此小說時並非完全依循「永生」神話原型理論──「返回子宮（樂園）」至福故事來創作；因此，在11月，梅子待產期間，原作者敘述坑底冬季連綿的雨水，使每戶土磚牆的房子吃水過重而坍塌下來；正月的落山風又讓坑底像冰窟一樣濕冷難

耐。這些自然的災害破壞了「返回子宮（樂園）」四季如春，花團如錦，蟲鳴鳥唱的美好象徵。

雖然如此，原作者還是在梅子生產過程，又扣緊「樂園」的心象——生命在未受污損前的純真至善的淨土。

生產中，梅子因羊水流光，胎兒尚未生出，一度陷入昏迷中。醫生準備放棄小孩，搶救大人的命。此時梅子靈魂走入一片花園，守園人喝令不得闖入。梅子堅持曾在此種過花，但說不出是什麼花。守園人言無此印象；梅子大聲喊叫：「我不管——。」（頁104-105）；梅子又清醒過來，用力擠出胎兒。

此處原作者暗示每個人的靈魂都是聖潔的，都曾在樂園住過。如因英國文學家密爾頓（John Milton）《失樂園》長詩所敘述的「因為被魔鬼誘惑，而破壞純真，被上帝逐出樂園……」[13]；《聖經》（馬太福音 18：3）也說：「你們若不回轉，變成小孩子的樣式，斷不得進天國。」[14]梅子因母愛孕育生命的聖潔，回轉她污穢的生命。可惜文本在此「花園」的象徵中著墨不多。

（四）小結

文本結尾處，原作者再安排重生的梅子抱著新生兒勇敢的走入人群間，搭火車到漁港「看海」。這「幾乎同孩子一起誕生出來的一個意願，一直在心裏鼓動著梅子，……」（頁107）；是初為人母帶給她走出生命的陰影的勇氣，重回人間。

在擠滿人潮的車箱裏，同時有兩個人站起來讓坐給她。梅子對這

13　密爾頓撰，傅東華譯：《失樂園》。臺北市：臺灣商務印書館，民國54年6月。
14　《聖經》（新標點和合本），香港：聯合生聖經公會出版，1988年。

件稀鬆平常的事感到意外而錯愕住，第一次被當人看，第一次感受到人性慈善的光明面。

「有一個女人走過來，牽著梅子去坐她的空位，梅子開始正視對方的眼睛，那女人親切而和善的微笑着。她看旁邊的人，她看到所有車箱裏面她所能看到的眼睛，他們竟然是那麼友善，這是她長了這麼大，第一次經驗到。」（頁108），梅子感動的視線模糊起來。曾經一直牢牢地裹住她和社會一般人隔開的半絕緣體，已經不存在了。

「現在她所看到的世界，並不是透過令人窒息的牢籠格窗，她本身就是這廣大世界的一份子。」（頁108）；這些都是孩子帶給她的重生，帶給她救贖。

最後母子一起「看海」。上一次是抱著鶯鶯的小孩；這一次是抱著自己親生小孩。梅子眼眶含著淚水說：「我不相信，我這樣的母親，這孩子將來就沒有希望。」（頁110）；原作者再一次暗示「海」有再生與淨罪的象徵。梅子以原型女人——「良母」的身份返回出生的原鄉，孕育生命而獲得救贖。

四、結論

原型理論盛行於20世紀60年代中期以後的西方學術界，彼時尚未傳進臺灣文學界。筆者相信原作者黃春明先生，並非以永生原型理論的預設來創作此文本，結果在情節模式上，竟然有如此高的吻合度。雖然原作者在坑底原鄉的敘述有部份情節不符合「返回子宮（樂園）」的至福至善的環境，畢竟那是一種超自然形而上的淨土，落實在人間的話，還是有不完美之處。應該說是精神的救贖，重於物質環境的救贖。

其次，正如原型理論所說的：各民族有各民族不同的文化背景，形成不同的神話；而各民族神話會反覆出現某些共同心象的主題，產生相似的文化功能。自古及今，中外作家常會不自覺地運用一些基本的意象或象徵，而此意象或象徵普遍存在於世界各個種族的文化之中。筆者以三個情節模式：「生命長期遭受苦難」，「尋求救贖之道」、「返回子宮（樂園）」來考察〈看海的日子〉，果然得到印證。

從神話到文學的敘述範疇，弗萊認為都是一種類比的意象。他把西方文學中的原型分為神啟意象、魔怪意象、類比意象三種，前兩者是非移用神話；後者主要屬浪漫主義和現實主義的敘述結構。[15]〈看海的日子〉可以歸入類比意象的現實主義的敘述結構。而且在50-60年代的臺灣文學作品中可以作為最早的母題（motif）。[16]

70年以後，臺灣社會經濟轉型，城鄉產生變革，西方新帝國主義——以強勢的資本進駐到第三世界——未開發國家，新殖民地提供工作機會，誘引農村子弟為了脫離貧困，紛紛離鄉投入大都會，西方以優越的人種歧視、傲慢新殖民地的臺灣人。為了生活，大多數人隱忍下來，並且成為都會的新住民。其中少數有尊嚴的人，放棄優厚的待遇，選擇返回原鄉，以獲得心靈的救贖。1978年陳映真〈夜行貨車〉男主人翁——詹奕宏就是一個例子。

由此可見，以西方永生原型理論可以用來考察臺灣文學作品，並

---

15 加拿大‧諾思洛普‧弗萊著、陳慧等譯：《批評的剖析》（天津：百花文藝出版社，2002年4月，3刷），頁99。

16 所謂「母題」是指神話往下傳延第一個最早的以傳奇、或寓言或小說的敘述程式的作品。

且提供通識博雅深化課程──「臺灣文學經典選讀」教學一條新的閱讀視野的路徑。

──選自《通識學刊：理念與實務》2卷2期，2013年6月

論文發表時為臺灣首府大學國文教授

黃春明童話角色的
身體認同與差異

謝鴻文

一、前言

　　若將當代文學研究比作一棵樹，在這棵樹上嫁接跨學科研究的新枝，彼此理論的互濡互涉，成就更繁茂多姿的樹體，已成了不可避免之趨勢。兒童文學研究也無法例外，要這種論述潮流中，尋找文化理論供借鑑的研究取徑。

　　身體（body）是文化研究的重要課題之一，不過研究者研究焦點經常鎖定在性別的身體，考察男性／女性身體各種形式的性展演（sexual performance），尤其女性主義學者習從女性身體客體受父權宰制、窺淫、物質化等現象，從身體政治裡剖析權力的運作關係。當然也有岔出此焦點之外的，例如蘇珊・桑塔格（Susan Sontag）關照疾病的身體，從文化的隱喻裡去理解、超越疾病本身；或如傅柯（Michel Foucault）將目光投射到瘋癲者、罪犯等被規訓與懲罰的身體，在傅柯看來，身體做為知識與觀察的對象，是歷史組成，被不斷建構、論述而成的產物，而且身體一直受權力控制。

　　由此可見身體的概念已超越了單純的物質性，「身體開始被理解為：在再現與文化中，被描述的、建構的或者被賦予且具有意義的身

體。根據後結構主義者與後現代理論之觀點，身體需要以象徵過程予以『解讀』；這個解讀給予我們啟發，但並非告訴我們何謂真實，而是告訴我們何謂文化：亦即，讓我們知曉對於身體所展示的文化中，其意義為何。就這個意義而言，身體可能以約定俗成的『文本』（電影、雜誌、廣告、電視節目）理解進行解讀。但是，身體也可能被解讀為在它自身之中以及它自身的一個文本。身體是透過日常生活的所有面向描述其意義，透過盛裝與便裝的樣式、透過關係、工作、透過涉及其他論述而予以描述。換句話說，身體即是文本。」[1]「身體」即是文本，那麼身體如何在童話中被賦予意義，遂成了本文思考的起點。

　　身體的理論持續發熱中，而認同（identity）也是文化研究另一大領域，原先屬於哲學範疇的問題，例如海德格（Martin Heidegger）把認同原則的公式表示為：A＝A，並且將同一（same）和差異（difference）互相對照。[2]由此我們可以進一步感覺到認同意識的形成，很容易被概念化約成針對涵括在內（inclusion）／排除在外（exclusion）的規則界定。不過，現在我們談的認同，已經從單一個體擴展到關於族群、語言、性別、階級、身分……等內容。根據里柯（Paul Ricoeur）之言，認同基本上有兩種類型，其一是「固定認同」（idem identity），也就是自我在某一個既定的傳統與地理環境下，被賦予認定之身分（given），進而藉由鏡映式的心理投射賦予自我定位，這種認同基本上是一種固定不變身分和屬性。另一種認同，則

1　Jeff Lewis著，邱誌勇、許夢芸譯，《文化研究的基礎》，台北：韋伯文化公司，2005年，頁398。

2　Heidegger, Martin. *Identity and Difference*, trrans. by John Stambaugh, Chicago: The University of Chicago Press, 1969, p.23.

是透過文化建構、敘事體和時間的積累，產生時空脈絡中對應關係下的「敘述認同」（ipseidentity）。敘述認同經常必須透過主體的敘述以再現自我，並在不斷流動的建構與斡旋（mediation）過程中方能形成。[3]

本文所要探討的是後者「敘述認同」的問題，既然此種認同是從流動中建構出來的，認同處於變動狀態，正如霍爾（Stuart Hall）所言，認同的生成（becoming）並不是有什麼東西已先存在，超越地方、時間、歷史和文化，而且總是從屬於歷史、文化和權力不斷地「扮演」（play）過程中。[4]這也是為什麼認同會持續被關注的主因，因為它可用來幫助我們瞭解國家、社會、文化、政治、經濟的變化。

我們要從時時變動的認同中尋找差異，要謹記維克斯（Jeffrey Weeks）提醒我們的，認同不是中立的（neutral），更重要的是，「在認同背後要探索的是差異，以及常常是衝突的價值。」[5]若我們從兒童缺陷或差異的身體去談認同，如伍德瓦德（Kathryn Woodward）所言，認同提供識別他人與自我的方法，它指認出我們和某些擁有相同身分地位的人是同國的，而與那些不分享共同身分地位的人是有所差異的。[6]身體的相似與差異一旦劃分出來，「認同危機」（identity crisis）便可能出現，危機若出現，又該如何化解呢？

3　引自廖炳惠編著，《關鍵詞》，台北：麥田出版公司，2003年，頁135。

4　Hall, Stuart. 'Cultural Identity and Diaspora' inJonathan Rutherford (ed.) *Identity, Community, Culture, Difference*. London: Lawrence and Wishart, 1990, p.225.

5　Weeks, Jeffrey. 'The Value of Difference' in Jonathan Rutherford (ed.) *Identity: Community, Culture, Difference*. London: Lawrence and Wishart, 1990, p.225.

6　Kathryn Woodward，〈緒論〉，收入Kathryn Woodward等著，林文琪譯，《認同與差異》，台北：韋伯文化公司，2006年，頁3。

我們若同意身體是建構認同的場域，以此展開論述，援引黃春明《我是貓也》、《短鼻象》和《小駝背》這三本童話，就是適合的分析案例。

黃春明進入文壇以來，成就了許多「小人物傳奇故事體」的小說，在他為數不多的童話中，同樣喜歡透過對自我凝視與對他人關照的藝術手法，表現各種生命的生存狀態。黃春明的童話皆以圖畫書形式出版，圖畫亦出自黃春明之手，使用自成一格的撕畫拼貼技法，樸拙中又見匠心。

《我是貓也》、《短鼻象》和《小駝背》皆涉及了認同與差異的問題，若更具體一點說，《短鼻象》和《小駝背》是關於身心障礙兒童的身體如何在社會中建構認同以及表現出差異，身體既是自我獨特性的展示，也是差異標誌的突顯之處。而在差異中往往又反應出認同的心理問題，如《我是貓也》中的黑貓，此一問題的解決與否，攸關生命個體後來的命運，認同危機的解決也繫於此，再透過《短鼻象》和《小駝背》二書之比較，除了看見上述問題撥雲見日的解決之道，亦可見黃春明如何對弱勢族群提出關懷的用心。

二、身體是認同的媒介

現代化的社會中，身體的審美被傳播媒體塑造成美麗性感、健康苗條或肌肉崇拜的形象時，身體臣服於商品化，被慾望消費。人們在意起自己身體的管理，身體外觀形貌容易透過各種媒介傳播形塑出被認同的典型，個體改造變化的「身體計畫」（body projects）儼然一種無形的契約在自我約定的意識中成形，席林（Chris Shilling）如此解釋：「也就是身體如同個人自我認同的某個組件，它應該運作並履

行其功能。身體計畫與前現代社會（pre-modern society）中，身體被如何裝飾與改造是不同的，它較不需要透過共有的典禮儀式來改變身體的外型，也很少與代代相傳的身體產生關聯，因此身體計畫是更具反思性的。」身體計畫給予個體重新表達自我的契機[7]，他必須找到認同的身體而效法，不可否認，身體計畫看起來就像夢想的反映；不過，倘若固著在這些美麗身體符號，我們將忽視還有更多意蘊特殊，不同類型的身體。

身體計畫的操作者經常是針對身體健全者而言，身體若有缺陷障礙，雖然也可以進行身體改造，例如缺腿能裝上義肢，可是本質上還是無法改變殘缺的事實，與正常人的差異還是突顯可辨。身體在社會關係中被叫做「社會身體」（social body），研究者指出社會身體將只是被支配和默從的身體物體移開，使身體成為互為交際的（intercommunicative）和活動的（active）[8]，身心障礙者即使不參與身體計畫，但他們的社會身體依然存在，這時身心障礙者如果無法自我認同，並以其他能力來贏得社會認同，那麼他的人生便容易走向殘缺崩壞、自怨自艾了。

蘇姍‧班森（Susan Benson）在身體分析上也同意席林之說，認為身體是一種被自我的意志力所形塑的「物體」（thing），所以人們對身體的掌控的確是一種計畫。更重要的是班森進一步提出「身體就是媒介」的觀點，透過這個媒介，我們向他人展示自己。班森不僅分析飲食失調與喜好健身者自我管理身體的形式，此外，她也將一些疾

7　Chris Shilling，〈身體與差異〉，收入《認同與差異》，頁118。

8　Lyon, M. L. & Barbalet, J. M. 'Society's Body: Emotion and the "somatization" of social theory' in The Aberdeen Body Group (ed.) *The Body VolII: Sociology, Nature and The Body*. London& New York: Routledge, 2004, p.183.

病、失能者的身體納入討論表示：

> 那麼，我們又該如何對待不完美的身體——包括了強加在我
> 們身上的物質性（materiality）、身體上無法協商的有形限制
> 呢？這些使人痛苦的真相，正是所有人類文化都得面對的，但
> 是在特別強調統治支配的當代西方文化中，也就是征服「自
> 然」與控制「自我」的文化中，卻呈現出某種特定的共鳴。
> ……〔中略〕
> 身體是個體自我的一項計畫，在此計畫中，新身體的建構，重
> 新界定了「內在的」自我（被認為是「真我」的自我）與社會
> 自我之間的關係，而社會自我則是透過與其他人的互動，以及
> 與更寬廣的文化架構之間的互動建構而成的。
> 但是，令人痛苦的真相顯然是：人類的能力是有限的，我們不
> 僅被殘酷的現實所限制（能投入於身體改造計畫的金錢與時間
> 之多寡），也被人類的形體存在本身所限制（例如身體機能變
> 弱、年華的老去，以及生命的終結）；所以，我們無法全然掌
> 握身體的發展過程，並且「生產」我們所偏愛的、被賦予形體
> 的自我。[9]

　　不完美的身體，知道現實的限制後，放棄身體計畫的改造，大
部分身心障礙者要學習慢慢認同於自己的身體，除非身體受到壓迫或
權益受損，他們才會起身反抗；以豁然釋懷之心來看，身體正常的他
者，在他們眼中，恐怕也只是一個存在物體而已。不過，這件事若發

9　Susan Benson，〈身體、健康及飲食失調〉，收入《認同與差異》，頁215-218。

生在兒童身上，剛發展同儕友誼的他們，認同他者身體形象的慾望凌駕於自我認同之上時，就容易對自己產生羞怯不滿，動搖自尊而更顯自卑了。

循著前述理論，我們在黃春明童話中，看見黑貓、短鼻象和小駝背這幾個角色，將身體這個媒介進行身體計畫改造與反改造的過程，從中還可見到他們如何架構自我與社會的關係。

三、黃春明童話角色尋找認同的成與敗

黃春明在其散文曾言：「世界上，沒有一棵種子，有權選擇自己的土地，同樣的，也沒有一個人，有權選擇自己的膚色。」[10]《我是貓也》中的黑貓名叫「黑金」，他有七個兄弟姐妹，都長得不一樣；有虎斑模樣的、有銀灰的、有花的、有白的，也有像黑金全黑的。此童話一開始就點破個體形貌的天生差異，天生命運擇定的除了膚色，還有形體，有的人生下來便是殘缺不完美的身體，譬如《短鼻象》與《小駝背》中的主人翁皆是天生形體有缺陷，他們無可逃避。

個體面對身體缺陷，生活在社會群體中，自然會衍生出認同的問題，《短鼻象》的主人翁短鼻象一出場便是受到其他人嘲笑的際遇：

> 長鼻豬、短鼻象，到底你是那一樣？
> 短鼻象、長鼻豬，到底你是那一族？

10　黃春明，〈屋頂上的番茄樹〉，《等待一朵花的名字》，台北：皇冠文化公司，1990年，頁44。

這種嘲笑的語言裡明顯寓有對「非我族類」的侮辱打壓，短鼻象承受不了嘲笑，怕別人看到他的短鼻子，每次只要聽見有人的腳步聲走近，他馬上把臉背過去，讓那大屁股朝外。這種怯懦退縮的行為，反而讓很多人，看到他的大屁股，比看到他的臉的機會還要多。

　　人類擁有其他動物沒有的獨特屬性——即自我知覺，但心理學家們亦提醒我們，在能夠知覺他人（亦稱社會知覺）之前是不可能有自我表徵的。「我們是誰」、「我們是什麼」均源於社會的界定，也就是說我們看待自己的方式在很大程度上是受「別人看待我們的方式」或「我們自己認為別人看待我們的方式」所影響的。作為人的一種結果就是自己要成為自己的認識對象。[11]短鼻象象徵了發展中的兒童自我知覺不足，必須依賴他人看待他的方式來決定自己想要成為的樣子，所以他暗自下決心要把自己的短鼻子變長，贏得認同。

　　《我是貓也》中的黑金雖然形體健全，但亦有自我認同的困惑，因為他最初被一戶有錢人家收養，深得大小姐疼愛，三餐有新鮮的魚自動送來。但黑金的好日子過不久，就被人偷裝進袋子裡，帶到另一個陌生的地方。在那小村落，黑金不得不自己去尋找食物，因為一條小魚中了圈套，被籃子罩住，又帶到另一個地方去，和好幾隻貓擠在一起等著出售。

　　等到被新主人買走，黑金完全無法理解貓要捉老鼠這件事，過去的他被呵護豢養而用不到此天生本能，但新主人她們村裡鼠患嚴重，所以人們養貓是不給貓吃東西的，讓貓肚子餓，貓自然就會去捉老鼠來吃。「這個方法對別的貓確實有用，對我一點用都沒有。我肚子餓

11　Julia C. Berryman, David Hargreaves, Martin Herbert & Ann Taylor著，陳萍、王茜譯，《發展心理學導論》，台北：五南圖書公司，2001年，頁64。

得厲害，想到要和別的貓一樣捉老鼠來吃就覺得噁心。」黑金在這展現認同的混亂，肇因於他過去的經驗建立的自我價值觀尚未根除，以致於他看見老鼠大膽爬上飯桌要偷吃東西仍無動於衷，因此惹惱了女主人大聲叫罵：「你這一隻根本就不是貓！」這樣的譏諷一次又一次發生，黑金不免自我哀嘆說：「我自己確信我是一隻貓。但是，當大家都說我不是貓的時候，我除了難過，也開始懷疑我是不是一隻貓？」黑金後來開始在街頭流浪，外面天冷，肚子又挨餓，卻還是堅持「一想到要吃老鼠那麼難看的東西，心裡就覺得噁心。」黑金的自我洗腦簡直是讓自己活受罪，當身體引發的自我認同在他身上失去作用，連帶身體運作的功能也就停頓了。

　　而人類所有的慾望，攸關於自我需要，生命中大部分的挫折與衝突發生，皆導因於自我需要的不滿足，「自我知覺對人類經驗具有深遠影響，使人產生對愛和對他人的歸屬感的渴望，而這些渴望不但是塑造人格的最重要的驅力之一，也是研究兒童心理學時受到高度重視的一個核心問題。」[12] 沿著自我知覺這個核心問題，再看短鼻象的心理，因為不被認同的孤立感，在愛與友誼的匱乏狀態下，他便像一艘迷失暗夜中的小船，看見一絲絲光，就奮不顧身的驅向前。

　　短鼻象首先去整容醫院，醫生直接告訴短鼻象說：「你和人不一樣。人的鼻子只要變高，不用變長。不過要變長嘛，你可以試試用拉的，或是用吊的。」

　　得到一點點指示的短鼻象，看見很像單槓的突出樹幹，想用鼻子勾住樹幹，然後讓身體懸掛起來，他搬一塊大石頭放在樹下當墊腳，用鼻子勾住橫枝後，腳往後一蹬，踢開石頭，身體懸空，整個動作過

12　《發展心理學導論》，頁64。

程其實是很滑稽的，可是，短鼻象卻覺得自己的鼻子受牽引似乎一點一點地拉長了，高興得忘了鼻子的疼痛，竟天真的還想多懸掛一些時候，好讓鼻子再增長一些。可以預想的結果，當然是樹枝斷掉，而短鼻象摔疼了屁股。

兒童隨著發展，容易將外在世界看作可感知、可預測的，帶著濃厚的遊戲性，兒童會去創造自以為是有意義的行動。在短鼻象身上，我們可以看見他自發地觀察世界現實，企圖從身體與眾人的相似得到認同，進而建立起尊嚴，因此他想把鼻子變長的行動合理化，一次失敗，自然會讓身體計畫再起心動念尋求其他的方法實現願望。

短鼻象意圖改造自己獲得認同，所以他的身體計畫接下來又經歷了借用壓路機把鼻子壓一下，就像　麵糰一樣的荒謬想法，結果是在慘叫聲中被壓路機碾過，「他發現扁鼻子比原來的短鼻子更難看，使他看來像一隻鴨嘴獸，鼻子變成他的扁嘴，還瘀血得都變紅了。短鼻象懊悔極了。他知道這種怪模樣，一定會引來更多人的嘲笑。他傷心的哭了起來。」短鼻象自慚形穢，無法找到自信，他原本自然的身體，在諸多不正常舉動的踐踏下，遂變得不自然且更畸形了。

短鼻象從原已缺陷的短鼻子又變成更不完美的扁鼻子，休養一段時間後，「說也奇怪，他平時痛恨的短鼻子，當它失掉了又回來時，短鼻象竟然高興起來，並且還覺得它短得可愛。」短鼻象心理前後的對比，實也是他的身體這個媒介在傳遞訊息，使短鼻象接收了自己的短鼻子其實短得可愛；但他之前的意識為何被矇蔽，非要去認同他者呢？說穿了，是對自己自信不足，所以他短暫的高興些日，因為愛取笑他的小孩依然唱歌取笑他，使他又想把鼻子變長了。

短鼻象新的身體計畫，讓他撿到一個噴水喉接鼻子，他戴著假鼻子，很愉快的到處走動，好像在告訴人家：「看吧！我已不再叫做短

鼻象。看吧！你看我的鼻子有多漂亮。」可是假的身體物體，當然無法完全替代真的身體物體，戴假鼻子不能吃草喝水，短鼻子又渴又難受，最後還折騰許久才將噴水喉拔出。看到這裡我們不禁要說短鼻象是自討苦吃，可惜他的自信還是太薄弱，堅持要再建構出理想中的身體。

短鼻象的下一步，竟然把腦筋動到找賣減肥藥和增高器的生意人。這似乎是有點狗急跳牆的舉動，他隨意買了一打藥，喝完之後，他的鼻子和身體也真的有變化了──鼻子好像變細長許多。可是，糟糕的是，他的身體也變瘦變黑，有如大病一場未癒。短鼻象原本心想要自我控制的身體，卻違反了身體的需求與慣例，代價便是傷害身體，「吃了這一類的減肥藥之後，不想吃草，不想吃葉子，常常拉肚子。這樣下去，身體虛弱下來，才走一段路，大氣就喘不過來。」

短鼻象缺乏自信，始終無法自我認同，內在的羞恥感與焦慮，以及他人反應就像周期循環，不斷地衝擊他。安東尼・紀登斯（Anthony Giddens）對此曾有詳盡分析：

> 羞恥感是行動者的動機系統的消極面。而其積極面則是自豪感或自尊感，即對自我認同的敘事完整性和價值充滿信心。當一個人能成功地培育自豪感時，他能在心理上感到自我經歷是合理而完整的。自豪感的維護具有深遠的影響，它的作用並不局限於自我認同的保護或激勵，因為在自我的連貫性、自我與他人的關係以及更為普遍的本體安全感之間存在著內在的關係。出於前面所分析的理由，當自我認同的核心因素受到威脅時，那麼世界「現實」的其餘方面的部分也會受到危害。
> 自豪感根值於社會聯結，它持續地受到他人反應的衝擊，而羞

恥感體驗經常專注於自我的「有形」方面，即身體。[13]

　　短鼻象為了建立自信的自豪感，身體調養後，居然又起念頭想到童話《小木偶》裡的皮諾裘說謊會使鼻子變長，於是他也起而效尤。隔天一早，他一碰到人就大叫：「快跑啊——，天要掉下來了——！」短鼻象說謊使鼻子變長的願望非但沒實現，所有人一聽不但知道他在說謊，還有些人認為他是神經病。短鼻象經過種種失敗以後，再也不敢想其他辦法，只好盡量躲著別人過日子。短鼻象的消極退縮，再次印證了前引班森的說法，我們無法掌握身體的發展過程，並且「生產」自我，短鼻象必然要去學習面對此論點，思索自己無法「生產」出自我，唯有找到自我的定位才能獲得真正的認同。

　　黃春明安排讓短鼻象處於休養生息的狀態，恰好為短鼻象接下來自我意識的轉變埋下伏筆。等到有一天，荒野發生火災，短鼻象找不到人來救，他奮不顧身自己吸水去噴火，把火救熄，待休息解渴時，短鼻象在水面看見一頭大象的影子，鼻子很長很帥，他看了不禁心生羨慕，起初還以為是別人，直到短鼻象做動作影子也做了一模一樣的動作，他才高興地發現自己鼻子已經變長。

　　短鼻象此刻的興奮快樂可以想像一定是他有生以來之最，這一次他不是依靠身體計畫的盲目改造，而是回歸自然的等待，總算使自己的自我認同完完整整建立起來，並且成了人人讚佩的救火英雄。

13　Anthony Giddens著，趙旭東、方文譯，《現代性與自我認同》，台北：左岸文化公司，2002年，頁61。

四、黃春明童話角色在差異中展示身體

《小駝背》中的小駝背，不僅孤苦無依，還天生駝背，天生注定要命運多舛，是典型的悲劇角色。故事一開始，便是他受到其他小孩訕笑欺負的場面：

> 「小駝背，像烏龜，東跑西跑無家歸……。」
> 在小鎮，不管小駝背走到哪裡，總是會聽到小孩子唱著他們編的歌謠來嘲笑他，連那剛學會講幾句話的小孩子，根本就不懂什麼意思，見了小駝背也學著較大的小孩子唱：「嘎嘎巴，咕咕咕，東巴西巴嘟嘟嘟。」還有頑皮的男孩子，見了小駝背並不輕易就放過。他們把小駝背絆倒在地上，然後圍著他興高采烈的大聲嚷叫著：「快來看哪！看大烏龜翻身。」

人性頑劣，失去同理心的不仁莫過於此！小駝背面對捉弄，卻總是默默承受，但他內心其實是抑鬱不快的。紀登斯談身體和自我實現表示，身體是一種客體，在其中，我們都被賦予或被注定去佔據這充滿健康和快樂的感受的源泉，但它也是疾病和緊張的溫床。然而，正如已被強調的，身體不僅僅是我們「擁有」的物理實體，它也是一個行動系統，一種實踐模式，並且，在日常生活的互動中，身體的實際嵌入，是維持連貫的自我認同感的基本途徑。[14] 身體是有感的，經常受欺侮的小駝背，其實也不是不想尋求認同，只不過他選擇痛苦隱忍，甚至自己表演烏龜大翻身給人看，滿足他人的嘲笑慾望可以使他

14　《現代性與自我認同》，頁92-93。

的受苦時間縮短，他身體的行動系統、實踐模式，就不像短鼻象那樣急於改變。短鼻象的行為如同馬惠芳的研究指出：「由於『社會我』和『理想我』相對於『現實我』的差距大而明顯，短鼻象不斷地尋找嘗試能達成符合社會期待的種種方法，不但捨棄現實的、軀體的我，自身的思考、行為以及價值判斷也完全受到他人的影響。」[15] 短鼻象不斷擬定身體計畫，他這個身體媒介，不停對他人釋放「請接受我」的訊息；相較之下，小駝背這個身體媒介，則是告訴我們他的不變，也不受他人影響，他堅持保留自己與他人的差異，那麼，他必然要承擔更多悲情命運降臨的殘酷考驗。

有一次小駝背又受人欺負，小男孩高看看見義勇為，挺身而出阻止眾人再欺負小駝背，高看看因此受連累被打了一頓。被捉弄得躺在地上，要辛苦翻身的小駝背從頭到尾看著高看看的義舉，他心裡是既感激又心疼，還有更多的好奇，好奇高看看為何要幫助他。

受傷的高看看站起來後，他回答了小駝背的疑惑，更向小駝背表達：「我一點也不後悔！一點點都不！」這句話為他和小駝背搭起友誼的橋，真摯的友情互助，和前面那些惡劣欺凌弱小的小孩形成強烈對比。史提夫・達克（Steve Duck）

談論人際關係表示，語言本身提供了一個情境脈絡，建構了我們在文化規範底下對關係的思考模式，架構了人際關係的意義，而這正是我們想要理解或建立的。[16] 以此分析高看看對小駝背說的話，前一句「我一點也不後悔！」簡單而有力，瞬間拉近了他們兩人的陌生隔

---

15 馬惠芳，《黃春明兒童文學研究》，彰化：彰化師範大學國文研究所國語文教學碩士論文，2005年，頁18。

16 Steve Duck著，魏希聖、謝雅萍譯，《人際關係》，台北：韋伯文化公司，2004年，頁6-7。

閣，下一句「一點點都不！」語氣更肯定，像要把小駝背的猶疑受驚撫平，也替他們的人際關係建造出可理解溝通的和諧狀態。

小駝背從高看看身上，得到他生平第一次的友誼，他開始跟高看看分享他的一切，帶高看看去見識他的家——拋在廟後空地的一個水泥管——因為水泥管裡面的彎度，正合他背部的彎度，住起來反而輕鬆方便，當然，這在高看看眼中是不可思議也充滿憐惜的。小駝背也向高看看吐露自己以前常常一個人癡癡地看螞蟻怎麼打仗、看金龜子怎麼從土裡鑽出來、看蜘蛛怎麼結網，這些無語言的昆蟲，彷彿小駝背的友朋，向小駝背展現牠們的蓬勃生命力，隱約也給了小駝背生存下去的意志。小駝背現在不用依此化解孤獨寂寞，他真心擁抱高看看，所以願意告訴他所有自己的秘密，他身體的一舉一動，俱傳遞出和善喜悅的感覺，符合達克說的：

> 溝通（communication）是真實世界中人際往來的基礎，它不只包含了談話，也包括了「副語言」（paralanguage）（像是語調，它可以傳達我們的情緒或對他人的感覺），因此相較之下，溝通可作為更廣泛的情境脈絡。[17]

小駝背和高看看的溝通交流不僅是語言，還有身體，當高看看願意躬身彎曲走進水泥管，他們的關係亦已提昇至心靈層次了。

小駝背偶然做了一個夢，夢見一個小女孩帶他去到駝背村，那個村裡所有的人皆是駝背，而且生性善良，充滿互助精神，一見到小駝背就高興的招手。駝背村裡的設施，簡直是符節人本的無障礙環境，

---

17 《人際關係》，頁10。

處處可見為駝背者量身打造的體貼，比如說房子比一般矮，椅子靠背是彎的，床中間向裡凹。這裡我們不得不佩服黃春明的奇思幻想，有細微的觀察考量，創造了一個值得真實示現的世界，而非烏托邦的想像而已。

更重要的是，在駝背村那裡，小駝背被稱呼他已遺忘的本名：「金豆」，如果說名字也是一種自我認同，小駝背對名字有所回應，實也說明了他在夢境中沒有真實世界感受到的不平等待遇，沒有差異，他的身體也就不再是卑微屈辱的樣子，即便駝背也不再是障礙。小駝背夢境呈現的世界，是心象的美滿寄託，是虛幻的；但他遵照小女孩的約定：「以後你要是覺得不快樂你就到這裡。」日後，只要受欺負而覺得孤獨時，他便睡覺做夢，夢見自己睡在駝背鎮的床「舒服得像躺在一條白船上，在平靜的水面浮盪，漂呀漂呀地，小駝背已經弄不清楚自己在什麼地方了，好像連有沒有自己也不知道了。……」如此超脫寧靜的感覺包圍著小駝背，可知他心裡十分的安慰，有得到認同的篤定及解脫。

小駝背夢中的世界，體現了威廉・格拉瑟（William Glasser）指出的認同社會必須具有兩種品質：「愛與價值。第一，人必須去愛和被愛——投入於他關心和尊敬的人；第二，人必須做有價值的工作，以增強自我價值感，並經常幫助別人做同樣的工作。」[18] 的確，夢境中的駝背村正是一個懂得愛被愛的認同社會，個體獨立的價值，也會因此而表露無遺。短鼻象所處的社會，人與人之間，倘若也似駝背村一樣相親相愛，短鼻象也就不用一直將精力與時間耗費在實行身體計畫了。

18　William Glasser著，傅宏譯，《認同社會》，台北：桂冠圖書公司，1994年，頁23。

小駝背捨棄身體計畫再現新的身體意義,他的差異才能彰顯出來,誠如班森強調的,人類是被賦予形體的主體(embodies subjects),人們的肉體是一個場所,在這個場所中,不但構成了性別(gender)、性慾特質(sexuality)、種族、族群以及階級的差別,同時也將差異顯現出來。[19]身體文本若是都複製成一個樣,豈不是失去了多元想像呢!

　　小駝背把高看看當作朋友,不吝跟他分享夢境,高看看非但沒有笑小駝背是癡人說夢,反而完全投入的傾聽,並且教小駝背寫字,還送他蠟筆,使小駝背能寫出他在夢中拾回的名字,小駝背學會寫字後,在水泥管外寫滿自己的名字,得意的告訴高看看:「你看!這是世界上最漂亮的房子啦!」小駝背和高看看這一段互動情節是很動人的,這也是為何小駝背後來覺得駝背村裡的人都長得很像高看看的原因,可見他意識底已經完完全全把高看看當作同類,沒有身體特徵上的差異。

　　這個關鍵意識的轉變,使小駝背即便離開人世,也能含笑。黃春明選擇了一個悲傷的結局,不避諱使兒童正視生命凋零的必然,可是他寫得極淒美含蓄,並未清楚交代小駝背因何而死,只是讓他安詳的躺著,做著前去駝背村的美夢。高看看去找小駝背時,發現他已經真的到了遙不可及的駝背村了,拋下了撿來的貓咪任牠哀哀哭叫,鏡頭一轉可以看到一鉤彎彎淡淡的月牙冷冷地光照著人間。夜有種神秘氣氛,微亮的星空月影下發生的人間苦難悲劇,從另一個角度來看,這樣安排其實也是圓滿的喜劇,因為小駝背沒有痛苦掙扎的死去,且在那一刻回到心靈的最終歸宿,小駝背的死亡或許真是一種痛苦縛累的解脫。

19　《認同與差異》,頁223。

梁敏兒曾從榮格（C. G. Jung）心理學影子原型探討黃春明童話角色的自我認同，她說：「認識影子對自我的成長很重要，《小駝背》有一幅畫很有象徵意義，金豆和高看看成為朋友，兩個人坐在水管的裡面，各佔一半，勇敢地認識對方，與影子共存是重要的。認識影子，影子的威脅就會消失，金豆可以說是高看看的影子，他的一切都是高看看的正相反，連名字都是，金豆很努力地找尋自己的名字，自己所屬的地方，到他找到了以後，他就安詳地死去。」[20] 本文雖然以敘事文本為主，而沒有碰觸圖象文本，但梁敏兒從影子的對應關係去解讀《小駝背》，也讓我們跟著思考到，原來小駝背已經把喜歡高看看的意識投射出來的影子，化為生存喜悅的動力，有此動力維生，雖死亦無憾了。

　　相較於小駝背經歷較多的磨難，不經由身體改造計畫，讓身體差異繼續存在，

　　但無法在社會中被人平等無異樣看待與包容，其悲劇之死，充滿淨滌心靈的深沉省思效果。而前述《我是貓也》中的黑金就沒有如此悲情，他是由於後天環境變遷，導致他自我認同的錯亂，所幸最後一隻老貓點醒他：「你看你自己，身體都餓扁了，只剩下一個大頭。這個村子裡有的是老鼠，捉牠、吃牠。一隻貓說是在這裡餓死那才怪哪！」黑金忽然醒覺，走進老鼠群裡，竟沒有任何一隻老鼠怕他，黑金趁勢看準了老鼠王，一撲過去就捉住了。

　　當黑金啣著老鼠王走過街頭，見到他的人都驚叫起來，女主人更是驕傲的大聲說：「那是我家的黑貓哪！」黑金先前混亂的自我認同

20　梁敏兒，〈黃春明的童話世界——影子原型的拼貼空間〉，《兒童文學學刊》第10期，2003年11月，頁89。

此刻恢復過來，「我知道我現在又是一隻貓了。」黃春明如此鋪陳擺盪出前後對比的差異，突顯出社會環境、人際互動語言等諸多外在因素，都可能成為身體自我認同的形塑關鍵，這就呼應唐諾‧溫尼考特（Donald W. Winnicott）說的，「身體自我」（body ego）它並不是建立在身體功能的模式上，而是建立在身體的體驗上。[21]

不過，黃春明對黑金的描寫值得再探索的一段是他對自我認同混亂時，一度在找尋鏡子想看看自己究竟是不是貓；後來沒找到鏡子，而是借由水井看自己的倒影，卻又被受驚嚇的青蛙跳下井底把平靜水面弄破；之後黑金頭轉向天空看見一輪明月，他驚喜叫著：「那不就是一個大鏡子。」可這面大鏡子即使他爬上村子裡的八寶塔頂，他的影子也照映不進去。黑金最終徒勞無功，才又拖著虛弱的身體離開。

這裡我們不免聯想到拉康（Jacques Lacan）著名的鏡像階段（Mirror Stage）論述，拉康認為每個個體都要在幼兒時期經歷一次鏡像般的想像自我，黑金的舉動實也反應出這種迷惑。不過黑金的身體認同與差異，雖也呈現迂迴曲折的轉變，所幸最後他還是回歸常軌，肯定自己是貓，他的自我追尋也就完成了。

五、結語

乍看《短鼻象》與《小駝背》中的角色，很容易產生美／醜的對比，短鼻象與小駝背皆因為有身體上的缺陷，與其他所謂正常人形成差異；可是他們兩個人面對被嘲笑醜怪的態度卻南轅北轍，短鼻象

---

21 Donald W. Winnicott著，廖婉如譯，《遊戲與現實》，台北：心靈工坊文化公司，2009年，頁165。

選擇身體計畫的改造，務求自己不再是畸形奇怪的個體，希望獲得認同同時也獲致自信。小駝背卻是傾向維持自然的身體，只在夢境中另尋他可以認同的烏托邦，他身體的不完美與限制，在那裡反而不成障礙，是欣悅的歸屬之地。而《我是貓也》的黑金雖無關於美醜，但黃春明對這個角色的刻畫也有用心的寓義，同樣讓他經歷身體的認同與差異，從經驗帶出生命存在的省思。

　　文學作品塑造的角色內涵理應包含這種對立與碰撞，劉再復見解道：「我們要求文學作品，應當有一個廣泛的真善美的標準，任何一件好的作品，都應當是真實與真誠的，都應當有益於提高人類的精神境界、有益於社會前進的，都應當給人以審美享受的。但這並不是說，作品不能反映假惡醜，不能反映人的內心世界卑劣與醜惡的東西，如果這樣簡單化地理解，把人的內心世界變成純粹的十全十美的世界，那就是一種虛假的審美化。真實的內心世界的審美化，是讓文學作品的接受者看到真實的人的感情，真實的人的內心世界，看到人的內心世界中善與惡、美與醜兩種心理能量的互相碰擊，互相轉化，即看到任何一個人的內心活動都是一種矛盾狀態，它的活動形式，都是一種雙向逆反運動，都是一種活生生的不斷變化著的二重組合運動。」[22] 黃春明沒有讓黑金、短鼻象與小駝背的心理活動，流於單向的價值呈現，而是有變化的流動，使我們從他們身體外在進入內在，讀出了文本的豐饒意義。

　　短鼻象和小駝背為了身體的認同與差異，各自發展出不同的人生態度與命運，反應在文本裡的一個情節關鍵，都跟友情有關係，「兒童在早期（亦即三到七歲）會用彼此距離遠近（proximity）和可及性

22　劉再復，《性格組合論（上）》，台北：新地文學出版公司，1988年，頁69。

（availability）來定義朋友。四到九歲期間，兒童養成了區分自己與他人觀點的能力，但是他們關心的仍然是『對方能為我做些什麼』，未能站在互惠基礎來評價朋友。六歲到十二歲期間（『有福同享』階段），兒童開始明白友誼的雙向性，並且瞭解到對方也有權利、需求與期望。然而，他們關心的仍然是自我利益而非互利，這些兒童只有在自己方便的情況下才會關心對方的需求。從九歲左右開始，兒童瞭解到友誼是互助互惠的，而且雙方有共同目標是很重要的。在十二歲以後，兒童才開始對友誼有更精細的瞭解，交友型態也越來越像大人，亦即體認到友誼與獨立自主是可以共存的（例如，對方可以擁有或需要其他朋友，這不會影響我們的友誼）。」[23]短鼻象始終處於友誼需求不滿而挫敗沮喪，小駝背則是和高看看擁有互助互惠的真誠友誼，所以我們不能否認，人際關係的良好與否，也是牽引生命走向的路徑。

《我是貓也》雖然不像《短鼻象》和《小駝背》直接觸及到友情的影響，不過黑金遇見的那隻老貓，某種程度來說也是友誼的扶持力量顯現，幫助他醒悟過來。《我是貓也》有一個較圓滿的結局，《短鼻象》和《小駝背》探討的個體生命缺陷，則傾向悲劇的敘事，但各有不同的結局，文本流露對弱勢族群處境的思考，實也是作家人道精神的發散。

——選自《華人文化研究》2卷1，2014年8月

論文發表時為林鍾隆紀念館執行長，
現為FunSpace樂思空間團體實驗教育教師、
林鍾隆兒童文學推廣工作室執行長

23　《人際關係》，頁159。

黃春明與日本

黃英哲

黃春明作為一位台灣作家，一位生活於東亞歷史現狀下的作家，不僅他個人對整體歷史的回顧反省值得借鏡，更應注意的是其作為一位東亞認同的作家，黃春明所完成的文學越境、所拋出的東亞共同議題，必須更嚴肅謹慎地進行反思。

1

1979年，黃春明《莎喲娜啦‧再見》是戰後受國民政府教育的第一世代台灣作家，最先被翻譯為日文的台灣文學作品。在這之前，台灣文學作品在日本出版的有吳濁流日文原著小說《亞細亞的孤兒》（1956年）、張文環日文原著小說《滾地郎》（1975年），還有大陸來台作家陳紀瀅描寫大陸北方農村生活的《荻村傳》（1974年）日譯出版。1979年，雖然陳若曦描寫大陸文革的《尹縣長》日文翻譯同時也在日本出版，但是遠不及黃春明《莎喲娜啦‧再見》受到注目，日本文化界掀起一股黃春明熱，迄今仍然不衰。

戰後日本關於台灣當代文學的譯介是從70年代開始，在這之前幾乎沒有譯介出現，這與當時日本的左、右翼文化人對「國民黨的台

灣」與「共產黨的中國」之認識、偏見及評價落差，有很大關係。當時，以左翼的「進步分子」占多數的日本文化界，認為台灣是保守的、反動的，故相當輕視台灣和台灣文學。但是，1972年中日建交之後，反而又促使他們不得不去正視台灣何去何從的議題。同時從70年代開始，日本文化界內部也產生巨大變化，當時西方正掀起所謂少數民族復權運動，日本也受到這種思潮的波及，開始重視在日朝鮮人、在日中國人、少數民族愛奴人、部落問題（江戶時代，因出身或職業關係，而受到社會歧視的一群人，他們幾乎是集團性的群居，備受社會歧視）、沖繩問題（直到1972年沖繩都是由美國託管）等。此外，還有該如何面對過去殖民地統治的問題。此時，東南亞各地也正掀起批判戰後日本的「新殖民主義」──經濟侵略問題與買春問題的運動。二戰後，日本因韓戰與越戰的特殊需求，因他國的戰爭而達到高度經濟成長，戰後不再以軍事力量，改以經濟實力將東南亞化為經濟的殖民地。日本男人被稱為「千人斬」，參加前往亞洲各國買春的「買春團」，正是經濟殖民的結果之一。逼使日本文化界不得不重新面對並反省侵略戰爭及舊殖民地統治問題，這其中也包括了台灣問題。

《莎喲娜啦·再見》是一部暴露日本經濟侵略與買春惡行的作品，無意識的扣合了70年代日本文化界對台灣與台灣文學內容主題的關心取向，並與當時日本文化界所關心的焦點之一「新殖民主義」相互呼應，並不是為迎合當時取向而創作的小說。因此，《莎喲娜啦·再見》甫出版，立刻受到日本文化界與學術界的矚目，關於此作品與黃春明的報導、相關研究論文陸續刊出，而且自80年代開始到2012年為止，日本文化界與學術界對黃春明的邀約不斷，這30年間，黃春明透過和日本文化界人士、學者之間的對話及公開演講，直接面向日本發出訊息，其談話內容不會隨著時間而褪色，我整理如下。

2

　　一、「歷史認識問題」。早在1982年，黃春明接受日本著名的雜誌《朝日ジャーナル（journal）》訪問時，就表示：「想到台日關係時，買春觀光不是一個表層問題，其實這涉及了很深層的問題，比如這就涉及了日本人的精神構造。看到來到台灣的日本人旁若無人的態度，你不會覺得日本是一個戰敗國。當他們成群的來到台灣，厚顏無恥的表現出如同在本國一般，無視周邊台灣人的眼光熊抱台灣女性，這種侵略者的精神構造，和戰前無什兩樣。台灣到現在本質上還是日本的殖民地，從前是軍事侵略，現在是用經濟力來支配。經濟支配的手法是非常綿密複雜，其本質很難察覺，它深入日常生活裡，根本很難察覺。台灣一味地模仿日本、美國，不尋求自己的路，丟棄傳統，無條件地接受外國文化，如此一來，民族團結心與抵抗力也就消失了，為此我感到悲傷。日本雖被說是一個富裕的國家，但是在道德面卻不能說是『日本第一』。我想告訴台灣人們，日本有日本的路，台灣有台灣的路，二者是不同的。在《莎喲娜啦・再見》我就做了如此表示，我非常希望台灣的每個人更應好好的想想台灣的問題。」黃春明認為，戰前或戰後日本的侵略台灣，其本質都是一樣，只是形式不同而已。

　　關於台灣的「歷史認識問題」，黃春明在日本人面前更進一步地公開表示，台灣是日本在亞洲占領的第一個殖民地，且占領的期間最長，長達51年之久。台灣居民飽嘗日本各種殘酷至極的統治，並且兩代人受到徹底的皇民化教育，教育的結果造成他們很深的傷痕。在日本天皇發表無條件投降的那天中午，有收音機的家庭早就聚集了許多人，雖然知道要發表重大事項，但卻沒有一個人想到會是日本的無

條件投降。12點，「玉音放送」發表了無條件投降的決定，在場的人有許多欣喜若狂，手舞足蹈；但也有些受日本教育的台灣青年卻是悵然若失地呆在那裡，甚至悲痛地哭了起來。旁邊的老人拍拍年輕人的肩膀說：「中國打贏了，是我們的勝利啊！」青年們暫時停止哭泣，試著展現勝利的喜，但那戰敗的悲傷卻再次湧上心頭，使他們又大聲地哭了起來。

《讀賣新聞》記者曾為採訪前台籍日本兵而來到台灣，黃春明介紹四位台灣老兵給他們採訪，都已是70歲以上的老人。遠遠看來他們都鬱鬱寡歡，像是有什麼東西沉睡著，但一向他們說明訪問的目的，並介紹記者時，他們就像見到多年未見的老友一般，馬上精神百倍。問起他們的軍隊生活和戰場回憶，雖然讓我很心疼，但他們的表情和語氣卻都充滿了懷念。而當記者問起他們對現在的生活，以及對政府有什麼看法時，卻讓我有到難以忍受的一幕。一個老人突然以日語大喊著：「中國的政府，差勁！我是日本人，我恨中國！」令我大驚失色。《讀賣》記者見狀把麥克風轉向我，問我：「您的看法如何？」詞窮的我只能伸手關掉記者的錄音機，請他等一下。我休息了一下後告訴記者：「你們如果只從表面理解他們的話，大概只會覺得他們民族意識薄弱，非常親日。但如果把受害的過程分為初期、中期、後期，那麼他們屬於後期，受害程度就像是中毒太深的重症患者。」黃春明明確地指出殖民統治與認同的複雜性，並反省台灣人在戰後一廂情願地美化日本殖民統治記憶。

3

二、關於台灣文學。關於日治時期的台灣文學作品，黃春明認

為在其他國家，對於「占領」總有說不盡的英勇抵抗故事，也有許多豪氣干雲的文學作品。台灣當然也有悲壯的抗日故事，而且在日治末期，出現的作品深入人心、感動讀者。例如賴和與呂赫若，以及寫下〈無醫村〉與〈送報伕〉的楊逵，寫《亞細亞的孤兒》的吳濁流等。但這些作品的內容，大多僅止於描寫漫長的日本占領之下，國民的生活多麼困苦，以及受完整日本教育成長的知識分子，在中國、台灣、日本的三角關係之下內心的種種矛盾，卻沒有出現率領民眾勇敢奮戰的民族英雄。楊逵的〈送報伕〉否定了這三者的矛盾關係，向知識分子們提出了與勞工們攜手合作這個方向。當日本統治者壓迫異族時，也同樣在壓迫自己國家的勞工階級；因此楊逵指出，若能加強知識分子與勞工間的連帶關係，就能給予日本勞工階級相當的幫助。楊逵這篇富有勞工國際意識的作品，在當時的台灣是很例外的，並且也是獨一無二的存在。幾乎所有的抗日作品，篇篇都透露著沉痛與怨恨，但以當時的客觀環境來看，台灣是個島國，在作品內容描寫太過激烈就會遭到殖民當局檢舉 逮捕、打壓的狀況下，這種消極的表現方式也是無可奈何的。如果說韓國、中國大陸等其他國家的反占領、反侵略文學作品，是雄壯激昂的進行曲，台灣的抵抗文學，則像是一首孤獨而充滿悲憤的小調。

關於戰後台灣文學的發展，黃春明認為因為日本的敗戰，使得台灣從殖民地狀態中解放，但文學與語言並不是那麼容易改變的。作家已經失去以日文發表自己在殖民地時代體驗的場域，直到若干年後才能夠以中文寫作，但真正想寫的事情已因為時代改變而失去發表的時機。直到國民黨政府與蔣介石播遷台灣，又進入白色恐怖的戒嚴時期，筆禍事件頻傳，只因為對國民黨稍有批判，就被視為政治犯遭逮捕入獄。因此在光復後的數年間，受日本教育的台灣作家，在中文創

作上只能「繳白卷」。50年代的台灣文壇，成為與國民黨政府一起遷到台灣的外省籍作家天下，作品內容為制式化的反共宣傳與對大陸故鄉的思念。但這個時代並不長，到了70年代，以中文寫作的本省作家開始嶄露頭角。他們清楚地認識到，台灣雖然持續著高度的經濟成長，但控制權還是握在日本和美國手中，台灣畢竟還是美國和日本的經濟殖民地。作品深刻地反應了社會的矛盾，例如批判跨國企業的陳映真〈華盛頓大樓〉、〈萬商帝君〉，王禎和的〈小林來台北〉，以及他自己的《蘋果的滋味》等。由於這些作品都取材自社會底層的勞工和農民，而遭御用文人攻訐，因此引發了鄉土文學論爭。此後台灣經濟持續發展，因而出現了中產階級，同時台灣也成為追求物質生活的大眾消費社會，因此反體制文學不再那麼受到重視。黃春明關於台灣文學的發言對當時日本的文化界與知識界應當起了一些作用，在他作此發言後的兩三年間，日本學者主動翻譯了三本關於台灣鄉土文學、反映台灣社會矛盾等議題的台灣現代小說集出版（《彩鳳の夢 台灣現代小說選 I》，1984年。《終戰の賠償 台灣現代小說選》，1984年。《三本足の馬 台灣現代小說選》，1985年。皆東京：研支出版）。

4

　　三、關於原住民問題與原住民文學。早在台灣從1980年代後半展開的台灣原住民復權運動，以及日本第一本台灣原住民小說選（下村作次郎編譯，《悲情山地——台灣現住民小說選》，田畑出版，1992年）出版之前，黃春明即已經開始關心台灣原住民問題和原住民文學創作問題，1980年代初期，即對日本發出關於此議題的訊息。黃春

明指出，台灣到了80年代出現令人欣喜的聲音，那就是台灣原住民的聲音，受到較高等教育的年輕原住民的聲音。他們意識到現代台灣社會結構充滿暴力，將身邊漢人對他們造成的傷害視為一種「占領」，開始創作出控訴切身問題的文學作品。

　　黃春明回憶起一件事，可說是象徵台灣原住民悲慘歷史的縮影。18年前，他到台灣南部的深山中拜訪一位朋友，被牆上所掛的一張照片震懾住了。在基督受難圖旁邊是一張帶著戰鬥帽的日本兵上半身照，看起來像是從團體紀念照中分割放大出來的。旁邊還有一張同樣大小的上半身照，卻是戴著有紅星徽章的八角帽，徽章中央可見「八一」字樣，是中共八路軍的徽章。接下來映入眼簾的第三張也是同樣大小的上半身照，卻是中華民國海軍陸戰隊的士兵，帽子上「青天白日」的徽章清晰可見。他鎮定下來，聽朋友說這三張照片的故事。聽了說明，才瞭解日本兵、八路軍，以及中華民國國軍，這三張照片的關係。日本兵是友人母親的第一任丈夫，結婚沒有多久就被徵召入伍，被派往南南洋作戰，在菲律賓的熱帶雨林之中陣亡。此後母親再婚，與第二任丈夫生下兩個孩子後，丈夫被國民黨徵召入伍，在中國大陸國共內戰前線被八路軍所俘虜，然後就加入八路軍。除了寄來這張照片，就杳無音訊了。中華民國海軍陸戰隊士兵是友人的哥哥，在軍中殉職。台灣原住民在短短數十年內被許多侵略者所統治，因為侵略者的關係，被要求去打一場不知為何而戰、且對象各異的戰爭，甚至發生父子兩代在戰場上持槍相對的悲劇。黃春明說他瞭解了那片快崩落的牆上三張照片的由來，就是原住民受到占領的歷史縮影，同時也發現了自己的原罪。黃春明指出，對他來說唯一差堪告慰的是，到了 80 年代，台灣小說出現了原住民所撰寫的文學。這些作品中除了顯示遭到台灣漢人占領的受害者意識之外，更把這種精神內

化為控訴──漢人對原住民而言，是加害者、侵略者。這些原住民年輕世代的作品中，躍動著消失已久的真正文學精神，他認為那就是台灣文學的未來之一。黃春明深刻的認識到原住民在台灣的處境，並給予原住民文學正當的評價。

戰後台灣所謂「土生土長」的第一代新世代作家之日文翻譯作品中，黃春明的作品在日本被討論得最多、最廣泛。他的《莎喲娜啦‧再見》所隱含的社會性與文學性，帶給日本文化界、知識界的震撼相當大，特別是其社會性，促使部分日本人重新反省思考在海外的形象，以及舊殖民地問題；這部書至今在日本仍然是長銷書。另外，戰後台灣所謂「土生土長」的新世代作家，也沒有能夠如同他那樣，長期在日本的公共領域發言，對日本發出很多訊息，他甚至在日本公開反核武、反核電，關心日本農村過疏化問題，但其中最受矚目、影響最大的，是關於歷史認識問題、台灣文學、原住民問題與原住民文學的發言內容，即使發言時間至今已事隔三十餘年，仍然不失其有效性。

在台日歷史認識問題紛擾、台灣內部共識分離的今天，實應好好整理黃春明過去30年在台灣、日本的發言內容，並且從中擷取作家的智慧，在東亞的大歷史敘述中找出彼此共同的議題。黃春明作為一位台灣作家，一位生活於東亞歷史現狀下的作家，不僅他個人對整體歷史的回顧反省值得借鏡，更應注意的是其作為一位東亞認同的作家，黃春明所完成的文學越境、所 出的東亞共同議題，必須更嚴肅謹慎地進行反思。

──選自《文訊》第360期，2015年10月

日本愛知大學現代中國學部教授

文化需要耕作

吳明益

去年的三十日，我帶著研究生一起從得卡倫步道走到大禮部落，這是我和學生跨年的方式。隔天的三十一日，上完最後一堂正式課程後，我搭上火車，到宜蘭丟丟噹廣場的紅磚屋參與黃大魚劇團的「跨年熄燈趴」。

「鍾肇政文學獎事件」和「百果樹紅磚屋事件」發生時，我並沒有第一時間寫文章表達自己的看法，原因是前者激起的反應，是讓我們深思為什麼民意選出來的議員文化素質如此低落，而臺灣文學又要如何深耕等等問題，批判議員容易，以短文來討論文學深耕又易流於浮面。而後者涉及法令與政治運作，並不是那麼容易即時理解，因此第一時間我看到的也多半是義氣相挺。由於尚在學期中，我因此一面把事情放在心上，一面有機會就理解政府單位的運作及法令規範。

黃春明老師創立的「黃大魚劇團」被刪除了九十餘萬的預算，這筆錢從何而來、如何用是整個事件的爭議點，所要釐清的基本問題。

宜蘭火車站前的「丟丟噹森林廣場」是屬於台鐵資產，以每年二百二十七萬出租給縣政府使用，而其上的「舊米穀檢查所宜蘭出張所」則已被定為「歷史建築」，三年前由縣府再轉包給黃大魚劇團，做為演出場地並提供餐飲服務。黃大魚接手後在老建築裡創造了一棵

黃春明兒童劇裡的「百果樹」，並且布置了作家的畫作、舞台劇道具，將它改名為「百果樹紅磚屋」。在這裡演出舞台劇、說故事、展覽、放映經典電影，並且邀請各地作家來進行「悅聽文學」的朗讀活動。

這些活動由於有深耕文化的意味，也會邀請外地的學童來參與，因此「黃大魚劇團」以此向「工旅處」申請了活動經費，也就是這筆一年一簽，九十八萬的補助預算。

類似的狀況若以標案處理，以現在的招標狀態，深耕的文化團體很難得標，反而多是擅長寫標案的公司得標，因此可以說是不得不的權宜辦法。值得跟各位說明的是，這樣一處文化空間，補助的單位是「工商旅遊處」，下轄工商科、工商行銷科、遊憩規劃科，整個案子遂以「地方文創產業及創意競賽企劃」進行。

這是近年來，文化活動面臨的第一個悲哀之處。它被收納在「文創產業」的一環裡，讓人總是忽略了文化強調的「獨特性」，一旦變成「產業」後，往往被迫偏向千篇一律的商品化。其次，文化做為觀光的一環當然沒有問題，只是這個傾向也常會要求「活動的效度」（比方說參與人數），而使得文化團體很難跟部分媚俗經營的文創公司競爭。

而這次預算的刪除，議員所的論點是：第一，縣府承租再轉包，沒收權利金又補助，不符公平原則。第二，預算說明是「地方文創產業及創意競賽企劃」，卻委外由黃大魚及紅磚屋經營，項目不符。第三，縣府於一〇四年四月發文收回丟丟噹廣場的管理權，黃大魚劇團實際經營的是紅磚屋，補助應該降價。第四，縣境內其他歷史建物委外經營均有收取權利金。第五，有限的預算下，是否獨厚了黃春明？（「宜蘭新聞網」二〇一五年十二月二十六日）

這幾點質疑，有部分縣府已經就法令層面回覆。縣政府的說明是，「委託黃大魚兒童劇團的法令依據，係依『中央未達公告金額採購招標辦法』第二條第一項第一款、政府採購法第二十二條第一項第十四款暨『機關邀請或委託文化藝術專業人士機構團體表演或參與文藝活動作業辦法』第四條規定，邀請對象具專業素養、特質之情形，可不經公告審查程序逕行邀請或委託的理由，經機關首長核准後辦理。」意思就是，縣府肯定黃春明的民間號召力，因此決定把少的歷史建物之一，委託由黃春明及其劇團經營，不涉及公平原則，而是縣府的「選擇」。

　　而發票（或收據）不符的情形，則是因營業稅法相關規定黃大魚劇團雖以「市招：百果樹紅磚屋」向國稅單位辦理登記，經營主體仍然一致，並沒有轉包或分包的情形，所以當然也沒有項目不符的問題了。（《指傳媒》二○一五年十二月四日）

　　至於第三點，根據黃大魚劇團的說明，縣府始終未中斷授權，四月份被要求收回的，是第三方借用電的部分（在丟丟噹廣場辦活動的團體，需要用電時會向紅磚屋商借）並非管理權。（這點與議員引用資料的差異，尚待商榷）

　　既然法令上沒問題，我的觀點是，地方政府只花費了九十餘萬，換得一個臺灣人共同記憶的作家黃春明老師時不時現身說故事的奇幻空間，這個地點還放經典電影、演出兒童劇、邀請不同的藝文人士朗讀，邀請偏鄉兒童聽故事。而許多知名文化人也會慕名而來，盤桓其間，造訪的民眾因此得以在生活裡，和這些藝術家偶然相遇。這是以黃春明老師本人，及其創作出來的小說、兒童劇、撕畫繪本為核心，加上一群藝術從業人員的熱情，所形成的奇異的吸引力。

而多年來，在這裡聽故事長大的孩子們，記憶裡也將永遠帶著這間屋子，一幢一九三〇年代的「舊米穀檢查所宜蘭出張所」，因而在八十年後產生了新意義。這就是「地方文化」建立的根源，也是孩子們孕育藝術想像的母土。這樣的「價值」，難道只值九十八萬的「價錢」？在我看來，用「缺乏文化素養」來批判議員，遠比議員用「圖利」來批判黃大魚劇團要合理太多了。九十餘萬理應視為是宜蘭縣政府每年耕作文化的一小部分。

　　而宜蘭縣政府，明知這筆預算放於工旅處底下，卻未及早思考解決辦法，則是對藝術、文化的關注貧瘠且缺乏尊重、缺乏擔當。黃大魚劇團曾提出是否能簽長一點的合約，以為長期的深耕打算，但得到的回應是：合約可以延長，經費則只能依原金額來擬訂，也就是說，簽一年是九十八萬，簽三年也是九十八萬，這是想做長期文化深耕的思維嗎？

　　在另一些情形裡，政府以「採購法」處理文化活動，若以「最低標」進行自然會影響品質。我知道的一些文化標案，投標單位往往「流血」取得標案，或在競標過程中，以花俏的內容取勝，又回頭壓低文化基層員工的薪資與活動品質，形成文化血汗工廠的惡性循環。此外，官員藉法令來刁難得標者也不少見。文化投資以如此的態度，自然也就遭到民意代表的鄙視，而動輒以「金錢利益」做為唯一衡量的標準。這也是當宜蘭縣文化局出面宣稱，對黃大魚劇團的協助，將轉到文化部門，以政策與專案討論時，變得較為合理的緣故。但正如一些老師們提醒的，我們仍需繼續關注、繼續監督，因為整件事始終沒有聽到議員與縣長，正式表達歉意。

　　這次由一個小型的送暖活動，有賴廖玉蕙老師、楊索老師的奔

走，演變成一個新聞事件。我被放進聯絡群組，多數時間默默地聆聽意見，並且蒐集資訊，了解法令。部分老師（如鴻鴻、張小虹老師）則曾提出一個質疑是，國民黨議員粗魯對待文化，但為何民進黨優勢的議會卻沒有在縣府的支持下扞衛預算？這其後會不會是因為紅磚屋位於精華地段，背後有更大的利益關係正在運作？（各位要知道，歷史建物也可以「易地保存」的。）莫怪文化人士如此疑心，而是多年來，臺灣各地政客對待文化的態度如出一轍，它既被定位成「產業」，那自然可以用利益衡量、利益出賣，不是嗎？緣於此，這不再是單純聲援黃春明老師的活動，而進一步也辯證文化政策。

當天我因為火車票的緣故，遲近八點才到現場，現場一位小朋友正在講故事。她翻著圖畫，拿著各種道具，正在進行屬於她的，一場心靈的旅程。

這個心靈旅程，也帶動著在場所有人的心緒。其後，黃春明老師上台講故事，沒有控訴、沒有抗議。熟讀黃春明小說的人，都會知道，他講的是〈呷鬼的來了〉裡面的一個段落，石虎伯講的鬼故事。那一刻黃春明就是石虎伯，就是宜蘭的耆老。

黃春明用豐富的肢體語言講完這個故事，現場掌聲響起。事實上，在小說裡，石虎伯也是為幾個台北來的年輕人講這個故事。聽完後，年輕人讚歎故事的精彩，說「阿伯你真鄉土」，石虎伯以為是說他「土」，年輕人解釋後，石虎伯反而迷惘了，「鄉土又是什麼意義的褒獎呢？」石虎伯認為他講的就是一個「在地的故事」，他能聊的就是「濁水溪」而已。

故事是創造者與所居地建構的宇宙觀的一部分，它並不是為了取悅城市人，讓人消遣而生產的。（但最後或許可能達到這樣的目的）

在紅磚屋「暫且熄燈」的那一刻，我想著這也許就是「文化」跟「文創產業」的分別。在老作家的聲音與身影裡，我們看到巨大的文化魅力，而不只是文創商機。而只有在地的文化存在著魅力，商機才會出現，才能長期支持文化的生命力。

——選自《九彎十八拐》第66期，2016年3月1日

東華大學華文文學系教授

文學的時空批判：由〈現此時先生〉論黃春明的老人系列小說

蘇 碩 斌

一、前言

　　黃春明將〈現此時先生〉發表於1986年3月4日《聯合報》副刊，然後開始密集在同年3月17日發表〈瞎子阿木〉、4月20日發表〈打蒼蠅〉，隔年7月再連載〈放生〉，而後幾年頻率稍緩，但仍持續發表詩作及散文。加上1998年起兩年間他再次密集發表的〈死去活來〉、〈呷鬼的來了〉等篇，構成了1999年選編的短篇小說集《放生》。這十篇小說的主角人物全是鄉間老人，絕大多數在《聯合報》副刊登載，尤其1999年〈售票口〉被加上「老人系列」眉題，因此這些小說乃被稱為「放生系列」或「老人系列」，成為黃春明後期作品的鮮明形象。[1]

　　〈現此時先生〉發表的1986年，是黃春明將近十年創作空白期之後的新起點。黃春明前一篇著名作品〈我愛瑪莉〉寫在1977年，然

1　李瑞騰指出老人系列即始自〈現此時先生〉，在1999年結集為《放生》一書的十篇短篇小說之中，只有〈九根手指頭的故事〉及〈最後一隻鳳鳥〉不在《聯合報》副刊登載。參考李瑞騰，〈用腳走地理——說動聽的老人故事〉，《聯合報》，1999.10.01，48版。

後只有1983年一篇短篇作品〈大餅〉，小說創作的年表確有一大段空白。李瑞騰為《放生》的序言含蓄寫說「黃春明的寫作量大不如前」[2]，黃春明的自序也坦言，「我有多久沒出短篇小說集了。有十多年了吧！如果朋友有這麼多年沒見，一旦在那裡相遇，一定不會一句『久違了』就了了」[3]。〈現此時先生〉作為黃春明十年創作空白期之後的爆發點，對他的文學生涯意義應當不凡。

文長五千字的〈現此時先生〉描述台灣北部山村蚊仔坑的13個老人，[4]村中唯一識字的「現此時先生」每天朗讀都市帶回的過期報紙來消磨時光，幾十年如一日，本來有時效的新聞被當成無時空的故事。某一天現此時先生唸到一則新聞，說他們住的福谷村內一戶黃姓農家的「母牛生下一頭狀似小象的小牛」。村民聽到故事，起先不敢挑戰報紙權威，不久有人提出質疑，繼而眾口齊罵報紙亂寫，最後決定前去報載現場一探究竟。走著走著，愈漸緊張的現此時先生心臟病發作，死在答案揭曉之前。

這篇小說有兩種主角，一種是現此時先生與13名老人，另一種是「報紙」。循此意義，應可注意小說發表的1986年，不只是黃春明個人空白十年的新起點，更是台灣社會的轉折處。

這時的主計處，尚察未覺七年後（1993年）台灣65歲以上老人將達到總人口7%的「高齡化」門檻。但其實人口學者已有警示，例如陳寬政的研究即指出，台灣自1920年代因死亡率下跌而形成的人口

2　李瑞騰，〈序〉，黃春明著，《放生》（台北：聯合文學出版社，1999.01），頁6。

3　黃春明，〈自序〉，《放生》，頁11。

4　蚊仔坑在小說中並未明確指明所在縣市，但現實世界中，新北市貢寮區確有一處地名稱為「蚊子坑」。

成長，已隨著生育率的急速降低，而至1984年出現「人口轉型」的潛勢。[5] 亦即，1980年代中期台灣面臨少子化與高齡化的雙重壓力，已有學者察覺，而社會尚不知情。黃春明的《放生》系列出現於1986年，有如文學對於社會問題的預言，但卻多被解讀為危機或悲劇。

相關的文學研究對於黃春明的老人系列小說，主要有以下幾種論點：認為小說呈現了老人遭遺棄的痛苦，[6] 或認為黃春明指責不孝順的年輕人，[7] 或強調老人在家鄉枯等不回家的年輕人。[8] 然而，黃春明以老人為主角的小說，1960年代就已開始。例如1966年〈青番公的故事〉、〈溺死一隻老貓〉都是。那麼歷經不同寫作階段、不同社會時空的黃春明，在1987年重新回到老人議題的〈現此時先生〉甚或《放生》系列，有何不同？這應該是需要回答的問題。

因此有必要注意到1986年也是台灣社會即將解除戒嚴、宣布開放報禁的前一年。由這個時機點來看，〈現此時先生〉之中的報紙媒介，不應只是隨意的道具。台灣報禁自從1951年實施，在1980年代初期已經受到輿論不斷升高的批判聲浪，解嚴既已勢在必行，1986年之

5　根據人口統計結果，台灣1984年的人口淨繁殖率已經略低於替換水準，而且只花70年就完成歐美成熟社會以200年才完成的人口轉型。參考陳寬政、王德睦、陳文玲，〈台灣地區人口變遷的原因與結果〉，《人口學刊》9期（1986.06），頁1-23。

6　例如：吳青霞，〈老者安之？──試析黃春明《放生》中的老人〉，《台灣文學評論》卷4期（2002.10）；張素貞，〈沉凝之筆寫鄉土〉，《中央日報》，2000.03.24，22版

7　例如：歐宗智，〈為老人做見證──談黃春明短篇小說集《放生》〉，《中央日報》，2000.03.24，22版。

8　例如：李瑞騰，〈他們以殘軀抵擋殘酷的風雨〉，《中央日報》，2000.03.24，22版；李亞南，〈黃春明《放生》中之老化問題及臨終現象研究〉（嘉義：南華大學生死學研究所碩士論文，2002）；梁竣瓘，〈黃春明《放生》〉，《文訊》180期（2000.10），頁35-36。

際，報禁也是解除在望。[9] 更何況〈現此時先生〉發表的所在，《聯合報》是台灣當時最暢銷的大報，而副刊在台灣報禁的長期畸形環境中，已發展出超乎休閒娛樂、傳播現代新知的「非世俗性」特質，[10] 黃春明在這個微妙年代以報紙為主角探討老人問題，其中的文學與社會互動之意義，值得深入的分析。本文因而主張，〈現此時先生〉以報紙這個議題開啟《放生》系列的老人議題，與先前時期的有所差異。

本文擬在後文中論證，透過解讀「報紙」角色的巧妙衝突，可理出黃春明小說結構中的「時空」變化，進而觀察老人問題的歸因由「個人生命衝突」提升到「社會時空衝突」的轉折點。

報紙是媒介研究討論「現代時空」的重要對象，因為現代報紙每日出刊、讀者共同默讀，讓散布在不同空間的人處在共同時間的概念中，擺脫了前現代（神聖）共同體共有彌賽亞時間（Messianic time）的束縛，而形成一種現代的同時性（simultaneity）。這種現代的同時性，就是安德森（Benedict Anderson）論證民族國家是「想像共同體」的那種彼此不相識、卻知道共處同一時空的特質，[11] 也是黎斯曼

9　報禁是台灣當局於1951年11月29日以《出版法施行細則》限制報紙的核准證照（限照）、印刷張數（限張）、印刷地點（限印）之政策簡稱。1980年代初期開始，各報即已面臨高度競爭狀態，對報禁的批判也逐年升高。參考自林麗雲，〈變遷與挑戰：解禁後的台灣報業〉，《新聞學研究》95期（2008.04），頁185-186。

10　副刊的特殊意義及1980年代成為各報文化思想的競賽場，參考張誦聖，〈台灣七、八〇年代以副刊為核心的文學生態與中產階級文類〉，邱貴芬編，《臺灣小說史》（台北：麥田出版公司，2007.03），頁275-316；黃順星，〈新聞的場域分析：戰後台灣報業的變遷〉，《新聞學研究》104期（2010.07），頁113-160。

11　Anderson, Benedict. Imagined Communities: *Reflections on the Origin and Spread of Nationalism. Revised Edition.* (London：Verso, 2006), p.24.「彌賽亞時間」乃

（David Riesman）論證寂寞的現代人渴望知悉他人心靈以放心活在群眾之中的工具。[12] 簡言之，現代報紙的同時性，立基在日曆時間的相同，同一語言的報紙讀者，就藉由新開的邊界來想像社會的邊界，不相識的人因此形塑了同胞的社群感。安德森稱這種現代的同時代為「同質而空洞的時間（homogeneous，empty time）」。[13]

　　但是現此時先生唸的報紙，並不具有現代的同時性。〈現此時先生〉這篇小說玩弄了報紙的「現代時空」意義，甚至假借報紙引進一個「傳統時空」報紙刊登新聞，本是「現代時空」的明證，但讀過期報紙卻像是「傳統時空」在說故事，可以不必受到現代的客觀時間、明確空間之約束。然而報紙的一則似真似假的當地新聞，卻迫使老人們去撥開兩個時空的隱微衝突。

　　黃春明這篇作品，以報紙製造了各項衝突，包括「故事／新聞」、「傳統時空／現代時空」、「在地知識／整體知識」等等，並在小說的內容中，設計了「故事的形式如何受到報紙、小說兩種形式的衝擊」的文學形式問題。這些敘事結構潛藏的複雜時空關係，顯露了文學對於社會議題獨特的處理能力。以下，本文先就前行研究文獻提出評述，再於第三至五節進行三個層次的討論：一是以媒介理論指出〈現此時先生〉蘊含的三種時空衝突；二是以時空衝突的概念說明

安德森援引自班雅明的概念，意指透過神聖世界巨大化約形式，將人類歷史濃縮於當下（the present）的時間概念，是一種前現代社會的認知特質。參見 Benjamin, Walter. "Theses on the Philosophy of History," in *Illuminations: Essays and Reflections*, edited by Arendt, Hannah and translated by Zohn, Harry. (New York: Schocken, 2007), pp.253-264.

12　Riesman, *David. The Lonely Crowd: A Study of the Changing American Character*. (New Haven, CT.: Yale University Press, 1961), pp.91-92.

13　同註11，p.126。

〈現此時先生〉作為單篇小說的內部結構；三是以時空衝突的概念說明〈現此時先生〉在《放生》系列及黃春明小說創作史的意義。

二、文獻回顧及問題意識

小說是黃春明最重要的創作文類，始自1956年21歲之齡用筆名春鈴所作之〈清道伕的孩子〉，至2005年仍有〈沒有時刻的月台〉發表於報端，小說生涯長達50年。[14]《放生》系列並非黃春明小說中唯一處理老人議題的小說作品。這半世紀的小說作品，大致有四個明確分期：第一期是「人生自悲情境短歌、蒼白的現代面容、輕薄短小的人生切片」之1962-1966年現代主義過渡作品時期，包括〈城仔落車〉、〈沒有頭的胡蜂〉等作品；第二期是「小人物傳奇故事體、台灣社會鄉土愁思、走向鄉土人物」之1967-1971年主要發表在《文學季刊》雜誌作品時期，包括〈青番公的故事〉、〈溺死一隻老貓〉〈兒子的大玩偶〉、〈鑼〉、〈甘庚伯的黃昏〉等作品；第三期是「經濟殖民家國寓言、冷峻的殖民批判、批判崇洋媚外者的嘴臉」之1972年起以民族意識反帝國主義作品時期，包括〈蘋果的滋味〉、〈莎喲娜拉·再見〉、〈我愛瑪莉〉等作品；第四期是第二次「小人物傳奇故事體、悲憫的人道關懷、省思老人問題」之1986年以後作品時期，即〈現此時先生〉之後的《放生》系列作品。[15]

14　李瑞騰、梁竣瓘編選，〈文學年表〉，《台灣現當代作家研究資料彙編42：黃春明》（台南：國立台灣文學館，2013.12），頁61-94。

15　四個分期乃綜合參考徐秀慧、肖成、梁竣瓘等，是常見的黃春明創作階段論：徐秀慧，〈黃春明小說研究〉（台北：淡江大學中國文學研究所碩士論文，1998）；梁竣瓘，〈黃春明《放生》〉；肖成，《大地之子：黃春明的小說世

黃春明的創作編年史，本文同意確有這四個明顯的分期，但其中也蘊含些許疑點：《放生》的老人系列作為黃春明潛伏許久的最後階段性作品，與之前第二期〈青番公的故事〉或〈溺死一隻老貓〉處理老人議題的觀點沒有差異嗎？〈現此時先生〉作為這個創作階段的首篇，沒有什麼特別需要解讀的嗎？

　　很多評論者認為老人是黃春明的一貫關懷。例如楊照即稱「黃春明以小說來關懷老人，其來有自」，認為由第一篇〈城仔落車〉至〈青番公的故事〉再到《放生》，「在黃春明的文學脈絡裡非但一點都不意外，反而是重返了黃春明自己三十年前的關懷主線……，雖然從〈城仔落車〉到〈售票口〉，中間隔了三十七年，但黃春明的文學內在，有些東西竟然從來都沒有改變。」[16]

　　持這種文學內在不變性的論者，也有更深入發展出整體觀的。如陳建忠認為，黃春明在《放生》系列「停止了他上一階段反殖民經濟小說的創作，而回返到較早的小人物列傳的題材」，但這個階段的他對於問題「愈來愈止不住一種難遣的焦慮感」。陳建忠指出，黃春明採取的方法整體來看就是「溫情」的喻示，由鄉土生活中揭露人間、自然與神鬼的關係，以總結出鄉土人物的行為思想準則。[17]陳建忠稱之「鄉土倫理學」以強調黃春明雖然已察覺「現代性」壓迫人性的問題，「但卻從來不曾真正措意於這現代性的結構深入描寫並批判之」，而總是更為他鄉土世界中人物的一舉一動所著迷，展現人情美

　　界》（中國北京：作家出版社，2006.07）。

16 楊照，〈每一滴眼淚中都帶著嘴角的微笑——讀黃春明小說「放生」〉，《光華》25卷1期（2000.01），頁52-55。

17 陳建忠，〈神秘經驗的啟示與鄉土倫理的復歸：論黃春明小說中的人間、神鬼與自然〉，《台灣文學研究學報》7期（2008.10），頁152。

甚於社會批判。[18]

　　徐秀慧也有類似的觀察，認為黃春明小說是鄉土小人物具有自足性的「烏托邦」，這個烏托邦「實現作家意想的『完整的人』，和『完整的世界』，呈現了所謂『典型的浪漫主義文學藝術中，精神吸收了感性材料，內容壓倒形式的藝術表現』」，亦即，《放生》系列小說的內就是工業文明壓迫到完整人性。

　　以上論點都企圖以整體觀來看待黃春明的創作，在這種架構下，第四期較之第二期的老人，也就沒有什麼根本差異，只是程度上更加衰弱。但是黃春明在1986年解嚴前夕撰寫的作品，果真沒有什麼結構的特殊性？其實若仔細察讀，黃春明在第四期〈現此時先生〉之後的作品，對於「都市／青年」及「鄉村／老人」的處理，與第二期的處理並不相同。以下可借用幾位學者的論點佐證，1971年之前作品（〈青番公的故事〉和〈溺死一隻老貓〉為例）與1986年之後系列作品所處理的老人，確實有差異。

　　高禎臨以小說的時空背景作比對，指出黃春明1971年前的作品多在鄉村小鎮（鄉鎮場域時期），1971年至1983年間都在城市（城市場域時期），1986年後的作品則又再回到鄉下，但主題思想明顯是鄉村遭受都市壓迫（城鄉差距時期），與前述「鄉鎮場域時期」差異很大。[19]陳惠齡觀察到1971年以前作品的老人（青番公、甘庚伯、阿盛伯）都在衰老軀體裡跳動著不肯老去的心，但1986年後的老人則都衰弱（如現此時先生有氣喘性心臟病、瞎子阿木眼盲、死去活來的粉娘

18　同註17，頁152-153。

19　高禎臨，〈黃春明小說中的場域變遷〉，《東海中文學報》18期（2006.07），頁221-222。

是老樹敗根、最後一隻鳳鳥的吳黃鳳罹患老年癡呆），農村也是不負載過去光環的「現代」農村。[20] 尉芹溪也指出這兩期的老人形象除了活力與衰弱的對比，也特別注意人際有否糾紛，發現1971年以前作品的老人與兒孫雖有衝突，仍同住生活；1986年後作品的老人則是殘軀病體，甚至兒孫也都去了城市及海外。[21]

綜上所述，〈現此時先生〉開創的第四期作品之時空場景，至少具有：隱晦的都市壓迫、老人已體弱等死，兒孫皆不在鄉間之特質。本文將指出，這些第四期小說的老人，並不是無力面對弱化，而是現代時空的壓迫已經全面而無形，不可能以直接抗爭處理，而需要更高層的理解與化解。

前述陳建忠指出黃春明雖強烈意識到現代性問題，但卻只是訴諸溫情而「不曾真正措意於這現代性的結構深入描寫並批判之」。這種批評如同呂正惠指摘黃春明放棄了處理現代都市「買辦經濟」帶給鄉下人的苦痛；[22] 或葛浩文評論黃春明既對古舊的傳統深深眷戀、又對「現代化」帶來的進步不置可否，因此也沒有給讀者什麼答案；[23] 又或陳國偉所說，第二分期的「現代主義」及第三分期的「民族主義」只是「借來的火把」，只是在黃春明的人生中照亮某個文學場域的位

---

20 陳惠齡，〈空間圖式化的隱喻性——台灣「新鄉土」小說中的地域書寫美學〉，《台灣文學研究學報》9期（2009.10），頁8。

21 尉芹溪，〈鄉間孤獨老邁的身影——黃春明小說集《放生》中的老人形象〉，《世界華文文學論壇》3期（2004.03），頁28-31。

22 呂正惠，〈黃春明的困境：鄉下人到城市以後怎麼辦？〉，《小說與社會》（台北：聯經出版公司，1988.05），頁18。

23 Goldblatt, Howard. "The Rural Stories of Huang, Chun-Ming," in Jeannette L. Faurot ed. *Chinese Fiction from Taiwan: Critical Perspectives*. (Bloomington: Indiana University Press, 1980).

置、確認存在的關係，但因為「無法本質化為他真正的書寫語言，最終被他放棄」，還是回歸到鄉土的溫情主義。[24] 以上這些批評都指黃春明迴避現代性問題，論據則都來自小說「內容」的寫實性描述材料。但是這些小說本身真的如此無力？文學家只能在內容材料直接批判而已？黃春明小說的表達「形式」，也應是值得關注的要點。

相對台灣先前十年鄉土文學時代、或1980年代新興的都市文學時代，甚至他本人的先前階段，《放生》系列場景幾乎都集中在鄉村，諸多研究稱之「說故事」文體。由施淑〈艱難的敘述〉[25] 開始、到徐秀慧〈第三世界鄉土故事的天方夜譚〉[26] 都強調了「故事體」是黃春明小說的一大特色。

但徐秀慧同時釐清黃春明的故事「不是傳統說書人」那種忠孝倫理、正義節氣，也「不像現代小說」凸顯人物性格與命運的關係，黃春明的小說是「故事與現代小說的折衷的形式」。徐秀慧引用楊澤的相近觀點強化這個論點，「一方面，內容、主題道盡故事體的重情重義、哀感頑豔，形構上則逼近短篇小說，已具備了現代文學凸顯多重時間心理分析的藝術形式」，楊澤意指黃春明小說的情節發展是直線時間軸、事件衝突高潮則在故事體的永恆背景，從而構成「寫實又浪漫」的鄉土故事。[27]

---

24 陳國偉，〈借火攻火：黃春明小說中現代主義與民族主義的位移〉，江寶釵、林鎮山主編，《泥土的滋味：黃春明文學論集》（台北：聯合文學出版社，2009.03），頁348。

25 施淑，〈艱難的敘述，《聯合報》，1999.11.08，48版。

26 徐秀慧，〈第三世界鄉土故事的天方夜譚——形影孤單、漸行漸遠的說書人黃春明〉，江寶釵、林鎮山主編，《泥土的滋味：黃春明文學論集》。

27 楊澤，〈回歸的可能與不可能——試論現代鄉土文學中的土地經驗與社群意識〉，「青春時代的台灣——鄉土文學論戰二十週年回顧研討會」論文，行政院文化建

然而上述的分析，實則仍只將文學分析置入兩個「內容」和「形式」二分的古典分類來處理，以老人關懷為小說「內容」以故事體為「形式」[28]因而得出黃春明是「漸行漸遠的說書人」這樣的形象。

　　以「說故事的人」來稱黃春明，始自施淑1999年引述班雅明（Walter Benjamin）理論來稱許並感嘆黃春明：「方今之世，能夠傳承人群的經驗和記憶的『說故事的人』，已經漸行漸遠」[29]，而後2009年聯合文學出版社在《聯合電子報》為黃春明開闢部落格（雖只經營三個月）亦稱之「說故事的人」[30]，儼然是黃春明專屬的形象。

　　更深入以「說故事」概念研究黃春明者，尚有承繼施淑論點，並將「說故事」概念化為分析工具的徐秀慧。她綜合盧卡奇（György Lukács）及班雅明理論而主張：故事是史詩體與現代小說斷裂之間過渡性的「文學形式」，所以黃春明採用鄉土風俗、社群生活為材料的文學性格，表現了「從故事過渡到小說」。[31]徐秀慧將「說故事」界定為「從土地經驗和社群經驗融匯而成的民間文化中體驗的經驗結

設委員會主辦（1997.10.24-26），轉引自徐秀慧，〈第三世界鄉土故事的天方夜譚——形影孤單、漸行漸遠的說書人黃春明〉，江寶釵、林鎮山主編，《泥土的滋味：黃春明文學論集》，頁196。

28　亞里斯多德主張藝術模仿的三個面向，是文藝分析最古典的分類。除了對象、形式之外，另一為媒材（matter），這裡僅以對象及形式做對比。參考Aristotle, translated by George Whalley. *Aristotle's Poetics*. (Montreal: McGill-Queen's University Press, 1997), p.17.

29　同註25。

30　參考黃春明，〈說故事的人——黃春明的部落格〉，《聯合電子報》（來源：http://classic-blog.udn. com/joincity.jsp?uid=abigfish, 2015.12.01）。另，「當代文學史料系統」資料庫對於黃春明的作者簡介亦以「他是個說故事的好手」為開頭。

31　徐秀慧，〈第三世界鄉土故事的天方夜譚——形影孤單、漸行漸遠的說書人黃春明〉，江寶釵、林鎮山主編，《泥土的滋味：黃春明文學論集》，頁197。

晶」[32]，在此說故事並不是指涉黃春明的文學「形式」，而是指涉其文學「內容」。

本文擬指出，〈現此時先生〉以及《放生》系列的黃春明，並不是漸行漸遠的說書人，也不是孤單在講著遺棄老年人的故事。黃春明是一位小說家，在家獨自寫作、提供讀者獨自閱讀的小說家，[33] 他的〈現此時先生〉以小說為形式，但內容討論了「故事／報紙」作為文學形式與社會形式的連動變化。利用故事與報紙的對立，黃春明提出對於「現代」如何壓迫「傳統」的發生過程。以〈說故事的人〉來解讀黃春明小說，就有必要聚焦一種文學形式的「故事」所延伸的社會關係，以期掌握黃春明〈現此時先生〉中的時空體衝突。

三、〈現此時先生〉小說內的過期報紙與三種時空

〈現此時先生〉雖然是《放生》系列諸多老人故事的一個，但以小說安排了故事、新聞與小說之關係的「後設小說」布局。亦即，〈現此時先生〉中佔了重要角色的「報紙」，正是這篇小說用來對比「故事」，並發展時空變遷、時空衝突之關鍵。

32　同註31，頁198。

33　黃春明並不強調個人直接經驗所有事物，而更強調生活世界中人們經驗的交流。如他受訪表示，「那些都是民間的傳說，大部份都是從我祖母那裡看來或聽來的，並不是我去訪問或調查，而是在生活中就可以接觸得到的。」亦即，創作材料如「小時候我說白蘿蔔粿，祖母說要說銀粿；紅龜粿要說金粿；雞在休息時不能說牠在睡覺；民間習俗中小孩子的口是金口，像皇帝的口一樣，亂說話就會變成真的……等等，這些都是民間的禁忌」，都是進到生活之中而被記憶。參考：梁竣瓘〈黃春明及其作品研究——文學、社會和歷史的交互考察〉（桃園：中央大學中國文學研究所碩士論文，2000），頁262。

「說故事」在班雅明的理論中，是一個分析文化社會史轉折的概念。〈說故事的人〉一文中，開宗明義就界定「說故事」是一種經驗交流的能力，是歷史悠久的人類活動，甚至在文字出現以前的口語時代就有（例如史詩）[34]雅明在此關注的，並非故事的文學形式，而是「社會互動的形式」[35]班雅明以西方活字印刷（type printing）為說故事傳統斷裂的關鍵，指出歐洲十五至十七世紀書刊市場快速發達，造成了小說興起，才迫使人們失去交流經驗的故事。[36]因此，人類也逐漸習慣閱讀短篇小說（short novel）、新聞（news）、長篇小說，而不再依賴小社群人際經驗交流，並一步步習慣孤獨一人深入內心挖掘「生命的意義」[37]。小說強調作原創之筆，由作者一人構思新撰；新聞強調新奇快速，訊息必須因果合理。兩者都是理性思維下的「新的敘事」，送到讀者的眼前時，已經條理分明、解釋徹底，[38]這種世界裡的讀者，又何須傳統說故事的人來經驗交流、給予忠告？所以班雅明說，人類世界的經驗貶值，小說和新聞的大量流通要負起重大責任。[39]

　　故事以口語為媒介，小說以書寫為媒介。二個理論上對立的世界，黃春明卻讓二者在一篇作品之中深刻地並列。由這個角度來詮

34　Benjamin, Walter. "The Storyteller Reflections on the Works of Nikolai Leskov", in *Illuminations: Essays and Reflections*. pp.83-110.

35　同註34，p.96。班雅明推舉列斯科夫（Nikolai Leskov）的小說《綠寶石》（The Alexandrite）具有說故事的經驗交流能力，而不是稱許列斯科夫以說故事直接與他人面對面經驗交流。

36　同註34，p.87。

37　同註34，p.99。

38　同註34，p.89。

39　同註34，p.88。

釋，〈現此時先生〉雖是虛構的小說，但卻又是一則探討文學與真實、故事與小說的小說。而這絕不表示小說的情節可以直接等於世界的真實事件，黃春明也不能等同於說故事的人。

若說「故事」在〈現此時先生〉中具有的特殊意義，並不是因為黃春明直接「說故事」，而是黃春明在現代小說中利用報紙設計了「故事／新聞」的衝突，展示了兩種不同的時空體。〈現此時先生〉的空間設定，表面上很單調，時間設定也很模糊。

> 沒有一天，小孩子們不來這裡蠶食未來的時光，一口一口地滅出歡笑和哭聲。老人家來得更勤，沒有一天，不聚集在這裡反芻昔日的辛酸，慢慢的細嚼出幾分熬過來的驕傲和嘆息。[40]

這是小說一開始透露的時間感。山村老人原本不隨著鐘錶時間線性前進，而是緩慢、反覆及循環。在這個報紙不肯送達的偏村，現此時先生利用偶爾有人由城裡帶回來的過期報紙，大聲朗讀異地新聞給眾老人聽，因此身兼傳奇故事的寶庫、遠方知識的權威。這些「過期報紙」於是攪糊了現在與過去、外來與在地。小說的時空設定，埋伏了多重矛盾。等到母牛生小象的新聞出現，眾人要求查證報紙日期，就會破壞了原本糊掉的時間與空間。亦即〈現此時先生〉小說的精短篇幅中，蘊藏有兩種不同的時空感（sense of time-space）之共存、交錯，甚至衝突。

兩種時空感雖源自前述班雅明理論的「故事與新聞」，但關鍵則不在故事或新聞的內容，而在人際互動的形式。亦即，並非內容是

---

40 黃春明，〈現此時先生〉《放生》，頁21

鄉野傳說就是故事、也並非內容是當代現象就是新聞。本文以「故事與新聞」之差異作為分析概念，意在指出：文學認知如何感應社會變遷？台灣社會如何由早先珍惜經驗的交流，轉變為信仰消息的權威？以這種論點來看〈現此時先生〉，應可重新將劇情拆解成三大階段。

第一階段，是「純粹說故事」的時期，發生在小說的前二頁，敘述三山國王廟前老人的日常生活，現此時先生剛到蚊仔坑的幾十年間，這裡大致「和其他鄉下的老人一樣，大家喜歡聚在一起，古今中外，天南地北地閒聊」。[41] 但是蚊仔坑這裡多了「現此時唸報紙給大家聽」，而開始另一階段的生活。

第二階段，是「以報紙說故事」的時期，亦即新聞假裝故事，並取代故事的時期。發生在小說的前半段，由現此時先生從中年某一日開始唸過期報紙起算，再至形成「唸的人不唸給人家聽也不舒服，聽的人不聽人家唸也不對勁的這種內部濃厚，外表平淡的關係」[42]，再發展到現此時先生因為借助原本是因果推論合理的「報紙說」而建立權威，「從他的生活經驗，和他認識的知識、民俗信仰，用常識上的邏輯把它組織起來」[43]，進而評論一宗斬雞頭發誓不靈驗的事件、甚至發展出一套整體知識，推論出台灣人斬美國雞頭根本無效。這時說故事已不是純粹為了人生告誡而講故事，掌握著消息（information）的現此時先生已樹立他的媒介權威。

第三階段，是「新聞權威崩壞、不再偽裝說故事、揭露現代時空」的時期。發生在小說後半，始自現此時先生唸出「福谷村那個所

41　同註40，頁21。
42　同註40，頁21。
43　同註40，頁27。

在，有一個姓黃的人，其所飼養的母牛，昨日生下一頭狀似小象的小牛」[44]的那一刻。在前一段村民已經習慣麻木於將報紙這種「時空準確、因果合理的訊息」等同為「時空模糊、似是而非的故事」。但這則母牛生小象的新聞不一樣，它打破了過去偽報紙的模糊時空感，重回新聞事實的精準時空感。故事不必查證，但新聞需要正確。

黃春明清楚「要為這一代被留在鄉間的老年人做見證」，但是「故事／報紙」的對立關係拆解了〈現此時先生〉一文中蚊仔坑偽裝的遺世獨立。即使惡劣財團不來搶地侵佔，但媒介卻是以無所不在的現代時空入侵，成為老人問題無可遁逃的禍源。

〈現此時先生〉關懷媒介滲入現代生活的問題，在1986年4月黃春明發表的演講文稿〈從「子曰」到「報紙說」〉[45]也有端倪。不過黃春明在這個講稿裡，只著重在指責報紙有未經查證的「偽新聞」：

> 從大眾傳播所獲得的知識和經驗，他的真實性、準確性、時間性、可信性，還有社會倫理性，到底可不可靠？……如果沒有批判的能力，沒有自己的看法和想法，這不等於把自己的耳朵和眼睛交給別人。[46]

雖然黃春明關切「資訊真實正確」，但這篇小說實已察覺更深沉的問題。「資訊不正確」確實是報紙的害處，但即使報紙的資訊正

44　同註40，頁28。

45　黃春明，〈從「子曰」到「報紙說」〉，《等待一朵花的名字》（台北：聯合文學出版社，2009.05），頁47-74。原刊於《皇冠》386期（1986.04），是以小說〈現此時先生〉為基礎延伸為時事詮釋的散文。

46　同註45，頁66。

確，報紙本身的現代媒介特性，仍然會將全新時空攻入傳統社會、威脅山村住民。

　　根據麥克魯漢（Marshall McLuhan）的媒介理論，現代報紙使用活字印刷技術，因此具有標準、大量、快速的能量，並將人類原本特定對象面對面溝通的朗讀式社群，改變成為作者寫給不特定對象閱讀的默讀式社群。[47]活字印刷的報紙所形塑的世界，人們的時空概念，也就受到定時出刊的「客觀時間」（objective time）及邊界擴大的「均質空間」（homogeneitic space）所規訓。[48]

　　在小說中，清楚看到不同時空之間的差異。這是沉浸在線性時間、均質空間的現代人所看不到的盲點。也就是說，即使有一天報紙的資訊全都是正確無誤，也並不能扭轉「人際互動模式改變」的問題。因為在班雅明理論、黃春明小說中，最重要的關懷仍應是：不同時代使用不同媒介塑造出不同的時空概念，並不是全然的進步，還會奉送一種難以回復的，人與人的經驗交流方式與生命互動關係。

四、以時空衝突解讀〈現此時先生〉的內部意義

　　經由媒介而生的社會關係演變，與前一節提及的文體形式演變，是相互呼應的世界圖像。由此論點來看，前一節根據媒介作用而將

47　參見前田愛，〈音読から黙読へ──近代読者の成立〉，《近代読者の成立》（日本東京：筑摩書房，1989.06），頁122-155。朗讀與默讀的差異，借自此書分析明治初期讀書模式轉變的概念。文中將音讀再二分為朗誦、朗讀，本文不予區分，統以「朗讀」稱之。

48　McLuhan, Marshall, *Understanding Media: The Extensions of Man*. (New York: Signet Books, 1964)；麥克魯漢（Marshall McLuhan）著，汪益譯，《預知傳播記事：麥克魯漢讀本》（台北：台灣商務印書館，1999.12），頁31-35。

〈現此時先生〉分割出來的三段，底蘊正是「前現代時空」到「現代時空」的演變，看似線性推進，實則矛盾迸生

　　傳統社會的前現代時空，人移動能力有限，若是空間遠隔就等於時間久隔，住民是鑲嵌在特定地方（place）並透過每日相處而形塑出的共同時間感和空間感；但進到現代社會，因運輸及電信科技而形成的時空延展（time- space distanciation）作用，「在場」與否漸漸不受肉體限制，人可以快速移動到遠方，遠方的訊息也可迅速來到眼前，等同擺脫了時間和空間的限制。[49] 人類的生命構成，空間上，逐漸略去近身事物而添加更多的遠方事物；時間上，逐步仰賴鐘錶日曆而熟悉全球標準時間。[50]

　　藉由俄羅斯文學理論家巴赫金（Mikhail Bakhtin）提出的時空體（chronotope）概念，可分辨兩種時空對於社會結構的分析作用。巴赫金的「時空體」是文學聯結世界的特殊能力；相對於一般人只能認識他置身的時空，文學則有能力掌握「被藝術性表達的內在相關之時空關係」[51] 文學時空與社會實際時空，不必一致但也絕非無關。文學將日常的時間及空間以濃縮集約的方式處理，時間和空間因而產生新的相互作用，並形成新的意義。不同文學社群有各自認識時空的方式、文學研究，也因而必須將時空作為觀察對象。[52]

49　Giddens, Anthony. *A Contemporary Critique of a Historical Materialism*. (London：Macmillan, 1981), p. 115.

50　Giddens, Anthony. *The Consequences of Modernity*. (Cambridge: Polity, 1990), p.18.

51　Bakhtin, Mikhail. "Forms of Time and of the Chronotope in the Novel: Notes toward a Historical Poetics". in *The Dialogic Imagination: Four Essays*. translated by Emerson, Caryl and Holquist, Michael (Austin: University of Texas Press, 1990), p.84.

52　本橋哲也，〈バフチンと「民衆」文化の力学――クロノトポスとしての演劇・小説・詩〉，《思想》940（2002.08），頁50-51。

時空不是作品的場景，而是以文學掌握社會的方法論。[53] 亦即，掌握文學創作內在的時空設定，才能掌握文學與社會時空的互動，也才有機會掌握改變社會的可能。以下先由巴赫金「古代敘事」與「現代小說」之差異，推論「故事時空」與「新聞時空」的差異，以說明〈現此時先生〉的情節布局。

巴赫金稱為古代小說化時空體（ancient novelistic chronotope）的敘事模式，可舉古希臘傳奇（Greek Romance）為典型例證，這種浪漫奇譚的時空必定模糊，地理範圍至少廣及三、五個國度（波斯、腓尼基、天竺……）涉及的國度、城市、建築、藝術品沒有具體名字，劇情事件全部都由「突然間、無巧不成書」的機遇所構成，時間不重要，不會繫年，故事情節也極少與人的日常生活有具體關連。巴赫金小結，前現代小說的時空體是：情節中的事件全都不進入歷史時間、不進入日常生活時間、不進入傳記時間，也不會造成世界什麼變化。[54]

班雅明的「故事」概念，亦指涉這種古代敘事法：情節集合在一個抽象時空連續體（continuum of time and space）之中發生，但事件卻可以隨機連結，毫不理會時空因果的合理性（例如敘事中的戀愛經歷了數段長時間的波折，但主角依然年輕）。[55] 文學史家瓦特（Ian Watt）指出，西方文學作品在莎士比亞時代以前沒有清楚定年的概念，即是前現代的文學特徵。[56]

---

53 同註51，p.216。
54 同註51，p.121-122。
55 同註51，p.90。
56 年代錯誤（anachronism）一字在莎士比亞死後30年才首次出現於英文字典，可為例證。參考艾恩‧瓦特（Ian Watt）著，魯燕萍譯，《小說的興起》（台北：

現代時空的概念，始自西方啟蒙時代，尤其是康德（Immanuel Kant）將時間、空間定義為感性的直觀形式（forms of intuitiveness），亦即人類感覺物體顯現的先天可能性條件，時間成為客觀標準的「線性時間」，空間成為單位共通的「均質空間」。[57]文學的發展也有相同步調：前現代文學的模糊時空感，逐步演變為現代文學的精確時空感。

　　由方法論的角度來看，時空既是文學吸取社會的表達，也是社會顯露其世界觀樣態的管道，因此〈現此時先生〉兩種對立的時空體，乃有分析的必要。小說前半段，可看到不計較日期的模糊時間觀：

> 省內有幾家發行上百萬份的報紙，卻不曾派報到這個小山村，好在這些老年人不愛計較慣了，報紙的日期算不了什麼。[58]

　　最後一句，措辭幾乎等於班雅明形容古代故事「時間就是過去，而在過去中，時間算不了什麼」（time is past in which time did not matter）。[59]原因當然不是蚊仔坑老人不愛計較，而是他們以前現代

桂冠出版社，1994.10），頁16。

57　參見康德（Immanuel, Kant）著，鄧曉芒譯，《純粹理性批判》（台北：聯經出版公司，2004.04）或Werlen, Benno. Society, *Action and Space: An Alternative Human Geography*. (London: Routledge. 1993)。西方在十八世紀初啟蒙運動後開始出現時間軸明確的現代小說，笛福（Daniel Defoe）和李察生（Samuel Richardson）堪為代表人物，他們率先以全新的傳記式時間序列來編排情節，甚至小說中的每封信件也都註明日期。參考艾恩 瓦特（Ian Watt）著，《小說的興起》，頁16。

58　黃春明，〈現此時先生〉，《放生》，頁21。

59　Benjamin, Walter. "The Storyteller: Reflections on the Works of Nikolai Leskov", in *Illuminations: Essays and Reflections*. p. 85.

的心智在看待報紙，報眉的日曆日期可以省略無妨。空間感的狀況亦然。小說看似有固定的場景蚊仔坑，報紙卻讓遠方事物闖進來。然而吊詭的是，看似帶來遠方事物的報紙，時間上卻是過期、沒有鐘錶時間效力，以致蚊仔坑的在地人認知的遠方，其實並沒有任何地理實質意識，而只是拿意義空洞的「新聞」當作「故事」在聽。「現此時」這個名字的意義，也絕非現代人所謂的「此時此刻」。

> 他的本名已不重要，也沒有人會有興趣，恐怕知道的人不多，也不會有人想知道。因為現此時的由來，與他頭一次唸報紙給人家聽的那一天就開始取代了他的本名。[60]

「現此時」原來是指一個屬於當下的具體時間，報紙就是互不相識的社會共享此時此刻的媒介。但是現此時先生專唸過期報紙，卻將「現此時」這個時間點搞亂為模糊不清，任其飄盪為無所指，不客觀的時間。

> 開始時為了要緩和心裡的緊張，以現此時當著唸報紙的開場，接著以後，幾乎沒有一次是例外的，第一句就是「現此時啊」，沒有講「現此時」就沒辦法接下去唸，……在腦子裡還沒把話翻過來或是找出出路之前，嘴巴就不停的說著「現此時——，現此時——，現此時啊……」像是唱片跳針，一直要等到把話翻出來。有時字看不清楚，或是遇到不懂的字，也一樣會發生跳針的現象。[61]

---

60 同註58，頁21。

主講人現此時先生弄糊了時間感，聽者老年人也沒有在計較，他們是前現代時空的共謀，事情就這樣唬弄了幾十年。當然事情不會一直這樣混下去，小說也必須由第一階段轉為第二及第三階段的高潮。

　　報紙新聞寫作訴求的是不特定的對象讀者，以普遍的因果合理性為基準。要描述一地，使用的是官方正式地名，而非民間俗稱。這種特質展現在〈現此時先生〉裡，是蚊仔坑老人乍聽之下不認識自己身在福谷村的荒謬。

> 「福谷村不就是我們蚊仔坑嗎？」
> 「對啊！蚊仔坑就是福谷村嘛！」
> 「還會有別地方也叫福谷村不成？」
> 「是！是我們這裡沒錯。現此時我差點就忘了，剛才明明大家都沒注意到。」[62]

　　蚊仔坑地名是祖宗留的在地知識，福谷村則是政府為了符號美學而強改。老人發現福谷村就是當地，這個第三階段報紙現代時空即將滲入傳統時空的過程，也就開始。現此時唸完母牛生小象的報導之後，疑問開始出現。之前幾十年，村民聽取現此時先生把全國新聞唸成在地故事，共同殺掉許多無所謂的時間感。但這一則新聞破壞了這種三十幾年來「假裝」維持的時間感。就連現此時受到質疑時也愣了一下。他清楚沒有母牛生小象的事情，但既然出自「報紙說」的，又如何懷疑？他看報紙的日期說：

61　同註58，頁22。
62　同註58，頁28。

「十月二十一日。」

「今天是幾號了？」

沒有人一下子能說出幾號來。

「今天農曆是初三，那麼，那麼？……」

「好像是不久的事，雙十節才過了不久嘛。」[63]

等到老人們七嘴八舌想出來今天是幾號，就返回到現代報紙與鐘錶日曆同步的客觀時間裡。〈現此時先生〉之前營造的「故事時空體」時空於是破滅，並在現代小說裡形成緊張。這個緊張，小說中藉由「金毛」這個喜歡發問的角色，與「現此時先生」展示緊接而來的知識衝突的戲碼，陳述了不同時空的知識位階。

> 從他〔按：現此時先生〕長久唸報紙給老人家聽的經驗，只要說是報紙說的，他們就無條件的相信，所以他也常常把自己的看法，挾報紙說的權威來建立他的地位。[64]

現此時先生何以搏得權威？金毛何以遭到訕笑？這是媒介引入而塑造的「在地知識」對立於「整體知識」議題。前現代社會的人絕非沒有「知識」，他們擁有的是「在地知識（local knowledge）」，是由日常生活中的經驗累積與實用效應而得來的知識。了解怎樣趨吉避凶，是終其一生在當地琢磨的智慧。這不同於現代社會強調的整體知識（global knowledge），亦即有系統、有邏輯、根據抽象科學原理而

63　同註58，頁29。

64　同註58，頁26。

來的知識。[65]

前現代與現代的時空觀，是不同的認知結構，然而西方啟蒙理性推動的科學觀，卻將原本各安其位的世界全部重新排成知識序列。蚊仔坑即使悠閒，十餘名老人還是分出位階。位階排序與外在全世界都差不多，整體知識為基準。現此時是階序的始作俑者，報紙就是他的武器。

蚊仔坑的與世無爭，一旦報紙打開了一道時空裂縫，現此時先生本人當然身陷其中。因此他懂得報紙為他帶來知識權威，也極其努力要發展整體性的科學知識，期待提出因果合理的邏輯，才會自覺是很光彩的事。

> 「以我思想起來，現此時斬雞頭無應效的原因，就是斬來斬
> 去，怎麼斬，斬的通通都是美國生蛋雞、飼料雞。現此時你們
> 誰敢斬土雞看看，」他想一口氣說完，但氣喘中氣顯然不足，
> 剩下的一句也得停下來喘幾口氣，才慢慢的，「現、現，現此
> 時，那、那就有戲看了。」他用右手用力的壓著左胸，裡頭心
> 臟不怎麼尋常的撞動，叫他提醒自己，不能過分激動。[66]

這段描述透露出現此時先生的心虛、氣弱。而接下來的金毛，則是固守傳統知識。他們二人，在〈現此時先生〉小說中，代表兩種知識的對立。金毛，這名白目的好奇發問者，就是在地知識的典型實踐

---

65 Geertz, Clifford. *Local Knowledge: Further Essays in Interpretive Anthropology*, (New York: Basic Books, 1983).

66 黃春明，〈現此時先生〉，《放生》，頁24。

者，小說裡的金毛，不論新聞講政治或社會，都只關心實際生活。小說一段精彩情節，是大夥在討論村裡兩個人相約「斬雞頭發誓」的後續，以及延伸出來的「斬美國雞頭有沒有應效」的議題。不過金毛只會很務實地問：雞頭斬掉以後，雞拿到那裡去了？

現此時先生這樣自許為有知識，當然瞧不起金毛的務實。所以當現此時先生發現質疑他唸的「母牛生小象」新聞者，竟然是心目中最沒知識的金毛，只得更加堅持不認錯。

> 「騙瘋子！蚊仔坑的母牛生小象？」金毛的話像迸出來。這一次大家沒笑了，認為金毛的話就是他們的話。
> 現此時看是金毛，覺得不該讓像金毛這種沒什麼知識的人喊喝他。所以他用力地彈一下報紙，大聲叫嚷著說：「報紙說的啦！你們不信？！」[67]

經由包便當的過期報紙，西方文明時空觀還是進來了，知識位階也形成了。蚊仔坑化為世俗，而且極為純粹、十分典型。蚊仔坑原本「沒有時間感」的日常生活，一下就展露第三階段的衝突。最後，位居高端的現此時先生顯然是最無法適應這種衝突的人，隨著他的中途病死，蚊仔坑也才有新的局面。只是，黃春明沒有明講世界會成為什麼樣子。

67　同註66，頁30。

五、以時空衝突解讀《放生》系列小說的意義

　　現此時先生以報紙偽裝現代時空，實則固守傳統時空，看似典型的鄉土人物，實則鄙視在地知識、崇拜整體知識。透過現實生活中不易同時並存的兩種「時空體」，小說則清楚展現時空的衝突。因此，現此時先生的無能為力，黃春明其實是看透的。

　　黃春明有能力以文學時空體掌握社會時空，顯然也對問題何在了然於胸。由這種角度來看，黃春明嫻熟的說故事能力，不應該是成為漸行漸遠的說書人。另外，黃春明也是少數對於「讀者」有明確意識的作家。黃春明曾對「作品」提出讀者論的看法：「作品脫稿或刊登發表出來，還不算完成，必須經過讀者、社會、時間的考驗，瞭然其被唾棄或接受，然後讓這種成敗的後果，回到我的心靈深處發生作用，希望化成新的作品出來。」[68]他在1974年《莎喲娜拉‧再見》一書〈再版序〉說過：

> 　　眼前的書房，菸灰缸裡堆滿了蒂，空氣中瀰漫不散的菸雲，腦
> 子裡浮現的是，好幾千人炯炯有神的眼睛。這重疊顯現，令人
> 覺得像做了一場超現實的惡夢，逃也逃不掉。但是害怕歸害
> 怕，仔細想一想，我又是多麼地需要在眾目睽睽之下，戰慄著
> 思索，戰慄著下筆啊──那怕是再增加一個對我的注視，這些
> 我都將貪婪的渴望著哪！」[69]

68　高天生，〈開創鄉土文學新紀元的黃春明〉，《台灣小說與小說家》（台北：前衛出版社，1994.12），頁39。

69　黃春明，〈好幾千個人的眼睛呀！──再版序〉，《莎喲娜啦‧再見》（台北：

黃春明如此記掛他的讀者，當然不至於拋開他們而漸行漸遠。再加上黃春明年輕時任職廣告公司的經歷，1983年至1986年間參與電影公司的製作，他不只熟悉故事、報紙、小說的特質，也積極嘗試其他媒介。對於本文論證所仰賴的「媒介」現象，黃春明應有頗深的經驗及省思。在一篇與阮義忠的對談也直言1980年代不寫小說是因為讀者：「寫什麼小說？又不是寫給自己看！故事我都知道了，我何必再寫？既然，我的讀者都跑去看電視，好！我就跑到電視裡讓他們看。」[70] 由此可度測他對於媒介的敏感度，也是本文以媒介理論說明「報紙」帶動新舊時空的參考點。

　　〈現此時先生〉透過報紙而揭露的新舊時空，是黃春明撰寫《放生》系列老人問題的認識基礎，在黃春明散文〈城鄉的兩張地圖〉也能呼應證實。黃春明在1990年對於城鄉衝突的解釋，已不是特定的都市人事物壓迫鄉間的人事物之問題，而是更為全面性的時空變化問題。黃春明文中的認知，像是前文論證〈現此時先生〉揭露時空衝突的證詞：「這些年來，城鄉的改變可以說是從骨子裡起了變化。幾個中小企業的加工廠——進出城鄉之後，一些人的價值觀和生活規律，都是另起標準」。[71]

　　黃春明在這篇〈城鄉的兩張地圖〉顯露出他寫作《放生》系列小

　　遠景出版社，1977.11），頁1。古繼堂也寫過黃春明這種自我省察的習性：「像黃春明那樣對自己的作品進行跟蹤觀察，不斷暗地裡聽取讀者反映的作家，恐怕海峽兩岸都是不多見的。」參考古繼堂，《台灣小說發展史》（台北：文史哲出版社，1989.07），頁8。

70　阮義忠，〈攝影美學初探（7）第七問：攝影與人文——與黃春明對談影象語言的域（中）〉，《雄獅美術》194期（1987.04），頁122-127。

71　黃春明，〈城鄉的兩張地圖〉，《九彎十八拐》（台北：聯合文學出版社，2009.05），頁54（原刊《中國時報》，「人間副刊」，1990.12.01）。

說時，由置身的真實社會時空所感受到的，正是1960年代到1990年代的差異：

> 二、三十年來，台灣任何一處城鄉的變化，至少都有兩張可比對的地圖。一張是近三十年前，農業社會面臨瓦解的前夕，一張是形成工商社會之後，國民所得突破七千美元的今天。如果將兩張地圖重疊起來讀，不難發現，任何一處城鄉都有了巨大的改變。……有形的在變，隨著無形也變；無形變了，有形也隨著變。[72]

黃春明由這種觀念，說明了小說中那些等待遠處車聲化成子女腳步、卻每每失望的老人為何「只有對自身的遭遇感到茫然」。他筆下的老人雖然都懷有「令他覺得依稀有過災難」的茫然，但是作者黃春明本人，其實很清楚知道這種茫然的原因：

> 只要把這二、三十年前後的兩張地圖重疊比對，其實少了什麼，多了什麼，搞清楚為什麼，那即是肌理分明，有情節的、生動的城鄉發展史了。[73]

原因不是特定的人事物，是城鄉的兩張地圖，是有形的地景和無形的心態一起激烈改變的兩個時空狀態。以社會經濟力量來詮釋城鄉關係，也曾見諸黃春明1970年代末反抗帝國主義的創作期，他在1977

72　同註71，頁50。
73　同註71，頁54-55。

年就曾寫道「因為經濟絕對優勢的一方，其經濟勢力一旦登陸對方，那麼隨著他們的種種商品，連著他們的生活方式、想法，甚至於整個的社會意識型態，都一併上岸」。[74] 這個階段的文學，只是將特定具體的人事物，歸因給殖民帝國。然而到了1986年解嚴前後，也就是本文所要論證的時期，黃春明對於老人等社會問題的認知，已有很不一樣的層次。

以1960年代被視為第二分期「鄉土小人物時期」的代表作〈青番公的故事〉、〈溺死一隻老貓〉為例，就是黃春明兩張城鄉地圖中的農業社會衰敗之初。這時期黃春明的小說主角幾乎都受到特定人事物帶來的災禍，如曾歷經洪水淹沒家園的青番公、抗議開發商新蓋游泳池最後溺斃的阿盛伯，壓迫來源明確，扳倒問題源就可存活，因此幾乎都還有活力。即使經歷釣魚台事件、退出聯合國的國際爭紛，第三分期「民族主義期」的小說如〈蘋果的滋味〉、〈莎喲娜啦·再見〉、〈我愛瑪莉〉等，也都有化身為美國或日本的特定壓迫者。

但是到了第四期的《放生》這本小說集，劇情就不再有特定壓迫者、也不再有明確的抵抗。因為由〈現此時先生〉的分析可見，是一種抽象、無形的現代時空在壓迫鄉村人間。因此《放生》系列的各篇，乃多是活在時間緩慢悠閒、空間在地熟悉的老人，但他們卻一直在驚懼時間快速準確、空間遙遠陌生的外在世界。

這兩種時空的對比，出現在〈瞎子阿木〉的阿木伯，他日復一日到路邊傾聽每個人過往的聲音，從清晨到天黑，既呆板又重複，而他心頭糾結牽掛的女兒秀英，其實就是不願耐受這種傳統生活節奏，

---

74 黃春明，〈通過文學重新認識自己的民族和社會——當前臺灣文學問題專訪〉，《夏潮》3期2卷（1977.08），頁15。

所以跟著象徵「現代科學」的測量隊離開到都市去。[75] 對比也出現在
〈打蒼蠅〉的旺欉伯，他在鄉間打蒼蠅度日的生活裡，每個月初的近
午時分，都要心神不寧地聽著摩托車的聲音，等著郵差送來都市兒子
寄交的生活費。[76] 對比更繼續出現在〈死去活來〉的粉娘，她已經高
齡到即將壽終正寢，卻是兩次臨終又活轉，而這卻有如爽約一般，難
容於現代分秒計算的生活步調。粉娘的時間是超脫性的，無生無死、
日復一日，但子女並不。原本美事一椿的長命百歲，卻令子女焦躁不
滿，當事人粉娘甚至也開始驚慌，發誓下回一定會死。[77]

　　〈現此時先生〉發展出來的時空衝突，等於是這篇小說的最高
等級衝突。1970年代如〈青番公的故事〉的老人都還與兒孫同住，而
《放生》系列小說的老人，幾乎都是獨自活在鄉村。這種場景設計，
並未製造遺棄的效果，而是鋪陳出傳統及現代時空的對抗。

　　〈售票口〉清楚表達了兩種時空的對抗。情節是村中老人齊聚到
售票口徹夜排隊搶火車票，期望都市的兒女在年節順利返回老家。時
間不夠的都市兒女、時間過多的鄉間老人，在限時販賣的預售票口互
相撞擊，構成文學的時空體張力。

　　《放生》系列小說情節也有衝突，但已不是老人受到特定人事
物壓迫的衝突。這裡的老人多半像〈現此時先生〉那般聊天讀報怡然
自得，或是像〈售票口〉描述的，「不管冒著這一天的嚴寒，或是雨
天來車站排隊買預售票的老年人，沒有一個是不情不願的，並且還抱
著深深的期盼。」[78] 雖然被留在鄉村的老人情景堪憐，但〈現此時先

75　黃春明，〈瞎子阿木〉，《放生》，頁34-51。
76　黃春明，〈打蒼蠅〉，《放生》，頁60。
77　黃春明，〈死去活來〉，《放生》，頁128-135。
78　黃春明，〈售票口〉，《放生》，頁233。

生〉及之後的《放生》系列小說，黃春明的敘事結構已不易看到不肖的兒孫及都市型的壓迫者。

《放生》系列並不止於「回返老人主題」或是「對老人的一貫關懷」而已，這些小說在處理老人問題的內容及形式，都與先前的作品有重大變化。〈現此時先生〉所帶引出來的這個創作新階段，因而具有決斷的意義。

黃春明的小說沒有迴避「現代性」的問題。他揭露「故事」和「新聞」兩種時空的衝突與變遷，也揭露老人問題的癥結是「現代時空壓迫傳統時空」這是凡人難以遁逃的社會變動，不須去責怪特定的、具體的人物。衰殘的老人主角承受的是時空衝突之壓力，這種壓力較諸惡子或買辦更為無形、更加巨大、更難化解。

六、結論

黃春明1986年創作〈現此時先生〉時，前距〈我愛瑪莉〉的大約十年間，是鄉土文學論戰及台灣意識論戰風浪已趨平靜、並前進到戒嚴解除及報禁開放的前夕。整個台灣社會似乎都磨拳擦掌要乘著政治民主化的開放精神，衝向經濟全球化的藍海市場。彼時台灣的人口、資金、訊息都將開放的蓄勢待發之中，年輕人步履很快、新的時空概念轉變很急。黃春明的視線，應該悄然由所謂反帝國主義「經濟殖民家國寓言」移了開，但也不再回頭辯詰鄉土文學論戰的定位，而更關注台灣面臨新舊時空交錯的問題。[79]

---

79 有關黃春明不喜被定位為鄉土文學者，以及關於他在鄉土文學論戰的意見及討論，可參見徐秀慧，〈黃春明小說研究〉（台北：淡江大學中國文學研究所碩士

本文在這樣的關懷之下，透過三個層次討論黃春明筆下的文學與社會之交錯。一是〈現此時先生〉作品本身的時空意義，意即經由「報紙」所彰顯的三種不同時空體設定，二是〈現此時先生〉表現社會問題的新觀點，意即老人問題並非遭到某人遺棄的問題，而是被現代時空留在傳統之中的無奈悲劇。三是分析黃春明文學創作階段的意義，意即黃春明小說寫作史在本篇的轉折之後，使《放生》的內容、形式、世界觀都與其他階段作品有所歧異。

　　作為一名文學家、小說家，黃春明似乎有意回應這個勢不可擋的社會變局。除了講出鄉下老人可憐、搏取都市讀者熱淚，應該還有更深切的作法。這也就是本文分析〈現此時先生〉富有文學社會學底蘊的所在：善用小說來批判小說、並訴說故事的意義。

　　文學是虛構的作品，即使是寫實主義的小說也是虛構，但既非純然虛構而無關真實世界，也不會只是作者一人經驗的私密世界。小說〈現此時先生〉的表現形式不是傳統故事，而是現代小說。黃春明在小說中設計的時空體，挖掘出前現代與現代的矛盾，從而批判故事權威與新聞權威的消長。雖然很多評論者指出，黃春明在諷刺現此時先生利用報紙資訊狐假虎威，最後並賜死以表示重回純真鄉土世界的夢想。黃春明果真主張復古、懷舊地回到說故事傳統嗎？似乎不然。在小說最末「現此時先生」倒下來的同時，應該是反對兩種時空完全割裂開來。

　　黃春明文學潛藏的社會生命力，是在地人面對新舊世界的夾縫所抱持的疑懼與欣喜。蚊仔坑的「前現代」場景，不只是現此時先生及

論文，1998）；梁竣瓘，〈中國大陸學者論台灣文學：以小說為例〉（桃園：中央大學中國文學研究所博士論文，2005），尤其是文末的「專訪」。

老友們的居所，更是全台灣舊村莊的典型。班雅明曾說「百無聊賴的鬆弛精神狀態，是說故事最好的時機。這種精神狀態在現代社會已經失去了」。[80] 在蚊仔坑或全台灣，講求時效的台灣都市社會也是。那麼，應該如何面對故事與新聞、歷史與現代？

《放生》系列的年輕人已經都不再上場，都市買辦之類的明確加害者也不再現身。殘弱的老人主角獨自承受著時空衝突，壓力其實更加巨大。從本文分析的黃春明後期小說來看，若要解決問題，顯然不該再以傳統對抗現代，而更應思考傳統與現代如何「融合」。

現代媒介雖然庸俗，但也因此普及於大眾並打破特殊階級壟斷的知識。我們作為一般平民，也才能在現代時空的今天，藉由讀小說來了解時空的變化，並停下來反省、思考解放的可能性。黃春明是小說家，我們是讀者，在這一篇藉由報紙新聞來談故事的小說，如何看出現代車頭與傳統車廂的相容或衝突、如何調整各個螺絲以兼容並蓄向前行，才是我們讀者承擔文學責任的道理。

——選自《臺灣文學研究學報》第22期，2016年4月

論文發表時為臺灣大學台灣文學研究所副教授，
現為臺灣大學台灣文學研究所教授、國科學人文及社會研究發展處處長

80　Benjamin, Walter. "The Storyteller Reflections on the Works of Nikolai Leskov", Illuminations: Essays and Reflections. p.91.

黃春明2016年短篇小說之研究

蒲 彥 光

一、研究動機

　　作家黃春明，民國24年出生於宜蘭羅東，從事過小學老師、記者、編劇、導演、製作人、廣告企劃等，作品譯成多國文字，曾榮獲吳三連文藝獎（小說類，1980年）、第二屆國家文化藝術基金會文藝獎（1998年）、第廿九屆行政院文化獎（2010年），國家文化藝術基金會頒獎理由為：「黃春明的小說從鄉土經驗出發，深入生活現場，關懷卑微人物，對人性尊嚴及倫理親情都有深刻描寫。其作品反映台灣從農業社會發展到工業社會的變遷軌跡，語言活潑，人物生動，故事引人入勝，風格獨特，深具創意。」

　　2014年9月下旬，黃春明經診斷罹患淋巴癌，只好放下手邊兒童劇團、雜誌出版與相關書寫計畫，此期間接受了化療與標靶治療，好不容易恢復了健康。今（2015）年6月15日，在大病初癒的狀態下，黃春明與妻子林美音接受《台灣光華雜誌》彭蕙仙的專訪，篇名就是〈我要專心寫小說〉：

　　　　林美音說，黃春明的工作量一直都太多了，但這也沒辦法，他

就是什麼都想做，創作小說之外，他做兒童劇團、辦雜誌、改寫歌仔戲、做撕畫，每件事情都做得有聲有色。……過去向來連道具都自製的黃春明說：「我現在不能再這麼『自不量力』了，我的體力不能負擔那麼多事，除了寫小說非得要自己做不可，其他的，我一定要學會『放下』，劇團已經上軌道了，就交出去吧，我要專心寫小說才行。」

可知，要不是因為突然的一場大病，黃春明恐怕仍然無法專致於寫作，只能俟諸來日，而首先為了兒童劇團的事務奔忙。大病初癒後的黃春明，其一心所繫、念茲在茲的題材，則轉向於未竟的小說書寫。

2016年，黃春明陸續於《聯合報》發表了四篇短篇小說：〈尋找鷹頭貓的小孩〉、〈兩顆蛤蜊的牽絆〉、〈閹雞計畫〉及〈人工壽命同窗會〉。這些小說對於抱病寫作的黃春明而言具有什麼意義？其中又具有什麼樣的寫作特色？這些短篇與作者過往之書寫又有何關聯性？這是本研究所關心的主題。

二、晚期書寫之轉變

對於黃春明的小說寫作特色，學界普遍從內容上分為三到四期討論，[1] 如齊益壽將其小說寫作分為四個階段：第一期的初創時期

1　分為三期討論的學者，則以齊益壽之第一期與第二期合併論之，如劉春城以〈鑼〉（1969）作為黃春明早期作品分水嶺，此前寫的是田園風土的鄉下小說，之後則以都市生活的體驗寫工商變遷的城市小說。（劉春城，《黃春明前傳》，台北市：圓神出版社，1987年6月，第九章「醜陋的日本人」乙節）每一階段書

（1957-1967）以素描式來呈現小說中的人物；第二期（1967-1971）
人物塑造趨於成熟，是詩化的人物；第三期（1971-1986）以批判性
來雕塑人物，第四期的作品（1986-）則以老人為主探討臺灣經濟發
展中相當嚴重的老人問題。[2]

為了方便作後續文本討論，於此有必要特別說明第四期之特色：
1980年代台灣社會處於劇變的政治局勢，例如1986年，黨外運動方
興未艾、民主進步黨成立，1987年7月15日，蔣經國總統正式宣佈解
嚴，1988年蔣經國過世，台灣的強人政治自此結束。

在這樣的社會脈動下，黃春明自1986年起開始陸續發表他的「老
人系列」，直到1999年集結相關主題作品，出版了小說集《放生》，
被視為是「世紀末台灣文壇的一件大事」[3]。李瑞騰曾經指出此書幾
篇小說的寫作時間，主要集中於兩個時間點上，首先是八〇年代後期
（1986-1987），其次則是九〇年代後期（1998-1999）。[4]如果我們仔
細閱讀這些作品，會發現黃春明在兩期書寫中有不同的感慨。

前期的書寫，或許可以〈放生〉（1987）作為代表。這篇小說花
了相當篇幅來說明主角文通為了環保抗爭而入獄，提及「村幹事特別

寫內容中，學者又有再做細分者，如呂正惠以為其城市小說可分兩類，一類是寫
鄉土人物到城市來謀生所產生的問題，一類是買辦經驗、跨國公司小說。（〈黃
春明的困境——鄉下人到城市以後怎麼辦？〉，《文星》，第100期，頁133-
138）

2　見齊氏〈黃春明的小說人物〉，發表於2001年3月於北京召開之「新世紀再讀黃
春明研討會」，轉引自《文訊雜誌》，2001年5月號，第63頁。梁竣瓘將此四階
段描述為：「從輕薄短小的人生切片、走向鄉土人物、批判崇洋媚外者的嘴臉，
一直到《放生》的省思老人問題。」（〈黃春明《放生》〉，《文訊雜誌》，
2000年10月號，第35頁）。

3　李瑞騰，《放生·序》（台北市：聯合文學，1999年），頁7。

4　同前註，頁6。

提出戒嚴法戡亂時期臨時條款，還有有關叛國、擾亂社會公共秩序的種種罪行」恐嚇村民、「全莊頭都中了選舉病」[5]，也控訴化工廠、水泥廠對於環境的污染破壞，政商利益結構如何戕害民眾，使得底層漁民因為漁獲減少必須遠赴外地打拼。尤為重要的是全篇題目「放生」，除了透過田車仔的飛翔以象徵自由，也暗示了解嚴的可貴，讓出獄的主角文通得以重返家園，繼續為鄉土奮鬥。

從這樣的書寫，我們不難發現在前期作品中，黃春明仍然有強烈的社會意識叩合著時代脈動，此期的寫作精神，基本上仍延續他自1970年代以來的社會關懷與批判。

〈放生〉發表之後，「老人系列」的寫作又被擱到一旁去，要直到1998年才重新拾起這題材。1980年代的黃春明為什麼不持續把這主題寫完？主要原因，我想他還是掙扎於「社會改革實務」與「寫小說」之間。[6]

與〈放生〉的主角文通相似，黃春明在1990年代初期做了一個重大決定，他返回家鄉為宜蘭縣主編本土語言教材（1992）、又成立「吉祥巷工作室」、創設「黃大魚兒童劇團」（1994），實際投身於在地「社區總體營造宣導」及社造規劃（1995-1997），這些非凡成就皆足以見證黃春明的意志與實踐力。然而，原訂的小說寫作計畫，

5　《放生》，頁91。

6　李瑞騰曾經提出：「八、九〇年代黃春明對社會工作所投注的心力，其實早在他初識黃春明的七〇年就已奠下基礎。」李氏以黃春明有意識以攝影與田野調查的臺灣關懷作品《我們的動物園》一書（現已絕版）、1970年代在中視製播的《貝貝劇場》、紀錄片《芬芳寶島》和整理臺灣歌謠的《鄉土組曲》為例，說明黃春明日後的宜蘭鄉土重建工作、田野調查工作及兒童劇的編導，皆有可尋之跡（參見梁竣瓘，〈他不只是一個鄉土作家——「新世紀再讀黃春明」研討會側記〉，《文訊雜誌》，2001年5月，頁62）。

也不得不在這層考慮下，退居其次了。[7]

　　至於《放生》這本集子後期（1998-1999）的書寫，則可以〈死去活來〉（1998）與〈最後一隻鳳鳥〉（1999）作為代表。一個值得關注的現象是，黃春明從1980年代以來的老人題材持續發酵著，到了1990年代中期，黃春明開始出現了一種對於時間的焦慮感，寫作老人如何對時間絕望的感受。[8] 在這兩篇作品中，很殘酷地是以等待後事為主題，而其敘事觀點，不再是以老邁雙親等待壯年的子女返家，相反地，黃春明開始以人子身份去摹寫老邁的母親。

　　〈死去活來〉當中的粉娘高齡89歲，小說中兩次從彌留狀態中迴光返照、死而復生，卻對從各地趕回等待辦理後世的子孫輩，造成了尷尬與麻煩。這是一篇情節極簡約的小說[9]，卻表現出黃春明慧點的絕望與反諷。當然，這邊的母親粉娘，不只是代表鄉間的老人，也可以象徵美好的鄉土記憶與鄉土書寫。

_____

7　這段期間關注於兒童教育，也創作了不少兒童文學教材，原來擅長的老人主題只能退居其次。黃春明自述：「到七〇年代末，台灣的經濟離陸起飛了，農村的剩餘勞力，四五百萬人開始向都市做國內的移民，社會結構開始變化，價值觀、文化的秩序亂起來。……到七〇年代台灣，小說沒地位了，大眾化（不等於庸俗化）的傳統，被一些學者專家否定了。所以我就轉而去拍電視的記錄片影集『芬芳寶島』。八〇年代我去參與電影的工作。九〇年代，我覺得大人沒救了，救救小孩子，我開始從事兒童讀物和兒童劇場。」（《羅東來的文學青年》，〈中國時報〉，1994年1月6日）。

8　因此會有〈沒有時刻的月臺〉，〈有一隻懷錶〉這些散文作品的出現。〈沒有時刻的月臺〉據黃春明所述，是在1995年11月赴日本採訪有感，而後發表於2005年9月19日《自由時報》，當然從「有感觸」到「發表」還是有距離的。

9　1999年，面對蔡詩萍詢問「回過頭去看您在七〇年代的小說創作，您認為有什麼缺點，在今日重新創作是否能有更多的超越？」黃春明答覆：「…年輕時的創作彷彿泉湧，一氣呵成的感覺很好，那正是生命力的表現。不過，當時的創作中個人的感性較多，不似年紀大了，懂得將情感收斂壓制，且不煽情，多留給讀者一些想像的空間。」（〈空氣中的哀愁〉，《放生》，頁244）。

至於〈最後一隻鳳鳥〉，則是一篇具有歷史隱喻的家族故事，涉及複雜的身世與認同。93歲的吳黃鳳罹患了失智症（或「後半生遺忘症」），一心想返回記憶中的茅仔寮。然而，老太太也在無意中透露了過去的家族恩怨——敘事者吳新義的父親吳全，原來是被繼父花天房給下藥毒死的，因此把吳黃鳳自吳新義身邊奪走，卻又不珍惜她。然而，吳新義面對這段醜惡的過去，並不銜恨記仇，他選擇放下恩怨，與異父同母的弟弟國雄和解。這篇小說的結局儘管仍是絕望（吳黃鳳的離家迷失、做為老太太隱喻之鳳鳥風箏的消失），卻透露出一種對於生命的寬容與釋懷（做為吳新義隱喻之無敵鐵金剛風箏，原本因為「無敵劍」太過沉重而與鳳鳥風箏糾纏在一起，墜落於河裡；經過修改之後，拿掉了「無敵劍」的風箏，可以輕巧而高穩地飛翔於天際）。

　　此外，八、九〇年代的老人系列[10]，顯然跟1974年〈屋頂上的番茄樹〉提及「整個夏天打赤膊的祖母、喜歡吃死雞炒薑酒的姨婆，福蘭社子弟班的鼓手紅鼻獅仔，還有很多很多，都是一些我還沒寫過的人物。……想到這裡，看看我桌子上的稿紙。一邊心裡想，就寫了他們吧。一邊又告訴自己說，這是以後想寫的長篇《龍眼的季節》裡的情節。」[11] 題材上頗見相似，雖然同樣以鄉土人物為題材，但是「老人系列」之發想，其初原帶有社會意識而作[12]，而根據近期黃春明接

10　擔任東華大學駐校作家期間，黃春明曾於2002年發表了短篇〈眾神，聽著！〉（收入《眾神的停車位》，台北：遠流，2002），小說內容仍從老人的葬禮說起，提及老伴死後，三個兒子想變賣家中的田產。顯然可視為與《放生》同期之書寫風格。

11　發表於《中國時報・人間副刊》，1974年8月6日，後收錄於《等待一朵花的名字》（台北：皇冠出版社，1989年），頁32-37。

12　黃春明在《放生》的自序中說：「小說在文學裡面也是多元的文類，它可以放在

受彭蕙仙的專訪文，計畫中《龍眼的季節》或許將偏向於個人生命史之層面。

三、關於2016年發表的四篇小說

　　病情穩定以來，黃春明去年陸續於《聯合報》發表了四篇短篇小說，分別是發表於3月20-21日的〈尋找鷹頭貓的小孩〉，以及同樣冠以「聯副故事屋」的三篇：9月1-2日〈兩顆蛤蜊的牽絆〉、9月15-16日〈鬮雞計畫〉、還有12月7-8日的〈人工壽命同窗會〉，可見這一年黃春明確實有意從事主題式的系列書寫。而從九月至十二月密集發表的短篇小說，也令人聯想及上一本《放生》的寫作發表情形，只是並非長篇小說[13]。

　　以下試針對四篇小說之內容與作法，略加分析討論：

（一）〈尋找鷹頭貓的小孩〉

　　〈尋找鷹頭貓的小孩〉應該算是篇有趣的兒童文學作品，由於黃春明從師專畢業、與曾經在國小任教的背景，他早期寫過不少以兒童為主角的小說，例如最早的〈清道夫的孩子〉（1956）、〈城仔落車〉（1962）等，皆是以國小學童為其主角。此篇亦然，小說裡的主

藝術的範疇裡面去欣賞，放在社會裡面去看時代，放在文化裡面去看人的價值，它可以放在等等等裡面、或者統統涵蓋。《放生》這本集子，它多少也糅雜了多元性的東西在裡面。可是，我想清楚的表示，我要為這一代被留在鄉間的老年人做見證。」（《放生》，頁16）

13　「我確實還有上打以上的題材的好小說可以寫，在四十年前就預告過一長篇《龍眼的季節》。」（黃春明，〈聽者有意──「黃春明作品集」總序〉，〈聯合報〉，2009年5月14日。）

角是小學三年級的黃小鳴，他因為跟鄰居的同學在寵物店看到了一隻貓頭鷹，於是奇想這世上會不會有「鷹頭貓」？然而當他把這想法告訴了家裡父母親、爺爺，學校裡的吳老師和同學們，大家不是說他「亂想」、就是調侃嘲諷他「上課不用心」、「不要問一些有的和沒有的」，使他落淚難過。

「黃小鳴」對於這世界的新鮮感受與想像，雖然被大家給澆了一盆冷水，使他心灰意冷，「在走投無路的時候，竟有一點記憶，像一隻孤孤單單的小螢火蟲，在一片黑黑暗暗的腦海裡，閃著微弱的光」，直到他問了長老教會裡的張牧師爺爺，牧師告訴他：「上帝創造的生命，一定還有很多的人沒看過，也不知道那些東西，長在世界上的哪一個角落。」他才重新對自己的「發現」找回了一點信心，「心裡有一種說不出成長的喜悅」。

這篇作品以黃小鳴所想像的「鷹頭貓」作為主題，黃春明也許是想挑戰社會的「成見」。教育就某方面而言，是想灌輸給孩子們成套的知識與觀點，有些時候大人們揠苗助長，不容許孩子們能夠自由觀察、發現與想像，因此這些小朋友長大以後，對於世界也就缺乏了熱情與創造性。

對於自我與社會認知之鴻溝，黃春明有另一篇散文〈等待一朵花的名字〉（1987），曾同樣有此反省：「……不用追溯到阿婆的小女孩的時代，就拿前些時的台灣農業社會，那時還沒有所謂『流行』、『休閒活動』、『精緻文化』這類的名詞。社會基層的大眾，仍然把勤勞叫做『骨力』，出外工作說成『出外討吃』、或是『賺吃』，努力叫做『打拚』等等。不難從這些生活語言中，意會到當時的生活形態，要求個溫飽確實不容易。所以每一個家庭，只要有勞力成熟，就投入農業的勞動生產。在全面的生產線上，誰的工作能力強：擔子挑

得最重，稻子割得最快的就是強者。誰的工作能力低，誰就是弱者。有誰遊手好閒，不事生產，還要佔人便宜的人，就叫做『垃圾人』。那一朵美麗的花，之所以叫做『垃圾花』，也是同樣的道理吧。得到這個結論之後，太陽下山前，那一位穿著還算入時的小姐，回頭罵我的話，我沒聽清楚的那兩個字，突然聽見了。那把它填起來，不就是罵我說：『無聊！垃圾人！』難道我對那一朵花的好奇和喜愛，說穿了就是物以類聚？」[14]

因為對現實生活無益，儘管小花美麗，終無以稱名之，或者就稱其為「垃圾花」，在〈等待一朵花的名字〉中，作者從自己對於野地小花的好奇中，終於體認到鄉民鄰人的冷淡或是務實，原有其生存艱困之社會背景。然而在〈尋找鷹頭貓的小孩〉中，黃春明則希望人們不要太快被現實收編、輕易消磨了觀察力與想像力，希望讓孩子們保留些創造性與可能性。

就寫作技巧而言，這篇小說仍然保留了作者過去的一些書寫特色，例如第四節寫：「這一頓晚飯，爸爸和媽媽為了說話的話題，更加謹慎。……其實小鳴心裡有所準備，要是他們再取笑他的鷹頭貓的話，他就想告訴他們去找張牧師的事，還要告訴他們，自己沒見過的東西，就說沒有這樣的東西是不對的。媽媽轉到另外一個話題，說暑假到哪裡去玩好。為了兩三個地點有小小的爭論，使小鳴沒有機會重提鷹頭貓的問題。飯後兩個大人在背後，慶幸沒講錯什麼話。」主要是以對話推動情節，而且作了精細的心理刻畫，父母親與小孩都繞了一個圈子在作猜測與溝通，黃春明如此的描寫手法，最經典代表作應

---

14 《放生》〈等待一朵花的名字〉，原發表於聯合報副刊，1987年9月16日，後收錄於同名散文集《等待一朵花的名字》，頁50-51。

該見於《兒子的大玩偶》（1969）裡坤樹與阿珠爭吵後的對談，於此篇仍可見其功力與風格。

此外，黃春明的作品大多是溫暖與鼓勵人的，此篇亦然。牧師說：「世界上人那麼多，很多東西也都被人發現了。還沒被發現的，應該是在人少、或是沒人的地方。要是說像鷹頭貓這類動物，如果有的話，大概都在原始森林的深處吧。」於是小說在第五節刻意安排小鳴於露營的山區，在一位老人的指引下，發現了鷹頭貓的場景。雖然只是夢境所見，但如此書寫，卻也給主角小鳴與觀眾，帶來了一種巧遇桃花源式樂土的安慰[15]。

值得玩味的是，這篇小說何以在第五節夢境中，特別安排了一位餵養鷹頭貓的老人？如此安排使得老人（或許是「作者替代」）與孩子（主角）可以有一個對話的機會，過去黃春明也有類似的作法，例如〈呷鬼的來了〉（1998）當中的石虎伯和傻孫子；此外也令人想起〈銀鬚上的春天〉（1998）裡的土地公與榮伯，換個方式來說，從這樣的書寫，我們不只窺見了黃春明的慈愛，也可以看到此篇與上個階段寫作主題之延續性。

（二）〈兩顆蛤蜊的牽絆〉

去年九月後由「聯副故事屋」為題所發表的三篇小說，黃春明改為以老人為其系列書寫之對象，似乎有意延續《放生》以來的老人議題。首先就是〈兩顆蛤蜊的牽絆〉，此篇以住在台北外雙溪附近的一

---

15 黃春明曾為黃大魚兒童劇團編了一齣〈新桃花源記〉的劇作，〈尋找鷹頭貓的小孩〉這篇小說最後老人也特地告誡黃小鳴關於鷹頭貓與地點：「絕對不能告訴任何人」。

位羅老先生為主角，時間是除夕夜晚，羅老先生因為與兒子鬧彆扭，想出門透透氣，因此藉口帶著烹煮年夜菜時遺漏的兩顆蛤蜊，想將其帶去郊外放生的故事。

　　這篇小說與前述〈尋找鷹頭貓的小孩〉作法相似，同樣營造了角色之間的瑣碎誤解、與老先生因為無法明說而必須迂迴表現的行為，人物在黃春明的筆下，經常是透過行動來溝通，基於傳統不善表情達意的文化特色，在彼此倔傲的脾氣下，家人表達情感時總是蒙上些微的戲劇懸疑與張力。類似的彆扭脾氣，也很像〈放生〉（1987）當中的阿尾與金足，他的人物總是心裡頭想的比說出口的還要多，黃春明的寫作特色，正在於表現人物在這種戲劇張力下的心理起伏。

　　故事中的羅老先生為什麼鬧彆扭呢？文章中說：「年輕人是根據現代觀念，勸說老人家不要為了舊觀念，為了宗教的信仰，僅僅為了兩顆蛤蜊搞到那麼麻煩放生，尤其是除夕夜吃年夜飯的時候，天暗外頭又好像有雨。而老人家他氣就氣在這裡，他根本就沒有根據什麼觀念，或是什麼宗教信仰。」所以老人家氣的是兒子孟君不瞭解他、誤解他。孟君希望父親不必為了兩顆蛤蜊的放生，在寒夜裡冒雨出門，本意當然是基於關心與擔憂。但羅老先生覺得兒子說「唉！什麼時代了，放生？」是打心眼裡覺得他「有宗教信仰」是過時的，覺得兒子看輕他，因此心中徒生悶氣。

　　因此湯鍋下倖存的兩顆蛤蜊，只是羅老先生在除夕夜裡想要出門的微不足道的動機，文中提及「羅老先生好幾年前，就對我們過農曆年有話說了，過得一年不如一年像樣，反而比不上年輕人過洋人的聖誕節」，他氣憤的原是過往年節氣氛的消失。後來，他在途中遇到了同樣出門透透氣，一樣感慨「哪有什麼圍爐？現在的少年，全家都帶到飯店去吃了，這怎麼叫圍爐！」「看能不能早一點死」而獨自撐

著傘在堤防旁抽煙解悶的鄰人嚴先生，彷彿找到了彼此的知音，「連雙方對家庭的不滿，趁有人可以傾訴，也都吐了出來了，當然包括兩顆蛤蜊和兒子賭氣的事。聊得投機，時間也給忘了。」不免令讀者猜想，「兩顆蛤蜊」就是這兩位老人家的隱喻。

透過羅老先生提著兩顆蛤蜊放生的行動，使他在雨中憶起了自己在宜蘭多雨的童年，阿嬤曾笑他是「雨的孩子」。嚴老先生則提醒他「以前淡水的漁人碼頭到紅樹林水筆仔這一帶，有很多漁民都在那裡撈這種蛤蜊苗，再賣到南部近海養殖。我想那個地方就對了。」同樣勾起了時代記憶。黃春明於是寫羅老先生陷入了深思：「他望著流遠的溪水，透過遠處的高樓大廈背後的遠處，那一頭就是淡水紅樹林水筆仔的地方。去與不去，只有一條路，想到初衷單純的心意，唯一的一條路就是去。」表面上雖然寫如何放生的考量，內在隱藏的是老人家如何重新找回失落的單純自我。

於是羅老先生下了一個大的決定，他不求兒子載他，卻順手攔了一輛計程車載他去淡水河邊放生蛤蜊。沒想到開計程車的郭姓司機是位虔誠的佛教徒，對於羅老先生的善念非常肯定，郭不像孟君一樣質疑或鄙視羅老先生的宗教情懷，反而給予他許多的安慰與支持，包括與他共享善行、車資減半，肯定他的善行「是世界上沒有的事」，也代老先生禱告，安慰羅老先生說：「人在做，天在看」。

此篇結語作「每部車子冷冷的外相都一樣，作為車子的內心，沿途有說有笑的他們兩個，沒有人知道他們做了一件事，『是世界上所沒有的』。」在陰翳離散的雨夜行動裡，讓老人重新找回具有本源性與神聖性的意義。

關於此篇涉及的宗教情懷，前篇〈尋找鷹頭貓的小孩〉曾約略涉及，例如解決了黃小鳴成長困境的是位老牧師。〈兩顆蛤蜊的牽絆〉

寫放生的佛教善念，寫郭姓司機在車子「前台的中間，放了一尊正坐蓮花的觀音菩薩，底座還盤一串念珠，這些現象都讓老人家感到安心」，倒使人想到黃春明在〈放生〉（1987）寫老先生阿尾為祈禱兒子文通回家時對觀世音菩薩、土地公、以及諸神的禮拜、又如〈死去活來〉（1998）中寫八十九歲虛弱的老太太粉娘：「我告訴神明公媽說，全家大小都回來了，請神明公媽保庇他們平安賺大錢，小孩子快快長大念大學」，文中寫她如何爬高爬低燒香禮拜，「竟然能搆到香爐插香」。

此外，也該談談這篇作品裡的「家」。就「離家」的羅老先生而言，他有一個和樂的家庭，但是卻找不到「知音」，常與家人因溝通不良而發怒。至於「溝通不良」的遠因，可能是指時代的鴻溝，上一代所珍視的價值，下一代早已無法理解。這也就是嚴老先生所說的「我又不背祖，跟他們去？」說「背祖」也許是言重了，然他寧可在飯店圍爐時缺席，留下滿地無奈的煙蒂。至於虔誠的郭姓司機，卻也同樣缺乏一個溫暖的家，文章中說他「父母都不在，太太在家，兩個子女，男的在外島當兵，女的被美國人拐跑了[16]。所以他們有過年等於沒過年」。可見家庭在此篇中，似乎也成為一種壓力來源[17]，主角

---

16 郭的女兒「被美國人拐跑」，讓人想起〈瞎子阿木〉（1986）中主角被「測量隊」拐跑的女兒秀英，〈九根手指頭的故事〉（1998）裡被轉賣的雛妓蓮花，暗示的也可能是現代化、後殖民的鄉土悲歌。1970年代黃春明曾創作如〈兩個油漆匠〉（1971）、〈蘋果的滋味〉（1972）、〈莎喲娜拉‧再見〉（1973）、〈小寡婦〉（1975）及〈我愛瑪莉〉（1977）等與城市或殖民題材相關之批判作品。

17 但是羅老先生畢竟在去程的車上想起要撥電話回家，並未就此拋棄了家庭，而放生禱告時還是特別報上了家裡的地址。老人離家的結局亦見於〈最後一隻鳳鳥〉（1999），只是〈最後一隻鳳鳥〉當中的吳黃鳳更具有悲劇性之神話象徵，隱喻了一個時代的完結與迷失。

為了追尋或守護自己的尊嚴信念，不得不出門透透氣。有趣的是，羅老先生在拋出蛤蜊放生時，黃春明特別寫了司機跟他說：「你一起拋兩個才不會分得太開」，似乎說明了離家透透氣的老人，也需要互相陪伴與支持。

最後，整篇作品以「兩顆蛤蜊的牽絆」為題，故事高潮在於羅老先生與計程車司機郭先生最終到了紅樹林岸邊，拋出兩顆蛤蜊的放生儀式。這樣的寫法自然令人聯想及〈放生〉（1987）中的老人阿尾放生田車仔的情節，只是〈放生〉一篇所指陳的其實是1987年政府的解嚴，小說裡解放了孱弱中毒的田車仔（黃鷺），終於換回了浪子（文通）的回頭。那麼黃春明在〈兩顆蛤蜊的牽絆〉所解放的，又會是什麼呢？是割捨不下的親情嗎？

（三）〈閹雞計畫〉

九月中發表的〈閹雞計畫〉，故事的主角閹雞松[18]（本名「方青松」），是位「老伴百日剛過」的七十二歲老農民。這篇小說把故事場景又搬回到宜蘭鄉間（山腳下的竹圍社區），寫主角閹雞松在老伴死後不久，一個人獨守老家，不料老伴「做百日」時，三個兒子都因故或藉故無法回家，閹雞松隔日特地帶上自己養的三隻閹雞到了台北，想幫小孫子加菜，沒想到三個兒子（福生、奉祿及添壽）各自有狀況無法接待，使得閹雞松敗興而歸，連午餐也沒進，等到傍晚返回竹圍老家，才自己煮了一把麵條佐絲瓜入肚，最後他向老伴靈前憤慨：「生三個孩子，不如種一顆菜瓜」[19]。

18　「閹雞松」此名早見於《看海的日子》（1967），也是小說主角白梅的親生父親，可見此一題材醞釀甚久。

這篇文章的結構，可以簡單地分成兩個空間，一邊是閹雞松與過世太太所居住的竹圍，另一邊則是三個兒子所居住的台北（台北在黃春明筆下顯得並不宜人可愛，例如寫青年公園居民贊成與反對都更的精神分裂，又二媳婦梅芳說：「我們大小四個人都在家時，連喘氣都不夠，哪有可能再養雞？」）。鄉下與城市兩個空間的對比，使人想起〈死去活來〉（1998），一邊寫炎坤與粉娘的溫厚，一邊則寫城裡子孫的冷漠，以至於粉娘彌留時，曾孫輩的竟都沒有返家探視。相較於死亡陰影，作者認為澆薄的人情，實在更為荒謬恐怖。〈閹雞計畫〉此篇亦然，母喪百日，三個兒子竟都藉故推託，絕情不顧。

　　同樣寫老人的行動，前篇〈兩顆蛤蜊的牽絆〉只是寫老人的離家、兒子的牽掛；在此篇則變成了子孫輩離家忘返，讓老父親去尋覓探視。前者的老人終究想要回家，在家裡還有老妻與子孫在等待；但後者的老人卻只剩下一個空殼似的家：妻子已死，三個兒子呢？老大福生外遇不歸、老二奉祿為了工作自顧不暇、老三添壽則因吸毒被警方通緝，「家破人亡」的離散蒼涼，可想而知 。[20]

　　此外，這兩篇的相同之處，還有對於時代轉移的感傷[21]，例如此篇主角閹雞松曾燒香對老伴說：「不能怪他們吧，時代變成這款。你

19　此篇結構與〈眾神，聽著！〉（2002）略相彷彿，該篇主角謝春木同樣有三個棄家不顧的兒子，一心只想變賣祖產。

20　黃春明早期的作品多半給人溫暖與光明，晚期則具有批判與譴責的態度，有時結局顯得悲愴絕望，典型的例子如〈售票口〉（1999）。但〈閹雞計畫〉此篇並非對後輩全然絕望，例如寫二子奉祿與媳婦梅芳，感覺上還算是勤懇努力的人，只是為了生活無法兼顧鄉下父母，另梅芳樓下賣燒餅的陳老先生，願意頂讓是因為腿骨裂傷，家人不讓他再做生意，當然也出自於一番孝心。

21　當然在更早之前，黃春明即有意書寫此一時代失落的沉重議題，典型的例子如〈現此時先生〉（1986）。

啊，你最寵小孩了。以前我要打小孩，你就來搶竹子搶緊緊。有時我打了孩子，你就在旁邊哭。啊，孩子都是你寵壞的，你看，明天你做百日，他們都沒有辦法回來，舉幡繞靈櫃燒香，只剩下道士師公和我兩人。好在我們躲在山腳竹圍仔底，沒人看到。哎！時代就變成這款……」可以讀得出黃春明的失落與譴責。

這篇小說中特地寫出主角即將失傳的閹雞技藝，黃春明將其比擬為神醫華佗的外科醫術：「幾乎每天都帶著那一包，刀剪針線和茶油，戴上斗笠，騎著除了鈴子無聲，其他部位都響的腳踏車，吹著蘆葦的寸笛，嗶嗶叫客。因為這樣，連小孩子對他的印象都深刻。……他說中國以前有一位神醫叫華佗，他除了看病，還發明很多藥草治病，和針灸麻醉，還有開刀手術。有一天他要外出多日，怕美麗的妻子被拐跑，就把妻子麻醉切割成四塊掛起來，等他回來，再把妻子拼湊回來。後來華佗的妻子很不高興，有一天偷偷把華佗有關醫學方面的著作，特別是圖文並茂的外科手術的文稿，統統燒了。等華佗回來看到時，搶救下來的文稿，只剩下閹雞的醫術。阿公的閹雞技術就是學華佗祖傳的……」黃春明喜歡把鄉村傳統的工藝賦予神話（童話）[22] 與美化，當然具有他想要保存民俗記憶的良苦用心。同樣作法又如他在〈看海的日子〉（1967）裡寫鄉下人怎麼牽豬哥配種，就是典型的例證。在這一篇裡，黃春明則是透過二媳梅芳以表達自己對老一輩工藝的景仰：「殺雞放血的時候，梅芳躲得遠遠的。老人家腳輕手快，不到兩個小時，把雞整理得乾乾淨淨。梅芳睜大眼睛說是看著

---

22 鄉村的這類神話或童話，往往是透過老人家跟小孩子講述，黃春明或許因為早年喪母、是由祖父母隔代教養長大的經驗，因此在小說中常常描寫阿公跟孫子輩講述鄉野奇譚的情節，典型的例子如〈青番公的故事〉（1967）、〈呷鬼的來了〉（1998）等等。

雞，倒不如說是欣賞，心裡佩服老人家，佩服得泛起笑容來。」

作者對上一代欽佩與景仰，對下一代的頹唐難免失望感傷，甚至不免有些憤恨怨懟。這篇小說裡也不難讀出黃春明的怒氣，例如大媳婦質問公公說：「為什麼忘了把你兒子也閹了？」把從鄉下帶來的閹雞，比擬為青松伯的兒子。再加上三子添壽吸毒，被警察追緝，讓青松伯的三隻閹雞無處可送，二媳建議再帶回鄉下養，青松伯卻決定要殺了這三隻雞。這篇小說讓青松伯殺了送到城裡的三隻雞，保留鄉下家裡的三隻雞，或許暗示台北的三個孩子都沒用，期待他們回到身邊，讓已失去了母親的家庭，能夠重獲完整。

當然，這樣的寫法如果跟〈放生〉（1987）對比起來看的話，就剛好是相反的寫作設計。〈放生〉裡的戲劇高潮，阿尾伯的動作是放走了田車仔，然而〈閹雞計畫〉青松伯卻是殺了親自養大的閹雞；前者結尾是兒子文通決定回家與父母團聚，後者結尾竟是「生三個孩子，不如種一顆菜瓜」的失望憤慨。

（四）〈人工壽命同窗會〉

發表於去年年底的〈人工壽命同窗會〉，主角是與黃春明同齡、八十三歲的楊德立，楊老先生住在台北，身體狀況不大好：「近兩個月來，進出急診三次，其中一次還送到加護病房住了三天」、「心臟的問題時時刻刻都等著要他的命」。在時日有限的情形下，他一心記掛著想回鄉下參加國小同學會（同窗會），最終在妻兒印傭的扶持陪伴下，重返冬山鄉與兒時同學（謝春雄、林水木、廖溪水、林重德、陳炎山和林文通）會面談天，文章寫出幾位老人家惺惺相惜的過程。

此作在結構上大致分為兩個部份，前半鋪陳楊老先生對於同窗會的回想，從最初班上召開第一次同窗會時，已是畢業25年後，級長不

但找回了61位同學，還特地到日本邀請當年的級任老師前田豐和師母智子，緬懷失落的少年時光。小說後半轉為關注未來：寫同窗會就這麼一年一年的舉辦下來，一直到畢業的七十年後，老友們一一凋零，能夠回來鄉下參加的同學，加上陪同的親人，只能勉強湊出一桌，篇末則以這次同窗會上好友們笑談老病與「人工壽命」作結。

回憶可能是對於現實的逃避，現實是「太陽已經西斜了，這已經成為由公園輻射出去的社區老人，出來做例行的活動。時間一到，坐著輪椅聚集而來的老人也有一、二十人，其中老阿嬤居多，男性有三人，楊老算是較健康未失能的，他可以離開一下輪椅活動活動，另外兩人是癱躺在輪椅的。」由於身體欠佳、精神不濟，沉緬於美好回憶裡，細細咀嚼過往的時光，自然是老人家的常態。「他舒適的坐在那裡，別人看起來像是在閉目養神，其實腦子裡的銀幕盡是過去的倒帶。梅希有時注視他的時候，只看到他臉部的表情，像微波的海浪，在臉上有時一波，有時一陣地起伏。」這邊的描寫，特別令人想起〈呷鬼的來了〉（1998）當中寫老廟祝回想竹圍從前的白翎鷥城。

除了寫老人議題，此篇還有涉及國族身世的內容，例如楊老先生的國小回憶，文章裡寫到日本老師前田豐曾經以互相羞辱的體罰方式，要求班上同學不能說台語：「以前他們班上有十二個人說了台灣話，放學前，老師叫十二個人出來橫排排成兩排，前一排的向後轉，形成兩排面對面，老師就要我們，他說他當時就是其中的一個，老師要我們摑掌對抗；第一排的先摑掌對面的同窗，接著挨打的第二排的同窗回打對面的，這樣輪著打下去，打到老師喊停。前田夫婦早就聽不下去，老師難堪地連續著說對不起，且希望學生不要再講了。可是大家只覺得有趣，還哄堂大笑而掩蓋了前田老師的不安與道歉。因為大家歡悅的笑聲，無形中鼓勵了說話的人。他說剛開始第一排的好幾

位同窗，輕輕摑掌對方，老師看了很生氣，對那幾個不敢大力動手的學生說，你們不懂得什麼叫作摑掌，來！老師教你，說著一個一個重重地打了下去……」顯然是很不當的殖民教育方式，但事過境遷，同學們並未指責這位日本老師，反而說：「『好好笑喔，老師。台灣光復後，我們不能講國語，要講另一種國語中國話，在學校一樣不能講台灣話，講台灣話的人一樣會受到懲罰，掛牌子。』想到這裡，老先生笑著乍醒過來，因為他當時就是常被罰，掛一個上面寫著『我說了台灣話』的牌子。」寫出了台灣複雜的國族認同變遷。[23]

對於日本殖民者、國民政府遷台初期種種作為之「不念舊惡，怨是用希」，可以見得出黃春明晚年看待歷史問題之寬容[24]。同樣的心態，亦見於〈最後一隻鳳鳥〉（1999），小說主角吳新義老先生連毒害親生父親的恩怨都可以拋棄，像小說裡的「無敵鐵金剛」風箏放下了他的「無敵劍」，才能輕巧安穩地重新飛翔，面對嶄新的時代。

這篇作品除了提及日本殖民的過往，黃春明頗花了些篇幅刻意帶到楊德立的印尼傭人「梅希」、與同學林文通的印傭「麗莎」，寫老

23　今年（2017）2月21日，黃春明於《聯合報・副刊》發表了散文〈那個時代的路人甲〉，同樣是講台灣於二戰前後的國族認同現象。說台灣話與否的國族認同，不由令人想起2011年5月24日成大台文系教授蔣為文在台灣文學館與黃春明的爭執事件，蔣為文當眾批評黃：「台灣作家不用台灣語文，卻用中國語創作，可恥！」、「你外來人憑什麼批評台灣人」，黃春明憤而批評蔣是「會叫的野獸」，事後蔣為文以公然侮辱罪控告黃春明，此案經台南高分院二審定讞，法官以「黃是重要文學作家受到挑釁且侮辱情節輕微」，判處黃春明雖有罪責，然免其刑。事實上，黃春明對於殖民議題之書寫著墨甚深，不知道蔣教授是否讀過？還是認為只要文字拉丁化就可以達到國族獨立的理想？

24　〈人工壽命同窗會〉此篇只把同學們戰後唱日本軍歌當成殘酷的玩笑看，甚至送給日籍老師與師母貴重的金飾禮品，然讀者可以比較黃春明四十多年前於〈甘庚伯的黃昏〉（1971）筆下寫殖民傷痛的分裂與悲憫。

太太們如何為外傭與老先生吃醋爭吵，把外籍移工的現象也寫進了小說裡。此外，楊德立的老伴因為考慮買東部火車票的不便，對話又順帶提及陸客。還有透過幾位太太對話，例如：「許多福中風那一年，半身不遂，屎尿失禁。他老婆把他帶到洗手間，一邊用水噴他，嘴巴一邊罵，你那麼愛那個查某，伊也愛你，現在你怎麼不叫伊來清洗你的屎尿！」寫出傳統父權社會再也壓抑不了的女性心聲。凡此皆表現出一種不同於鄉土以往、兼容並蓄的現代台灣。外在環境變遷如此之大，老先生們守著標榜「正宗台灣口味」的六連料理店每年舉辦同窗會，能夠回味道地的八寶芋泥和荸薺丸子，也就顯得格外難得。

即使小說裡人物都上了年紀，黃春明筆下的長輩往往是莊嚴且具有個性的，例如此篇寫林文通的太太「打扮得像要參加隆重的宴會，濃妝豔服，珍珠項鍊，玉鐲鑽戒，樣樣耀眼。」面對眾人調侃，這位老太太則答以：「這些東西和衣服現在不穿不戴，要等到什麼時候當壽衣。」展現出對於短暫生命的珍視與瀟灑。至於小說及標題所提到的「人工壽命」，應是指自然壽命與身體條件所不及，由醫藥體系向死亡所爭取來的額外生命。七位老人家能在高齡仍互相陪伴，共同分享身體如何衰老與心理的不堪（例如多福伯因中風而屎尿失禁），該稱得上是「福氣」吧！

因此，當小說結尾安排讓幾位老人家作最後合照，同學們豎起大姆指笑著喊：「人工壽命同窗會，讚！」看似留念，亦不免帶有幾分荒涼的輓歌意味（「嗯！真的是人工壽命。以前都沒想到，這麼一點都懂。」這裡嗯，那裡嗯，幾乎同時也嗯，大家還稍微沉默了一下下），既為時光的無情悲傷，卻又顯得對於這「多出來的生命」懷抱感恩之念。

四、結論

綜前所述,文末可以針對黃春明去年發表的這四篇短篇小說,嘗試作出一些概略的觀察:

（一）黃春明歷來的寫作,大致上有一個發展脈絡可尋,主要是關於他的家鄉宜蘭,以及他成年後進城發展的台北。關於家鄉的描寫多半溫情而充滿希望,對於現代化的台北則不免充滿批判與質疑。

（二）對於黃春明的小說寫作特色,學界普遍從內容上分為三到四期討論,他成名甚早,前期作品往往為讀者所熟知,然而黃春明如何以書寫回應解嚴後的台灣社會,讀者反而不甚清楚。這一方面固然因為改編的鄉土題材電影（已成為台灣新電影的典範）,多半是他早期的小說;另一方面則可能肇因於他在八、九〇年代決定返回家鄉,實際投身於在地「社區總體營造」及兒童劇團等工作,也就把文學書寫暫時給擱置了。

（三）黃春明於八、九〇年代的寫作成就,具現於1999年發行的《放生》一書,其中特別帶有「社會意識」地關懷老人議題,認為這些被遺棄在鄉間的老人「成了被犧牲的一代」。

（四）2014年經確診罹患淋巴癌,病癒後,黃春明表示要放下一切瑣事,專心寫作小說。2016年發表的四篇短篇小說,除〈尋找鷹頭貓的小孩〉仍與他經營多年的兒童題材／劇團有關之外,其他三篇:〈兩顆蛤蜊的牽絆〉、〈閹雞計畫〉還有〈人工壽命同窗會〉,皆與八、九〇年代的《放

生》有延續性的主題及作法。

（五）〈尋找鷹頭貓的小孩〉與黃大魚兒童劇團所編〈新桃花源記〉頗有相似之處，指出了一個桃花源式的樂土，讓孩子們可以藏身其間與馳騁想像，從這邊不難看出黃春明對於孩童的慈愛之心，當他有體力可以書寫時，他的首要之務還是為了孩子們而寫。

（六）〈兩顆蛤蜊的牽絆〉的主題在於家庭的牽絆，或許思考社會變化與世代鴻溝的問題，寫出兩位「過時」老人的壓抑彆扭，他們需要喘息與得到共鳴的心理狀態。

（七）〈闍雞計畫〉把視線移轉到下一代，面對被遺棄鄉間的老人、失落的傳統技藝，充滿敬仰及悲憫之情，然而對於到城市裡發展迷失的兒孫輩，則是既憐且恨，具有前期的社會意識與批判色彩。

（八）〈人工壽命同窗會〉似在小說裡對於畢生作了一次回想，因此帶有史詩般宏大的企圖。從日本統治的小學生活，到現代化發展後的台灣，一直到如今風燭殘年的老病之軀，藉著同窗會的相聚，幾位僅存的老人家在笑談間分享彼此的關心與傷感，覺得同學還能夠相聚是因醫藥所助力，目前所有是「多出來的時光」。小說表現出這些長者面對老死既不悲情、也無執著的豁達。

——選自《通識教育學報》第5期，2017年12月

論文發表時為明志科技大學通識教育中心副教授，
現為明志科技大學通識教育中心教授

為什麼要回來寫小說？
——評黃春明《跟著寶貝兒走》

阮慶岳

　　《跟著寶貝兒走》的書寫著：2019年台灣文壇大代誌——黃春明：「我回來寫小說了。」對於一個普遍被認為是解嚴前「鄉土文學」的代表作家，並且已經得到諸如「國家文藝獎」、「吳三連文學獎」與「總統文化獎」等台灣最高藝文獎項，也有各種學術論文反覆研究的作家，這樣的宣告確實是引人注目的。那麼，為什麼黃春明要回來寫小說？是對小說創作的熱愛依舊？或者黃春明對這個世界還是有話要說？

　　然而，看《跟著寶貝兒走》的寫作風格與技巧，除了篇幅上往中長篇推進外，以及加入不少黃春明自稱「老不修」的性愛描述，並沒有見到太明顯文學挑戰的重大意圖。基本上關注的核心角色，依舊是在現代社會迅速流變與轉化過程裡，不覺就淪為不斷反覆被生命凌辱的邊緣人物，並藉由這樣人物的各種荒謬遭遇，象徵與隱喻交錯並置地，對這個自我異化的世界，做出黃春明式的不歇批判。

　　基本上，是對這樣遭受社會凌辱的底層人物，從人性角度發出的不平之鳴。是的，黃春明所以回來寫小說，或許更是對這個世界還是有話要說？

　　小說的關鍵物是一個天賦異稟的「寶貝兒」陽具，因為一場意外

的死亡車禍，從一個陽光健康的年輕勇武男性方易，移植到一個猥瑣無恥、被女切去陽具的私娼寮保鑣兼跑腿郭長根的身上，從而衍生出全書環繞這根非凡寶貝兒的離奇情節。

小說結構有趣地描述兩個截然不同的世界，前段是服役海軍陸戰隊的方易玄，因為軍事訓練被投到南台灣的山脈裡，從而經歷了一段有如《桃花源記》與自然山林及原住民的純真互動過程。以及，後段隨著寶貝兒的移植，讓在都市裡原本去勢無根的郭長根，意外下海成了牛郎，受到貴婦熱烈追捧聲名大噪，甚至引來角頭勢力覬覦搶人的黑色悲喜劇。

小說看似不甚關連的前後對比，應是全書旨意的象徵所在。黃春明透過純真質樸的大自然，與已然是罪惡淵藪的現代都會，以及在其中生活的原住民與漢人，作出某種遙遙的對比與隱喻，意圖再一次凝視與思索他的小說裡，從來最是關注的「人性何在」問題。

這樣對人性議題做出的關注，可以從黃春明過往小說創作的兩條脈絡來承續敘述，一是以時代變遷下宜蘭鄉土人物的遭遇為對象，敘述農業社會與工業社會轉換時對人的衝擊與震盪；二是他移居台北後所見所聞的都市群相，對全球化下的經濟與文化殖民現象，做出不平之鳴的作品。

黃春明善於透過底層人物的日常現實，如何做出命運被迫改變時，各樣羞辱／荒謬的遭遇，所間接造成既有價值體系的崩解暗示，來讓我們見出一個成形中的台灣社會圖像。其中，對於人性的尊嚴與利益的誘引，如何在日常現實裡相互辯證與對抗掙扎，尤其更是他一貫最精彩的浮士德隱喻所在。

也就是說，在《跟著寶貝兒走》的核心脈絡裡，以恍如靈魂交換的「去勢」屈辱，與暗示重新被賦權的「得勢」荒謬，來作為現實

中利益與自尊各種辯證的隱喻，其實早在黃春明過往小說裡身影屢屢可見，譬如在〈莎喲娜啦·再見〉中，帶領「千人斬俱樂部」的日本人，去到礁溪嫖妓的黃君，只能在資本主義的跨國利益網絡裡，藉由言語的嘲諷與調侃，當作「被閹割」的自我安慰；或是〈蘋果的滋味〉的建築工人阿發，失去作為謀生重要資本的一條腿，卻依然還是陶醉在洋人「贈予」的蘋果滋味中，彷彿藉此又重新得到某種「被賦權」的超現實能力，對屈辱的自我欺瞞與掩耳盜鈴，極盡嘲諷的能事。

而這本《跟著寶貝兒走》的特殊處，就在於黃春明對人性注視態度的轉變。黃春明過往成功塑造的筆下人物，固然也是時代大環境的受難者，往往能秉持著一己的生命力，雖卑微卻也真誠尊嚴地在現實的境遇裡賣力生活，一如〈看海的日子〉的白梅，〈青番公的故事〉的青番，〈兒子的大玩偶〉的坤樹等，讓我們見到黃春明對於存在的寬容注視，與依舊存有對人性的信心。

也就是說，與其去譴責人性的沉淪，他寧願選擇相信那是時代的毒蘋果所致，也願意包容那些因此受難的底層人物。這樣的寬容與期待，卻在《跟著寶貝兒走》裡，忽然蕩然無存地澈底流失，我們無法去同情郭長根的「去勢」，對於他忽然得到「寶貝兒」的蒙恩／羞辱過程，只能有如看戲般的冷眼與嘻笑以終。黃春明過往對於人性救贖的希微期盼，對於現實正義的甦醒可能，似乎透過《跟著寶貝兒走》，做了某種有如絕決告別的宣告。彷彿人性的墮落已難回頭，只能轉身對依舊純真的自然山林（與依然純樸如昔的原住民？），作出「失樂園」的悵望回顧。由是，性愛曾經的單純美好、人性一度存有的無私奉獻，年輕身體的可以健壯自信，都在此刻有如廢墟與淵藪的城市裡，自我沉淪地消逝無蹤。

黃春明過往因為深愛他的筆下人物，屢屢為他們直指現實處境

的陷阱與不堪，他並不想要介入作為解救者，只是焦慮地一旁扮演現實的明鏡，因為他依舊相信人性的力量，一定會尋找到萌芽的自我生機。《跟著寶貝兒走》的書寫，卻流露他對人性的終於失望，這個已然被（資本主義／文化殖民／城市敗壞）汙染難回的人性世界，只能用對於大自然與原初本性的某種回歸，作出顯得微弱嘗試的救贖呼喊。在黃春明的內心裡，這終究是已然回不去的伊甸園，是注定要黯淡沉淪與令人惆悵的「失樂園」，那些因慾望被逐出樂園的人，只能窩居在無處可脫逃的此刻城市。

但是，黃春明畢竟回來寫小說了。他用著同樣迷人的說書人特質，樸素寫實與嘲諷戲謔交織的獨特語言，再一次殷切告誡我們出賣靈魂的萬萬不可。於是，敦厚寬容的人道關懷得以再次迴盪，過往被他小說的寬愛所賦權與蒙恩的小人物，那些鄉村的農人、漁民、妓女、菜販、敲鑼者，與城市的油漆匠、工人、售貨員，並沒有真正消失去，他們依舊長遠活在我們的心底深處。

或許，黃春明終究是急切了，他對於所見所聞的這個世界，尤其顯得擔憂與失望。也正如林海音在《小寡婦》的序言，這樣說黃春明：「他是個不願遷就，討厭鄉愿的人，因此他的脾氣就顯得急躁些了。」

是的，黃春明急切地想告訴我們，透過「去勢」與「得勢」的靈魂交換過程，人間現實裡各樣「被賦權」的異象與奇景，其實依舊無所不在。也許正因為這樣，這位「不願遷就，討厭鄉愿」的黃春明，於是決定回來寫小說了。

——選自《文訊》第411期，2020年1月

論文發表時為元智大學藝術與設計學系教授，現已退休

試析黃春明新編戲《杜子春》的文學、表演及佛教內涵

孫致文

一、前言

何謂「中國佛教文學」？學界至今未見明確且一致的界定。[1] 佛教傳入中國後，漢譯佛典中的記載和域外僧人傳述的故事，開闊了漢地士民的視野。傳誦或改寫各類異聞時，未必保有原先的敘事背景或用意；然而，若細加分析故事情節或敘事結構，仍可見改作與佛典的關係。[2]「杜子春」故事的流傳與演變，即是一個明顯的例子。

---

1 關於「佛教文學」的定義，孫昌武曾提出四類義涵：第一類是漢譯佛典中具文學意趣者；第二類是中國僧團為弘揚佛法，而以文學形式創作者；第三類或基於個人信仰，或為宣揚信仰，明確表達佛教內容的文人創作或民間作品；第四類是觀念受佛教影響，或借鑒佛教題材、故實、人物、語言等的文學創作。（孫昌武雖舉出四類，但只述其內容，未標舉名目。以上所言，係筆者總括孫氏意見而成。）孫氏又指出：「具體操作起來，任何分類都會有界限模糊的部分。討論『佛教文學』這種複雜的文化現象更是如此。」以上觀點，參見孫昌武《佛教文學十講 開講的話》（北京：中華書局，2014），頁4-7。

2 如舊題三國吳康僧會所譯《舊雜譬喻經》中「梵志吐壺」的故事，本是在「持戒禁欲」的脈絡下，宣說眾生如幻、除妄斷惑的譬喻故事。但「壺中人」的情節在中土被多次改寫，《靈鬼志》中收錄的〈外國道人〉、南朝梁吳均改寫的〈陽羨書生〉，不但完全捨棄《舊雜譬喻經》中「師曰：天下不可信，女人也」的故事

「杜子春」故事的原型出自玄奘《大唐西域記》卷七，是玄奘西行時，於今印度北部「婆羅疤斯國」聽聞的故事，講述的是「烈士池」得名的由來。故事中隱士修煉的情節，經蔣忠新考察，在梵文民間故事集《僵屍鬼故事二十五則》可見其骨幹，證實此故事流傳於印度民間。[3]「烈士池」故事在漢地屢經改寫，至少有以下數種：[4]

（一）唐・段成式《酉陽雜俎》續集卷四〈貶誤〉中「顧玄績」
　　　條。

（二）唐・李復言《續玄怪錄》「杜子春」條。（見錄於《太平
　　　廣記》卷十六。）

（三）唐・薛漁思《河東記》「蕭洞玄」條。（見錄於《太平廣
　　　記》卷四十四。）

（四）唐・裴《傳奇》之「韋自東」條。（見錄於《太平廣記》
　　　卷三五六。）

主旨，更把「梵志」一變而為「道人」，再變而為「書生」；事件的時、地，也從未可知的外國，一變為東晉孝武帝太元十二年不知名的某處，進而再具體安置在東晉太元年間的「陽羨」。及至1983年，作家張系國猶以〈陽羨書生〉為題，撰成科幻小說（張系國〈陽羨書生——星塵組曲之四〉，原發表於1983年10月1日《中國時報・人間副刊》，收入小說集《夜曲》，臺北：知識系統出版社，1985），不但「持戒禁欲」的教誨未見，甚至也沒有明顯的佛教思想，然而空間套疊的故事情節，依然是小說重要成分。

3　蔣忠新〈《大唐西域記》「烈士故事」的來源和演變〉，《民間文藝季刊》，
　　1986年第2期。

4　參考陳引馳〈佛教傳說口傳入華之典型：從「烈士池」到《杜子春》〉一文（頁
　　354）並由筆者增補資料。陳氏僅據《曲海總目提要》言及《廣陵仙》、《揚州
　　夢》傳奇劇作二種，但未言其存佚，文中也未據以分析。陳文原發表於《民間文
　　藝季刊》1987年第4期，其後收入陳引馳《隋唐佛學與中國文學》（上海：百花
　　洲文藝出版社，2002）及陳氏所編《佛經文學研究論集》（上海：復旦大學出版
　　社，2004）。本文所據，則為陳著《文學傳統與中古道家佛教》（上海：復旦大
　　學出版社，2015），頁346-368。

（五）明‧馮夢龍《醒世恆言》卷卅七〈杜子春三入長安〉。

（六）清‧胡介芷《廣陵仙》傳奇。（《曲海總目提要》卷廿三著錄，全劇未見。）

（七）清‧岳端《揚州夢》傳奇二卷。（《曲海總目提要》卷四十著錄，不著撰者名，今有清康熙間啟賢堂刻本，署名「玉池生」，收入《古本戲曲叢刊》五輯。）[5]

《大唐西域記》所載的「烈士池」沒有明顯的佛教色彩，該書也並非經、律、論一類嚴格意義的「佛教典籍」，從故事來源而言，似乎不屬「佛教文學」。然而，玄奘聽聞的故事情節，乃至後世改編本，確實含有佛教題材與思想，[6]視之為「佛教文學」應無疑義。

「烈士池」在漢地唐傳奇、明話本、清傳奇戲曲改編幅度頗大，情節發展、敘事結構，乃至作品主旨，都與《大唐西域記》的記述有諸多差異。此外，日本作家芥川龍之介，也自唐傳奇取材，以日文改編成〈杜子春〉小說，發表於大正九年（1920）七月號兒童文學雜誌《赤鳥》上，頗為世人所知。

岳端的《揚州夢》共廿四齣，曲學家吳梅稱其「務頭陰陽備極工巧」[7]；傅惜華則不僅盛讚「通本律法謹嚴，文則淡遠自然」，更說「昔年梨園，偶有爨者」。[8]據傅氏所言，則《揚州夢》應當目前所

5　《古本戲曲叢刊》五輯收入兩部題為《揚州夢》的傳奇作品。除岳端《揚州夢》傳奇二卷外，又有明清之際嵇永仁《揚州夢》二卷卅二齣，敷演唐代文人杜牧事蹟，與杜子春故事無關。

6　「烈士池」與「杜子春故事」中的佛教題材與思想，下文雖將論及，陳引馳〈佛教傳說口傳入華之典型：從「烈士池」到《杜子春》〉一文也有詳論，可參考。

7　見《古本戲曲叢刊》第五輯所收《揚州夢》（清康熙間啟賢堂刻本）卷末吳梅題跋。

8　《續修四庫全書總目提要》，第三冊，頁331〈揚州夢傳奇〉條，此條為傅惜華所撰。

知「杜子春」故事的最早演出本。可惜，現傳《揚州夢》刊本未附工尺，民國以來也未見演出紀錄，無從探討其表演藝術。

　　長期留意傳揚臺灣傳統藝術文化的臺灣文學家黃春明，2001年完成了《杜子春》劇本編寫，翌年2月22至24日由隸屬於宜蘭縣政府文化局的「蘭陽戲劇團」首演，並由黃春明親自導演。其後，該劇曾多次在宜蘭演出，2017年該劇團25週年團慶時，又再度上演。劇團2017年11月17日發布於社群網站（Facebook）的宣傳文字，開端即引述黃春明之言：

　　　　《杜子春》／出自唐朝傳奇小說／隨佛教傳進來／勸善信徒／
　　　　融入中國各種各樣的想法／變成《杜子春》[9]

　　這段文字表露：黃春明確知「杜子春」故事與佛教的關係，且是以「唐傳奇」為改編的依據。該劇以臺語唱、唸的戲劇形式展現，在黃春明自述及媒體相關報導中，都稱之為「歌仔戲」。另一方面，2002年演出錄影光碟出版時，銷售文案中「內容簡介」則又說是「黃春明老師兒童劇所改編之作」。據此而言，黃春明所編《杜子春》一劇，不僅是佛教文學，更是當今不多見的「佛教兒童戲劇文學」，在古今諸種「杜子春」改編本中，實為特別。[10]

<hr>

9　原本未加斷句符號，筆者據原文分行加「／」標示。引自社群網站Facebook「蘭陽劇團」專頁2017年11月17日刊文。https：//www.facebook.com/lanyang.opera/posts/1931110650237957/ 點閱時間：2020年10月7日

10　1981年日本有動畫版《杜子春》上映，由首藤剛志據芥川小說編劇，由齋藤武市導演，全長24分鐘。2020年12月5至6日，臺灣「好劇團」則結合光影與京劇，推出新編《杜子春》，於國立傳統藝術中心主辦「2020戲曲夢工場」系列中演出。

基於佛教、文學兩項元素，本文擬探析黃春明《杜子春》題材與佛教的關係，也將於分析劇情、主旨時連帶探討此劇在人物形象、舞臺表演、曲文賓白等表演藝術的得失。至於由「烈士池」至話本〈杜子春三入長安〉諸作的結構比較與主題闡釋，雖在探討黃春明作品時必然提及，但因前賢多有詳論[11]，且非本文撰作主要目的，將不納為專論。

二、黃春明改編本的基礎

　　為了方便討論，先略述《大唐西域記》所載「烈士池」故事的大要。[12]

以動畫、光影等形式呈現杜子春故事，正顯示此故事於當代仍受重視。這兩部作品，與傳統「戲曲」演出形式頗有不同，請容日後再作探討。

　又，據「好劇團」《杜子春》編劇周玉軒轉述日本學者細井尚子所言，「杜子春」故事在日本經常由兒童劇團演出。這或許與芥川所撰〈杜子春〉原初即發表於兒童文學雜誌有關。訪問時間：2020年10月7日。

11　在「中國文學」研究領域中，除前揭陳引馳論文曾比對「烈士池」與後世改編本情節異同，康韻梅〈傳奇與話本小說敘述話語及意義建構的差異〉（收入康著《唐代小說承衍的敘事研究》，臺北：里仁出版社，2005）一文又集中比較了《續玄怪錄》所錄唐傳奇本與馮夢龍《醒世恆言》話本的異同。賴芳伶〈斷欲成仙與因愛毀道──論唐傳奇〈杜子春〉的試煉之旅〉（《東華漢學》，第6期，2007）一文雖著重分析唐傳奇〈杜子春〉的「試煉主題」的意義，但文中第二節「從『原本』到『改作』」中，對各本的情節、主題，也作十分深入的比較。前輩學者葉慶炳〈杜子春原作改作比較分析〉（原發表於1993年出版的《王叔岷先生八十壽慶論文集》，後收入葉著《晚鳴軒論文集》（臺北：大安出版社，1996），則詳細比較了芥川龍之介改作之〈杜子春〉與唐傳奇〈杜子春〉的異同，於中文學界較為罕見。其餘研究論著頗多，賴芳伶引述頗為詳備，可參看。
12　本文所引，係根據季羨林等校注《大唐西域記》（北京：中華書局，1985）頁576-578。

（一）一名隱士為求成仙而設壇，尋訪一位為其守壇的烈士。

（二）隱士在城中遇見受雇主欺壓詐騙而窮困不堪的人，不僅先以「五百金錢」資助，更明言「盡當來求，幸無外也」。屢次以重金濟助，為的是激發此人感恩之心。

（三）受助之人果然「屢求効命，以報知己」，隱士便命其守壇場，並叮囑一夕不能出聲。

（四）天將破曉之時，守壇的之人「忽發聲叫」，「是時空中火下，煙熖雲蒸」，隱士修仙的努力功虧一簣。

（五）隱士追問發聲原因，方知：守壇之人於「惛然若夢」間，見到曾虐待他的雇主前來致歉；但因謹守「不言」的承諾，反而觸怒雇主，以致被殺害。

（六）守壇之人於幻夢中轉世託生於南印度大婆羅門家。自出生後「備經苦厄」，仍謹記報恩之心，「忍而不語」。

（七）年過六十五，其妻曰：「汝可言矣。若不語者，當殺汝子」。因念及自已已衰老，獨有此子，「因止其妻，令無殺害，遂發此聲耳。」

（八）隱士聽聞守壇人所述，未加責怪，說：「我之過也，此魔嬈耳。」

（九）守壇者感隱士之恩，「悲事不成，憤恚而死。」

雖然《大唐西域記》行文中，於「屢求効命，以報知己」時，已稱受助之人為「烈士」；但從末尾可知，該池之所以名為「烈士池」，正是因為受助之人因感恩「憤恚而死」，允為「烈士」之舉。

這則故事，若按情節時間歷程，基本架構大致是：隱士覓才→貧困者屢受濟助→感恩圖報→守壇禁語→幻夢中歷盡磨難→幻夢中被殺→轉世投生→妻殺稚子→發聲制止→幻夢消散→感恩抱憾而死。

隱士所施的濟助之恩，《大唐西域記》雖言「自是厥後，屢加重賂……烈士屢求效命，以報知己」（頁577），但文中未記述濟助的明確次數，也不知受助者如何花用所得的重金。

漢地改編本對《大唐西域記》的因襲，大致保有上述「烈士池」故事架構。但唐傳奇以降的「杜子春」故事中，在受濟助的次數與方式、報恩禁語期間的幻境、破戒的原因等方面，有不少增添。至於故事末尾，玄奘敘述中烈士抱憾而死的結局，則完全被各改編本捨棄。

以下，針對黃春明的改編本[13]（以下簡稱〈黃本〉），就其中關鍵處與〈烈士池〉（以下簡稱〈奘本〉）、唐傳奇〈杜子春〉[14]（以下簡稱〈唐本〉）、馮夢龍話本〈杜子春三入長安〉[15]（以下簡稱〈馮本〉）、芥川龍之介小說〈杜子春〉[16]（以下簡稱〈芥川本〉）作比較。至於其他數本，則於必要時在行文間略加比較。

（一）故事時空

婆羅 斯國的「烈士池」自然是〈奘本〉故事的發生地點，但隱士、烈士之間的種種際遇，該本明言是玄奘聽聞之前「數百年前」之事。〈唐本〉則將時間設定在「周隋間」，發生地點在長安的「東

---

13 由於尚未能獲得黃春明〈杜子春〉劇本及演出臺本，本文以宜蘭縣政府文化局「蘭陽戲劇團」2002出版之演出錄影光碟為據。引用之唱詞與對白，大抵以字幕為準；個別出入，則以演員實際唱唸為優先根據。

14 本文所引唐傳奇本〈杜子春〉，根據點校本《太平廣記》（北京：中華書局，1961），頁109-112。

15 本文所引〈杜子春三入長安〉，根據魏同賢主編《馮夢龍全集》第三冊所收《醒世恆言》（南京：鳳凰出版社，2007），頁820-844。

16 本文所據為林皎碧中文譯本，收入所譯芥川龍之介《羅生門》小說集（臺北：遠足文化公司，2016），頁46-62。

市西門」（頁109）。〈馮本〉的時間設定與〈唐本〉相近，但更明確，為「隋文帝開皇年間」；至於地點，則先後有揚州、長安城中兩地移轉，但主要場景仍在長安城內（頁785）。〈芥川本〉不但將故事時間由隋延後至大唐，又把地點從長安改為洛陽。

〈黃本〉雖宣稱據〈唐本〉改編，時間設定卻依循〈芥川本〉，明言是在「唐朝盛世」；至於情節發端的地點，劇作第一幕未提及，其後才在唱詞中點明為「洛陽城」，仍與〈芥川本〉相同。〈芥川本〉的更易，推想是因為考量近代日本人對中國朝代、都城的認知，「大唐」、「洛陽」，遠比「隋」、「長安」更為熟悉[17]。〈黃本〉因襲〈芥川本〉，想必也是考量「洛陽」在臺灣讀者／觀眾的歷史概念中，更能代表富庶的唐代。

（二）施助者的形象與身分

〈唐本〉中，施助者起初的面貌只是「策杖」的老人，及至後文，才展現他「黃冠縫掖」的道士形象。〈馮本〉的老者，則一登場便是相貌不凡的道士：「童顏鶴髮，碧眼龐眉。聲似銅鐘，鬚如銀線。戴一頂青絹唐巾，披一領茶褐道袍，腰繫絲絛，腳穿麻履。若非得道仙翁，定是修行長者。」（頁822）故事中段，老人仍以「神仙一般」的形象現身：「戴一頂玲瓏碧玉星冠，被一領織錦絳綃羽衣，黃絲綬腰間婉轉，紅雲履足下蹣跚。頷下銀鬚灑灑，鬢邊華髮斑斑。兩袖香風飄瑞靄，一雙光眼露朝星。」（頁835-836）及至最後，老

---

17 公元八世紀末，日本仿照唐國西京長安、東京洛陽營建右京、左京，且即以長安、洛陽為名；公元794年桓武天皇遷都至右京、左京中，定名為「平安京」，也就是現今京都。由於右京地勢低濕，居住者較少，於十世紀下半幾成荒地，左京「洛陽」便為平安京的代詞，京都至今仍有「京洛」之稱。

人／道士方完全表明身分，原來是道教三清尊神中的太上老君。

芥川筆下的施助者，起初沒有特殊的妝扮，但與他本不同，是個「獨眼的老人」（頁47），及至中段才表明「我叫做鐵冠子，是住在峨嵋山的仙人。」（頁52）〈芥川本〉的設定，基本上為黃春明所承襲：戲劇第一幕，由公末行當（老生）的演員上場，頭戴道冠，身披銀袍，右手持麈尾、左手策杖，自報家門道：「本仙人鐵冠子」；及至下凡與杜子春相遇時，則換著粗布衣，未表明其身分。〈黃本〉不同於〈芥川本〉之處有二：其一，或許考量舞臺造型的美觀，〈黃本〉鐵冠子雙目清明，並非「獨眼老人」。其二，將〈芥川本〉中鐵冠子的修行處，由「峨嵋山」改為「崑崙山」，這應是為了方便後文提及「請示王母娘娘」的情節而作的改動。

（三）受助者形象與身分

在〈奘本〉中，受助者僅被稱作「烈士」而無名姓。漢地改編本，除了〈蕭洞玄〉、〈韋自東〉外，情節明顯相承的〈唐本〉、〈馮本〉，乃至《廣陵仙》、《揚州夢》二劇，受助者皆以「杜子春」為名。〈芥川本〉、〈黃本〉也因仍此名。[18] 不僅名號有異，〈奘本〉烈士的形象，與後世「杜子春」的家世、行止，也頗為不同。

18　在歷史上，東漢經學家有名為「杜子春」者，從劉向習《周禮》；唐 賈公彥《周禮疏·序周禮廢興》稱他「河南緱氏杜子春」，並說東漢明帝永平（公元58-75）初年尚在人世，年近九十，家住南山。東漢注解、傳授《周禮》的學者鄭眾、賈逵，都是他的學生。

　　未知〈唐本〉開始以「杜子春」為小說主角之名，與經學家杜子春是否有關，暫附識於此。

玄奘聽聞的這則故事，烈士是隱士為達自己成仙目的而主動資助的對象；此受助者，原本則是勤苦工作五年，而受雇主欺凌，以致「悲號逐路」的弱勢凡人。及至〈唐本〉，受助的杜子春是散盡家產的貧困之人；文中描述：

> 蓋周隋間人，少落拓，不事家產。然以志氣閒曠，縱酒閒遊，資產蕩盡，投於親故，皆以不事事見棄。（頁109）

至於〈馮本〉中的杜子春，不但出身不凡，且作風更加豪奢；《醒世恆言》第卅七卷中記道：

> 話說隋文帝開皇年間，長安城中，有個子弟姓杜，雙名子春，渾家韋氏，家住城南，世代在揚州做鹽商營運。真有萬萬貫家資，千千頃田地。那杜子春倚藉著上祖資產，那曉得稼穡艱難。且又生性豪俠，要學那石太尉的奢華，孟嘗君的氣慨。……雖無食客三千，也有幫閒幾百。相交了這般無藉，肯容你在家受用不成？少不得引誘到外邊游蕩。……杜子春在揚州做了許多時豪傑，一朝狼狽，再無面目存坐得住，悄悄的歸去長安祖居，投托親戚。（頁820-821）

此中，不僅標舉出「長安」、「揚州」兩地，杜氏世代為鹽商的背景，使「萬貫家資」更顯可信。除了生性豪俠、不事營生，交友不慎也是杜子春落拓的重要原因。換言之，杜子春窮困潦倒的原因，除了有自身個性、行事問題，還有他者導致。與〈唐本〉相較，〈馮本〉的窮困原因，顯然較為複雜。截然不同於〈奘本〉的人物背景設

定，〈唐本〉、〈馮本〉二本中的杜子春並不純然是弱勢的受害者。

〈馮本〉還有一處安排與前二本不同，值得留意：〈馮本〉中杜子春已有家室之人，其妻為韋氏。此一設定，與其後杜子春決心出世求道的情結張力有關。

至於芥川本，對杜子春的家世和落魄的原因，小說發端處敘述甚簡：

> 那年輕人名喚杜子春，本是富家子弟，如今家財蕩盡，成為朝不保夕的可憐人。（頁46）

近乎中性的描述，既未說明家財如何而得，也未追究何以「蕩盡」。及至中段，杜子春聽從老人之計獲得巨額黃金後，芥川筆下的杜子春不但購置豪宅，且過著「不輸皇帝老子的奢侈生活」（頁48）。〈黃本〉中的杜子春，則自述「父母留下祖產萬萬千，糊裡糊塗三年開了了」，既然曾有「祖產萬萬千」，可知劇作預設的杜子春原本也不是弱勢受害者；貧窮落魄，可說是咎由自取，與〈奘本〉受雇主欺凌的背景大異，而與漢地〈唐本〉以降的身世設定相符。這種背景設定，一方面無疑會削減讀者／觀眾對杜子春的同情心，但另一方面卻正能加強故事後段杜子春幡然改悟的決心，增加情節張力。若由故事主題而言，弱者受濟助，具有較強烈的「救贖」意味；富者歷經衰敗而頓悟修行，則較接近「度脫」的旨趣。

（四）受濟助的次數與方式

〈唐本〉中，杜子春三次受助：首次獲贈錢三百萬，第二次一千萬，第三次三千萬。贈予的方式，前兩次是叮囑杜子春到長安「西市

波斯邸」（頁109），第三次則是杜子春「復遇老人于故處時」老人拉住他的衣襟，主動贈予。有趣的是，首次濟助的金額，是老人主動要求杜子春再三提高的：

> 老人曰：「幾緡則豐用？」子春曰：「三、五萬則可以活矣」。老人曰：「未也，更言之。」「十萬。」曰：「未也。」乃言百萬，亦曰：「未也」。曰「三百萬」，乃曰：「可矣。」（頁109）

其後兩次一千萬、三千萬的金額，也是老人單方作主而贈予。

〈馮本〉也是三次受助：分別獲贈三萬兩、十萬兩、三十萬兩，且都是老人要杜子春至「波斯館」，[19]且因金額龐大，杜子春是以車輛載運元寶。與〈唐本〉相似，首次求助時，杜子春原本只想借得三百兩銀子以解燃眉之急，老人卻主動要杜子春「再多說些」，金額由三百兩至三千兩，最後乃至三萬兩。其後的金額，也是老人主動增加，遠超出杜子春的需求與期待。

〈芥川本〉雖仍維持三度濟助的設計，但第三次杜子春並未接受，因而實際的濟助只有兩次。濟助方式也較為特別，老人並非以備妥的金錢濟助，而是要杜子春付出勞力以獲得黃金；其法如下：

> 老人想了一下後，指著大街上的夕陽，說道：「我教你一個好

19　〈馮本〉特別說明「波斯館」的意義：「元來波斯館都是四夷進貢的人，在此販賣寶貨，無非明珠美玉，文犀瑤石，動是上千上百的價錢，叫做金銀窠裡。」（頁824）

辦法。你現在去站在夕陽下，當你的影子落在地上時，半夜去挖掘影子頭部的地方，應該可以挖到滿滿一車的黃金。」（頁47）

第二次的方法相同，只是挖掘的部位改成「影子的胸部地方」（頁50），第三次則是「影子的肚子的地方」（頁51）。芥川此種安排，雖或少去了〈唐本〉、〈馮本〉巨額贈金的意外感，但卻增添了神秘感與趣味。雖然老人知曉藏金地點，小說中未明言「一車黃金」的來源或所有權。再者，半夜挖掘夕陽下影子頭部、胸部、腹部的作法，確實出人意料，趣味橫生。

〈黃本〉將濟助的次數縮減為一次，且濟助的金額與此前幾本都不同。〈黃本〉中，鐵冠子決定援助時，非但沒有〈唐本〉、〈馮本〉主動要杜子春加碼的情節，起初只表示：「只有讓你做幾天的飯錢，和今晚住客棧的錢給你，其他的日子，你自己想辦法。」及至杜子春表示需一百兩銀方能生活時，鐵冠子甚感驚訝，直言一百兩銀可以讓乞丐婆過兩年生活。鐵冠子進而又逼問：是否真有決心用此一百兩「好好學一項工藝來打拚」，非但不是主動贈金，更沒有慫恿杜子春提高金額。

至於獲得錢財的方式，沿襲了芥川版「挖地得金」的情節，黃春明只略作了變化。〈黃本〉掘地的定位點是：

從你現在站的所在向東走十步，退六步，進一步，退兩步，再走五步，退六步，然後再退兩步。

又說：

要等到今晚鑼響三更，更深夜靜之時，你帶鋤頭來挖，就可以
挖到錢了。

　　鐵冠子設計進、退的步數、挖掘的時間，雖不是有意「刁難」，
卻也是刻意「為難」，增加杜子春取得金錢的難度。就舞臺表演而
言，多次進、退的安排，增添了演員身段表演的機會，不致單調沉悶。
　　在此段戲曲音樂上，〈黃本〉似乎也刻意要營造神密感。杜子
春掘地時，背景音樂是日本風格的旋律（影片16分48秒-17分03秒
處）。又，掘地時，杜子春的唱詞作：

【杜曲三調】
鑼響三更夜清靜，洛陽城外無人影，
手舉鋤頭探活路，仙人指點待我來。

　　掘地時，舞臺上有黑、紅二髮鬼卒模樣的角色，在杜子春身旁盤
旋舞蹈；及至掘地半刻，二鬼卒搬一木箱上場，並協助杜子春打開木
箱的上蓋，見到的是一串串散發光澤的珍珠。這一場景似乎暗示這批
財物並非正當之財，觀眾腦海中甚至可能興發「五鬼運財」的連想。
如此一來，「鐵冠子」的「道士」、「仙人」形象無疑被破壞；這批
掘出的珍寶，自然也不能算是正當所得。
　　打開木箱，見到各式珠寶時，杜子春不由得連聲驚嘆，直問「是
真是假困擾我」。緊接著唱【都馬搖板】，其詞云：

管它是真是假　真真假假，
管它是假是真　假假真真，

人說人生如夢　夢也是人生，

真是假時　假也是真，

真真假假不論真假，

真和假，

別來困擾我！

別來困擾我！

演員唱做時，表現的不是喜悅之情，而更像是恐懼之態。〈黃本〉中杜子春對真、假的困擾，不只見於此幕，這段唱詞很容易引發觀眾聯想起《紅樓夢》第五回中賈寶玉於太虛幻境所見的對聯「假作真時真亦假，無為有處有還無。」依陌生老人指示挖出大批珠寶，確實可能讓杜子春有「人生如夢」之感。但此處反覆質問真假，忽然有「夢也是人生」的體悟，令人費解，也不符合揮霍成性的杜子春形象。至於此段唱詞最末「真和假，別來困擾我！別來困擾我！」的呼求，在喜獲救急之財時，似乎也不甚合理。畢竟，下一幕的劇情，仍是杜子春盡情揮霍了這筆意外之財。從這段表演看來，〈黃本〉為了增添文詞、表演的趣味，破壞了情節與人物性格的營造，就劇本的文學價值而言，值得商榷。

三、從「報恩」到「修仙」的轉折

在〈獎本〉中，受助之人「屢求効命，以報知己」，甚至有「死尚不辭」的堅定意志，因而為隱士守壇；就其動機而言，只是「報恩」，全然不為自己謀畫。在〈唐本〉中仍維持「報恩」的動機。杜子春在第三度接受濟助時對老人說：

吾得此，人間之事可以立，孤孀可以衣食，於名教復圓矣。感叟深惠，立事之後，唯叟所使。（頁110）

〈唐本〉下文所述，杜子春到華山雲臺峰為老人守藥爐的行為，正是老人讓杜子春報恩的方法。質言之，老人豐厚的濟助行為，充其量只是「利誘」。

至於〈馮本〉杜子春的行為與老人的期待是否相合，較不明確。杜子春與老人的相遇，在此本中似出於偶然；當杜子春散盡家財、饑寒交迫時，「正在那裏自言自語，偶有一老者從旁經過，見他嘆氣，便立住腳問道：『郎君為何這般長嘆？』」（頁822）由此看來，老人未必刻意尋訪杜子春。但第三度濟助時，杜子春主動表達報答之意道：「想我杜子春若無可能之處，怎肯便捨這許多銀子？倘或要用我杜子春，敢不水裡水裡去，火裡火裡去。」（頁833）老人此時說：

用便有用你去處，只是尚早。且待你家道成立，三年之後，來到華山雲臺峰上，老君祠前，雙檜樹下，見我便了。（頁833）

若據「用便有用你去處，只是尚早」一句而言，老人三度濟助，未必全無目的，但此目的為何？是要使杜子春報恩為自己守藥竈，或是有意找適當時機度化杜子春成仙？守竈之事，最終功虧一簣，但〈馮本〉卻在〈奘本〉、〈唐本〉之外衍生出一節：杜子春下山後「把天大家私，丟在腦後，日夕焚香打坐，滌慮凝神，一心思想神仙路上。」（頁839）從結局看來，杜子春與妻子韋氏最終得道升天（頁842-843）。無論杜子春離家至雲臺峰只是單純的報恩行為，或

是一步步受老人引導往修仙之路，「求仙」原不是杜子春的目標；但由「報恩」行為，進而有「修仙」之志，明顯與〈奘本〉、〈唐本〉不同。〈馮本〉中老人的行為，也由〈奘本〉的覓才、〈唐本〉的利誘，一轉而有「度化」的效果。

〈芥川本〉，把杜子春離家修仙學道的行為，設想為對人性澆薄寡情的失望。在杜子春揮霍完第二次挖掘出的黃金後，果斷拒絕老人指點第三度掘金的濟助；〈芥川本〉寫道：

> 「夠了！我不要錢。」
> 「不想要錢？哈哈！難道你已經厭倦奢華？」
> 老人露出疑惑的眼神，目不轉睛看著杜子春。
> 「不，我不是厭倦奢華，而是對人性感到厭惡。」
> 杜子春一臉不平，憤怒地說道。
> 「這就很有趣了。為什麼你對人性感到厭惡呢？」
> 「天底下的人全是澆薄寡情。……縱使我再度成為富豪，又有何用呢？」（頁51）

當杜子春抱怨完，老人問他：「今後打算過著安貧樂道的生活嗎？」杜子春思考後誠實地表達：「現在的我已經過不來貧窮的生活了。所以我想拜您為師，修仙學道。」（頁52）芥川筆下的杜子春，並非因看破世情而萌生修仙之念，「過不來貧窮生活」才是主因。換言之，杜子春離家的行為，只是脫離貧困的方法。既沒有「報恩」的動機，也見不到老人主動「度化」的用意。

即便如此，〈芥川本〉杜子春的修仙行為，至少是自我掙扎後的選擇，不全然是逃避行為。此種轉折，不是大智者的頓悟，也不大愚

者全賴他人接引；歷經多次挫折後，將修仙視為一勞永逸之道，無疑更貼近一位凡夫的心思。〈黃本〉延續了芥川對杜子春心境的刻畫。

　　將掘出的珍寶揮霍殆盡時，黃春明筆下的杜子春驚覺人去樓空，在燈光昏暗的場上，昔日圍繞杜子春身邊沾光享樂的大官、富豪、貴婦、淑女們，個個面無表情，以類似「人偶」的僵硬動作，對落魄的杜子春不屑一顧。無人答理的杜子春，甚至狠狠被名為「天香」的舊情人一腳踢開。劇中杜子春唱道：

> 這到底是真是假　困擾我，
> 這若是一場惡夢，趕緊、趕緊讓我驚醒，
> 這若是真正現實，趕緊、趕緊死也較贏。（「較贏」，字幕作「較快活」）
> 這若是真？這若是假？
> 是真是假　悽慘是我，
> 是假是真　死路一條。

　　導演有意以此似真、似夢的場景，刻畫人情冷暖；而這正是〈芥川本〉「天底下人全是澆薄無情」的感嘆。

　　再度流落城外的杜子春，向鐵冠子唱道：

> 【杜曲二調】
> 人情似紙疊疊薄（「疊疊」，字幕作「張張」），
> 世事如棋局局新。
> 昨日有錢有酒多兄弟，
> 今日金銀用盡無人問。

過去父母留下祖產萬萬千，

哪知糊裡糊塗三年開了了（「開了了」，字幕作「全花盡」）。

大官富豪貴婦淑女天天到，

杜家門前車水馬龍流不停。

日日享宴山珍海味杯盤積，

夜夜笙歌胡姬豔舞歌聲揚。

（鐵冠子插白：年輕人，你以為你是在當皇帝是嗎？）

我我我，我杜子春已經深深後悔，

（鐵冠子插白：知錯了？）

但但但，但是絕路在前反悔知錯也慢了。

　　鐵冠子責問「你以為你是在當皇帝是嗎？」一句，似乎援自〈芥川本〉「過著不輸皇帝老子的奢華生活」（頁48）而來。即便再度落得無處棲身，又與〈唐本〉、〈馮本〉、〈芥川本〉中杜子春三度接受援助的情節不同；黃春明筆下的杜子春，在第二次見到鐵冠子時，便堅決拒絕加倍的饋贈。杜子春對眼前的老人說：「老先生，您一定不是普通人，是神仙！」「懇請老神仙收子春為徒。」這時修仙的意願，究竟出自何種心態呢？

　　由於不像〈唐本〉、〈馮本〉、〈芥川本〉有三度不得親友援助的慘痛經驗，〈黃本〉杜子春的修仙意願，恐怕缺少對人性的深刻體察，更談不是體悟。就在杜子春隨鐵冠子往崑崙山時，鐵冠子唱【緊疊仔】，唱詞作：

緊來走啊咿，

早前看破人世情，

一心洗淨、一心洗淨凡間塵。

其後【杜曲八調】一曲的唱詞云：

（幕後合唱）
跋涉千山萬水登崑崙，
經過千辛萬苦學仙術，
神仙快樂生活人欽羨，（「欽羨」，字幕作「羨慕」）
個中孤獨無聊不了時。
（鐵冠子接唱）
六百年內入仙界，
沒煩沒惱也煩惱，
騰雲駕霧四界走，（「四界走〔tsáu〕」，字幕作「四處閒
遊」）
（幕後接唱）
路過洛陽逢子春　逢子春。

【緊中慢（變調）】

（鐵冠子唱）
此人內心（啊）如赤子，
言談之間見慧根，
待我鑑定兼考驗，
但看此人成不成仙。

這似乎是要加強「看破人世情」的力道,只是,此句出自鐵冠子之口,而非杜子春。再由「內心如赤子」、「言談之間見慧根」兩句可知:杜子春未必有強烈的修仙意願,但鐵冠子卻有較他本更主動「度化」杜子春的傾向。

四、作品主旨的比較

(一)從「利誘」到「度化」

〈黃本〉第一幕鐵冠子初上場時,就已隱然道出全劇主旨。劇中,道人鐵冠子離開崑崙山的原因是:「太閒」;待他細思之後云:

> 唐朝盛世百姓生活比較富裕有錢,不過人心沉淪,人人自私自利,社會亂象失和平,連家庭也失溫暖。人心是否真的變成這種地步?

非但不是要尋訪替他固守壇場、丹爐的「烈士」,更不是偶爾與落魄的杜子春相遇;鐵冠子是有意到洛陽城觀察世情,甚至可能早有改變世道的「救世」之意。上文已言及,鐵冠子於聽聞杜子春希望能得一百兩應急時,懇切地追問是否真有決心用這筆錢學一項工藝,明顯表露對杜子春教化、勸戒之意。這與〈唐本〉老人屢次主動濟助的情節截然不同。

〈唐本〉中,老人(道士)餽贈重金的目的,是要藉杜子春之力為其守護爐丹,原不存在「開悟」或「度化」杜子春的用意。雖然杜子春在第三度受資助三千萬後,善用這筆資金購田產、撫孤孀、濟親族,看似改變了人生態度,但全只是為了在安頓家族後聽憑老人差

遣，以報厚恩。換言之，三度「贈金」其實只是老人的「投資」；杜子春的改變，並不是老人預設的目的。從結局來看，這顯然是失敗的投資。如果要追究原因，杜子春「愛」情未斷固然難辭其咎，但更根源的問題，難道不是老人（道士）識人不明？以此角度來看待這篇「宗教文學」，不但不成功，更可說是一篇「反宗教」的作品。因為一方面揭露凡人「愛」情終究難斷，「宗教」的度化力量極有限；另一方面，正顯示修道之士並無洞察人性之明，不能成為凡人的指引。

　　相較而言，〈馮本〉情節中，不僅老人贈金明顯有「濟貧」的用意，太上老君化身的老人更不以找人守爐丹為目的，而是一心要度化杜子春成仙。在〈馮本〉中，老人第一次贈金時說：「我老人家雖不甚富，卻也一生專行好事，便助你三萬兩。」（頁823）老者從波斯館內的壁廚中拿出共計三萬兩的六百個大元寶給杜子春時，不忘叮嚀道：「你可將去，再做生理，只不要負了我相贈的一片意思。」（頁825）及至杜子春第二度入長安時，老人對杜子春曾有一番訶責：「人家敗子也儘有，從不見你這個敗子的頭兒，三萬銀子，恰像三個銅錢，翌翌眼就弄完了。論起你恁樣會敗，本不該周濟你了，只是除了我，再有誰周濟你的？你依舊饑寒而死，卻不枉了前一番功果。常言道：『殺人須見血，救人須救徹。』還只是廢我幾兩銀子不著，救你這條窮命。」（頁827）老人第二度在波斯館贈送共計十萬兩銀子的二千個元寶時，仍不忘提醒杜子春：「這銀子難道不許你使用？但不可一造的用盡了，又來尋我。」（頁830）第三次，杜子春終於記取教訓，不但用老人贈款贖回先前變賣的產業，更「造起幾所義莊，莊內各有義田、義學、義塚。不論孤寡老弱，但是要養育的，就給衣食供膳他；要講讀的，就請師傅教訓他；要殯殮的，就備棺槨埋葬他。」（頁834）受普天下人稱賞為「生天的豪傑」（同上）。故事

發展至此，若不顧下文，則顯然是一則以鉅資（三萬、十萬、三十萬）循循善誘，教化了一位敗家子的勵志故事。

相對於〈唐本〉不計成本的投資、〈馮本〉不露痕跡的教化，〈黃本〉中鐵冠子再遇窮途潦倒的杜子春時，則十分嚴厲地責備，他說：

> 世間像你這麼不會想的人，恐怕只有你一人。洛陽城最有錢的人，三年間一貧如洗？空前喔！絕後啊！

其實，全劇中鐵冠子對杜子春的豪奢生活，非但不是旁觀者，更是積極的批評者。這種立場，正呼應了鐵冠子甫上場時對大唐洛陽世道人心的感嘆。既不為渡化，也不為了濟貧，〈黃本〉的主旨究竟為何？或許從〈黃本〉修仙試煉的描述中，更容易窺見。

（二）從「嬈害」到「試煉」

誠如上文所述，〈獎本〉中烈士在守壇場禁語時，有諸種幻像擾亂，最終迫使烈士「忽發聲叫」（頁577），導致隱士修仙失敗。隱士得知情由後說：「我之過也，此魔嬈耳。」（同上）並無怪罪烈士之意。隱士想必清楚知悉：「魔嬈」是針對隱士修仙而起，意不在加害烈士，諸種幻覺更不是對烈士的「考驗」。在〈唐本〉、〈馮本〉中，幻像之起，也只是為使杜子春開口，破壞老人（道士）煉丹。

〈獎本〉烈士開口的原因，是在幻像中託生出世後，及時阻止妻子殺害稚子。〈唐本〉的杜子春在幻境受天兵鬼卒、猛獸毒蟲、雷電風雨侵擾後，驚見其妻被殺，自身也被鬼將斬殺而亡。在地獄閻羅殿中備受折磨後，轉生為宋州單父縣丞王勤之女，長大後與同鄉進士

盧珪成婚，並生有一男。當盧珪因妻子不肯開口而盛怒時，竟持年僅二歲幼子的雙足，「以頭撲於石上，應手而碎，血濺數步」，受此幻像撓亂心志的杜子春，「愛生于心，忽忘其約，不覺失聲云：噫！」（頁111）「噫」聲未止，幻像消失，屋焚爐壞。杜子春最終只能「嘆恨而歸」。對此結局，老人感嘆道：

> 吾子之心，喜怒哀懼惡慾皆忘矣。所未臻者「愛」而已。向使子無「噫」聲，吾之藥成，子亦上仙矣。嗟乎！仙才之難得也。吾藥可重鍊，而子之身猶為世界所容矣。勉之哉！（頁112）

因「愛」而未能成仙，令杜子春遺憾，想必也引發讀者對「修仙」的省思。[20]

〈馮本〉描述的幻像，與〈唐本〉幾近全同；當幻像中杜子春轉世託生的王氏，眼見兒子被丈夫活活撲打致死時，「不勝愛惜，剛叫得一個『噫』字，豈知藥竈裏迸出一道火光，連這所大堂，險些燒了。」（頁838）七情中的「愛」，仍是〈馮本〉凡夫未能成仙的關鍵因素。

關於幻境中的殺子行為，〈奘本〉為母殺子，〈唐本〉、〈馮本〉則改為父殺子。再者，〈奘本〉烈士「令無殺害，遂發此聲」，幻像中確實阻止了其妻的殺子行為。後二者，則是在丈夫「應手而碎，血濺數步」（〈唐本〉頁111）、「撲做一團肉醬」（〈馮本〉

---

20 前揭賴芳伶〈斷欲成仙與因愛毀道——論唐傳奇〈杜子春〉的試煉之旅〉一文，對此段感嘆的多重義涵，有深入分析，可參看。

頁838）的殺子行為發生時，才聲出「噫」的驚呼聲，終究未能阻止丈夫殺子。對此，學者王青認為〈唐本〉「使不太合理的母親殺兒改變為較為合理的父親怒殺稚子，而杜子春與兒子的關係也從父子關係變成更親密的母子關係，這更強化了不由自主失聲的必然性。」[21] 亦即王青認為幻像中轉世託生為女性，且表現母親愛子之情，能使失聲更合理。姑不論此間是否有印度與漢地父子、母子關係強度的差異，轉世為女身，更具佛教色彩。在佛教輪迴觀念中，「男身」比「女身」難得；因此，「託生」若也是一種「魔嬈」，則杜子春轉世為女身更具懲罰之意。

特別的是，〈芥川本〉捨棄了幻境中轉世託生的情節。在幻境中，杜子春被殺害而至地獄閻羅殿，為迫使杜子春開口，閻羅王祭出前此各本都未見的方法：命令鬼卒把杜子春落入畜牲道的父母帶上殿，且嚴加拷打。

> 杜子春一見到那兩頭畜牲，驚恐萬分。雖然是兩頭醜陋不堪的瘦瘠馬匹，但是那臉龐分明就是作夢也忘不了的父親和母親。（頁59）

就在這兩匹馬被拷打得奄奄一息時，杜子春聽見耳畔傳來母親微弱的聲音：

> 不用擔心。別在意我們會怎樣，只要你能幸福過日子，那就好

---

21 王青《西域文化影響下的中古小說》（北京：中國社會科學出版社，2006），頁375。

了。不管閻羅王怎麼逼問，只要你不願開口，那默不作聲就好。（頁60）

在此種煎熬中，杜子春忍不住大喊了一聲「娘！」（同上）

芥川的改編，比母殺子、父殺子都合理且動人，杜子春失聲喊「娘」，是子對母（兼有對父）的感情，與〈獎本〉、〈唐本〉、〈馮本〉「父對子」或「母對子」的感情相較，更容易感動讀者。畢竟，人未必有子，卻必然有父母。

〈黃本〉大體承襲了〈芥川本〉的情節，只有小幅更易。除安排了山神、豔姬、猛虎、雷電風雨的侵擾、誘惑外，〈黃本〉設計由鬼差（牛頭馬面）押解杜母上台。馬將軍指責道：「你不盡母職婦道好好養育子女，將杜子春拋棄，任他行乞維生」，而杜母則頻頻喊冤。正當杜子春幾度將要開口時，杜母道：

子春不可開口講話，母親知道你有隱情。如果你開嘴出聲，學仙前途斷送。

又道：

子春千萬不能開嘴，為了你的將來，母親受冤枉心也甘願。

杜子春聽聞母親體恤的話語，更覺愧疚、傷悲，終於出聲大喊「母親啊！」幻境也應聲終結。〈芥川本〉訴諸母子之情的設計，在〈黃本〉舞臺演出時，捨棄了不易表現的「瘦馬」形象；再者，牛頭、馬面兩位鬼差押解杜母上場的畫面，鮮明地召喚了觀眾腦海中地

獄的場景與「目連救母」的聯想。在民間戲曲、善書中，牛頭、馬面是地獄鬼差最典型的形象；而「目連救母」不僅是眾人熟悉的佛教故事，「目連戲」也是保留於各劇種的傳統劇目。因此〈黃本〉的設計，一則讓熟悉此劇的演員易於發揮，再則也極易引發觀眾聯想，確實比依循〈芥川本〉搬演更為恰當。

另一方面，〈芥川本〉、〈黃本〉因「救母」的「孝道」表現而致使破戒開口，也比〈唐本〉「所未臻者愛而已」、〈馮本〉「愛情未除」的感嘆，更能引人同情。

〈唐本〉的試煉情節，臺靜農認為與佛教「地獄」題材有關；他說：

> 李復言這篇小說所要表現的，能忘却喜怒哀懼惡慾愛，便可得成上仙，妙者他運用了佛教所構想的地獄酷刑，作為令人恐懼的對象。而運用自然，使讀者毫不感覺他是從佛教的地獄說吸取來的資料。[22]

又認為李復言等人「為了充實他們的小說內容，都運用了佛教地獄的題材，是佛教觀念進入有修養的文人小說中，已是毫無疑問的事實。」[23] 此一判斷，移於〈馮本〉、〈芥川本〉乃至〈黃本〉，固然皆言之有理；但若以〈芥川本〉、〈黃本〉而言，幻境明顯是鐵冠子安排的「試煉」，並非的審罪的「磨難」。因而，與其如臺氏所言吸

---

22 臺靜農〈佛教故事與中國小說〉，原載於香港大學《東方文化》，第13卷1期（1975年1月），又收入《靜農論文集》（臺北：聯經出版公司，1989），引文見頁190。
23 同上，頁191。

取佛教「地獄」題材，或許與佛陀於菩提樹下修行悟道時遭受的魔嬈更相關。

西晉・竺法護譯《普曜經・降魔品》描寫四位魔女對修行中的佛陀使出「綺言作姿」的三十二種媚惑：

> 一曰張眼弄睛，二曰舉衣而進，三曰 並笑，四曰展轉相調，五曰現相戀慕，六曰更相觀視，七曰姿弄脣口，八曰視瞻不端，九曰婪媒細視，十曰互相禮拜，十一以手覆面，十二迭相捻握，十三正住佯聽，十四在前跳蹀，十五現其髀腳，十六露其手臂，十七作鳧鴈鴛鴦哀鸞之聲，十八現若照鏡，十九周旋出光，二十乍喜乍悲，二十一乍起乍坐，二十二意懷踊躍，二十三以香塗身，二十四現持寶瓔，二十五覆藏項頸，二十六示如閑靜，二十七前却其身遍觀菩薩，二十八開目閉目如有所察，二十九俾頭閉目如不視瞻，三十嗟歎愛欲，三十一拭目正視，三十二遍觀四面舉頭下頭。（《大正藏》冊三，頁519b）

此段對四位魔女的描寫，姿態鮮明，頗具視覺效果。除了魔女，擾亂佛陀修行的，還有天魔部眾變幻顯現的各種猛獸蟲蛇：「爾時四部十八億眾，各各變為師子熊羆、虎兕象龍、牛馬犬豕猴猨之形，不可稱言；蟲頭人軀，虺蛇之身，黿鼉之首，一面六目，或一項而多頭，齒牙爪距擔山吐火，雷電四繞攫戈矛戟。」（同上，頁521a-b）

又據《大智度論》所載，擾亂佛陀的魔軍則有十支，分別名為：欲、憂愁、饑渴、愛、眠睡、怖畏、疑、含毒（按，指貪瞋癡）、虛妄之名聞利養（按，指追求名利）、自高慢他（按，指自傲毀他）。（《大正藏》冊廿五，頁99b-c）三位魔女則分別名為：樂見、悅

彼、渴愛（同上，頁165b）魔軍與魔女，其實都是「煩惱」的比喻，佛陀一一降伏，而得正等正覺。

〈黃本〉在設計幻境中「豔姬」的騷擾、誘惑時，演員的姿態非但不是來自傳統戲身段，也不是中國漢族舞蹈風格；但見女性演員頻頻折手、踮腳、頓足，頗似東南亞舞蹈。此種身段設計，儼然與佛典中魔女對佛陀「綺言作姿」的媚惑情節相符。由此而言，〈黃本〉的幻境設計，更強烈展現了對杜子春「試煉」的用意。

綜合上述，〈黃本〉的主旨，既不是〈獎本〉的「報恩受挫」，也不似〈唐本〉、〈馮本〉「仙才難得」之嘆。我們認為，〈黃本〉明顯傾向傳達鐵冠子借濟助、試煉，導正杜子春荒佚的行為，進而藉親情召喚杜子春迷失之心。

這不僅是〈黃本〉異於前本的戲劇主旨，在劇本創作上，也有值得再深究的情節。以下即試作分析。

五、心與身的對話

有別於〈唐本〉、〈馮本〉、〈芥川本〉，黃春明改編最為獨特之處，應屬「杜心」這一角色的登場。

受試煉須禁聲的期間，「杜心」成為「杜子春」的代言人；與杜子春同樣妝扮的「杜心」上場時，杜子春也大吃一驚，杜心說：

免看啦！（字幕作「不用看啦」）
你和我是同一個人。
你是身，我是神。
講明白一點：你是杜子春的肉，我是杜子春的心。

從現在開始，你不能開口說話，

我沒關係，因為我是你的心，

你心裡所說的話，別人聽不到。

這樣你可明白了嗎？

（杜子春點頭）

明白就尚介好。（字幕作「明白就好」）

　　試煉時，身、心相離的設計，首先應當是轉變書面文本為舞臺表演的戲劇設計。在〈唐本〉、〈馮本〉、〈芥川本〉中，幾乎都只以堅守禁聲原則的簡短文句，陳述杜子春的反應，例如：〈唐本〉作；「子春端坐不顧」、「又不應」、「又不應」、「子春終不顧」、「終不失聲」、「不應」、「終無辭」；〈馮本〉作「子春全不答應」、「只是忍著，並不做聲」、「只不做聲」、「子春只做不聽得一般」。至於黃春明主要依循的〈芥川本〉，除了「謹記仙人的囑咐，默不作聲」、「杜子春依然沉默」外，又略為詳細地刻畫了杜子春的神態與心思，如「子春依然穩如泰山，一動也不動端坐」、「杜子春不由自主搗住耳朵，匍伏在岩石上。但杜子春隨即睜眼一看，發現晴空萬里，斗大的北斗七星依然閃閃發亮。……杜子春漸漸放下心，拭去額頭上的冷汗，再度端坐岩石上。」（頁55-56）這類陳述，若轉換成舞臺表現，依憑演員身段即可，無勞言詞。對比神將鬼卒、風雨雷電的駭人場面，杜子春的堅忍不語確實也具戲劇張力。然而，就觀眾角度而言，此時只能從演員的身段動作窺探杜子春的心理狀態，畢竟不夠深刻。改編本中十分出色的〈馮本〉，在這段「禁聲」的試煉描寫中，就有一段脫出舊本的心理刻畫；於「電收雨息，水也退去」後，馮本寫道：

子春暗暗喜道：「如今天色已霽，想再沒有甚麼驚嚇我了。」

（頁837）

　　看似終結的試煉，使杜子春對自己的毅力更具信心；另一方面，在「讀者」或「聽話者」在未知下文還有更強烈、驚悚的試煉時，也會為杜子春慶幸。這種暫時鬆弛的情緒，使下文緊接而來且出奇不意的試煉，更具張力。就劇場效果而言，舞臺上杜子春若始終靜默，則有賴演員深厚的功力，才能藉身段充分表現出內心的情緒。另一方面，在現今偌大的劇場中，除了前數排的觀眾能有機會諦觀演員表情、眼神、肢體細部動作，多數觀眾恐怕不易掌握「默劇」之妙。由此角度而言，舞臺上由「杜心」為「杜子春」代言人，確實是精心的構想。

　　在此構想中，當「身」（杜子春）受拘束時，「心」（杜心）成為與外界的溝通者，觀眾得以知悉主角杜子春的「心聲」。即便黃春明未明言，其中的寓意應該十分顯明。因此，「杜心」角色的意義，不妨再從戲劇內涵探索。

　　據佛教基本義理，人是五蘊（色、受、想、行、識）「因緣和合」而成，本無自性（五蘊皆空），因此並無實體，僅是假名。不僅「身」是如此，「心」也是如此。這就是在漢地流通極廣的《般若波羅密多心經》所言的「五蘊皆空」[24]。如此一來，「身」、「心」在本質上並無不同，亦即「身心不二」，都是「空」。若再細究佛教「心」的不同指謂，除了器官義的「肉團心」，又有相對於肉體的

23　唐・玄奘譯《般若波羅密多心經》，《大正藏》冊8，頁848c。
24　參見唐・宗密《禪源諸詮集都序》，《大正藏》冊48，頁401c-402a。

「緣慮心」、「集起心」、「堅實心」。[25] 緣慮心指思慮作用的心，亦即具認知能力的心。集起心即阿賴耶識（ālaya），或名第八識，含藏一切善惡種子；在唯識學的主張中，一切萬有皆緣起於阿賴耶識。至於堅實心，即所謂「如來藏心」（tathāgata-garbha），亦即隱藏於眾生假合之身中，本來清淨、不受煩惱染污的「自性清淨心」。《大乘止觀法門》指出，「此心無始以來雖為無明染法所覆，而性淨無改，故名為『淨』。」又說：「既無無明染法與之相應，故名『性淨』。」「中實本覺，故名為『心』」。[26] 也就是說，現實中，心雖被煩惱（無明）遮蔽、染污，但其中含藏著自體本性清淨的真心；正因為此真心即是成佛的根據，因此稱作「如來藏心」，又稱「阿耨多羅三藐三菩提心」，簡稱「菩提心」。

〈黃本〉的杜子春，縱恣耳目食色之慾，以至兩度貧困失所；他之所以前往崑崙山，不但沒有〈獎本〉、〈唐本〉、〈馮本〉報答隱士／道士慷慨濟助之意的回饋之心，也沒有改過向善的懺悔之意。杜子春之所以願隨鐵冠子往崑崙山學道，無非只是想再度擺脫生活困境的逃避心態，甚至在朦朧中察覺有比獲贈金銀更一勞永逸的美好生活。以「卑劣」形容黃春明筆下的杜子春，似亦不為過。因此，鐵冠子設下的各種試煉，與其說是考驗其「仙才」，一連串驚駭的幻景更像是刺激杜子春「覺悟」的手段。歷經執持刀斧的山神（名之為「山鬼」或更合適）、百般挑弄的豔姬、血盆大口的猛虎、猝然難禦的雷電風雨，杜子春皆未能勘破假像，仍受外境驚擾、誘惑。黃春明筆下杜子春受試煉時身、心分離，且能互相觀照（身能見心，心能止身）；未必認知自身貪婪、怠惰的「杜子春」，其實仍有「菩提

---

26 南朝陳・慧思講述《大乘止觀法門》，《大正藏》冊46，頁642a-b。

心」。當幻境中豔姬嬈亂時，「杜心」扮演的功能便不是代肉身發言，而是不時制止肉身，提醒「不能摸」、「不要亂來」。即便不是全然不受染污的清淨心，至少是不受制於色身的正念。若說〈唐本〉、〈馮本〉已離佛而近於道，則隱藏於〈黃本〉的佛理，不僅較為豐富，且更關鍵。

六、結語──是真是假困擾我

　　黃春明《杜子春》此劇於2002年2月22-24日首演後，雖然媒體報導中幾乎都予正面評價，但在戲劇界卻有不同的反響。2002年4月出刊的《表演藝術》就刊有劇場工作者江凡的〈歌仔戲，別困擾我〉一文，主要認為此劇既號稱「歌仔戲」，卻未運用歌仔戲習用的曲調；另一方面，此劇唱詞名也不講究押韻、對仗、平仄，稱之為「歌仔戲」，名不符實。[27] 誠如該文所言，此劇有諸多用詞，並非閩南方言慣用詞彙，如用「誇獎」而不用「呵咾」（o-ló），用「無事」而不用「不要緊」，用「慚愧」不用「見笑」；又如劇中「無礙」、「赤子」等詞，於歌仔戲中顯得生硬。至於曲調，因不合【七字仔】、【都馬調】等弦律的句式，劇中使用【杜曲一調】、【杜曲二調】直至【杜曲八調】等新編曲調，難免失去「歌仔調」、「歌仔戲」的風貌。但江文也指出，「《杜》劇很有趣，且充滿赤子之心」，算是動人的「兒童劇」。[28]

　　劉春城於《黃春明前傳》[29]書中曾指出：

27　江凡〈歌仔戲，別困擾我〉，《表演藝術》，第112期（2002年4月），頁40-42。
28　江凡〈歌仔戲，別困擾我〉，頁42。
29　劉春城《黃春明前傳》（臺北：圓神出版社，1987）。

黃春明不但是傑出的寫實小說家，同時也是傑出的中國童話作家。童話比較不受取材限制，他可以發揮想像，自由遨遊於更廣濶悠久的時空，那也是中文作家一塊更大更多樣的創作資源。（頁75）

他對童話創作抱著很大的熱情，希望將來拍些兒童電影，讓大人兒童一塊兒欣賞，他的看法是：「童話不只寫給小孩看，大人也能看，而且要完全中國式的才好。」（頁76）

而本文首節也曾引述蘭陽戲劇團的網路文宣，《杜子春》或許就是黃春明「不只演給小孩看，大人也能看」的兒童歌仔戲。

是否可歸類於「歌仔戲」，筆者並不特別在意；畢竟，現今歌仔戲的曲調，早已不限【七字仔】、【都馬調】、【江湖調】等。如果流行歌曲也能融入野臺歌仔戲中，【杜曲一調】之類的「自度曲」又有何不可。

困擾的真假問題，應該是此劇是否屬「佛教戲劇」、「佛教文學」。自《大唐西域記》「烈士池」之後，漢地的改編本與日本芥川龍之介的改作，道教的色彩日益鮮明。不僅有道士，〈馮本〉甚至指明濟助者是太上老君。再者，原先守壇場的情節，畢竟與佛教比較相關；一變為守藥竈、守爐丹，則明顯是道教故事了。

然而，如本文所析，即便已徹底脫去《大唐西域記》的故事樣貌，但其中「轉世託生」、「地獄描寫」、「修行試煉」，乃至黃春明未必有意、舞臺形象卻幾乎相同的「救母」場面，都是臺靜農所言「佛教觀念進入有修養的文人小說中」的明顯例子。再者，本文解析

出「杜心」在劇中的角色與隱含意義，更無法排除佛教的影響。

即便如此，困擾依然存在。黃春明此劇明顯沿襲芥川龍之介的小說〈杜子春〉，是因為芥川刪節了〈唐本〉之後改編之作複雜的情節，使主題更鮮明、易懂？又或是紹承芥川「兒童文學」的創作意圖？黃春明若也視此劇為兒童劇，則「戒奢」、「孝順」的主題是否遮蓋了諸本中深刻人性的敘寫？

當杜子春失聲大喊「母親啊」後，修仙之路中止，劇中鐵冠子道：

> 可惜啊！可惜啊！學仙修仙這一條路與你無緣了！不過，你難得有可貴善良的人性和倫理，我們的社會這種人越來越少了。這樣啦！金銀財寶你已經看淡，你現在也已經會想了。來來來，你看，此去山下有一塊土地，開了一片盛開的桃花。手伸出來，（自掌中灑落桃花瓣）這就是那一片土地盛開的桃花，那一片土地是我的，就此送給你了，還有一支鋤頭。

贈送桃花田地，固然也是芥川小說的結局，移植至黃春明劇作中，是否仍暗示「歸田園居」的人生選擇？[30]

如果這是一部佛教文學作品，其中固然有鮮明的佛教題材，卻又不見得有脈絡清楚、信念堅定的佛教思想。

荷蘭佛教史研究者許理和（Erich Zürcher）在其名著《佛教征服

---

30 受「嚴重特殊傳染性肺炎」（COVID-19）疫情影響，撰稿期間未能訪問黃春明，也未能就戲劇表演相關問題探詢蘭陽戲劇團；本文所論，是依據《杜子春》戲劇作品進行分析。日後若有機會，當再向黃春明及蘭陽戲劇團請教。

中國》（*The Buddhist Conquest of China: The Spread and Adaptation of Buddhism in Early Medieval China*）一書中，以「王室佛教」（Court Buddhism）、「士大夫佛教」（Gentry Buddhism）、「民眾佛教」（Popular Buddhism）區別「佛教」在中國不同層級的意義。[31] 今日臺灣自然已無「王室佛教」發展的空間，而「士大夫佛教」或許可對應為「佛教學術研究」。在「人間佛教」的理念中，「民眾佛教」當是佛教最寬廣的園地。黃春明《杜子春》一劇複雜、多元的價值觀，或許也可納入「民眾佛教文學」的範疇中吧！

——選自李瑞騰主編《佛理與文心：臺灣現當代佛教文學論集》

桃園：國立中央大學，2021年10月

中央大學中國文學系副教授

---

31 參見許理和《佛教征服中國》（李四龍、裴勇中譯本，南京：江蘇人民出版社，1998），第一章，頁6-8。

黃春明小說中的戰爭記憶
——以〈甘庚伯的黃昏〉、〈有一隻懷錶〉為例

西端 彩

一、前言

　　黃春明一九三五年出生於日治時期的台灣，第二次世界大戰結束時年僅十歲。黃春明算是最後一代接受日文教育的世代[1]，而戰後在國民黨政府主導的教育體系下接受中文教育[2]。

　　一九六〇年代的台灣，也就是當黃春明開始認真地創作的階段，書寫日治時期的記憶被認為是一種禁忌。一如劉亮雅所說，「戒嚴時

1　根據洪郁如所說的：「筆者の聞き取り調 によれば、日本教育の記憶と当時の出来事を確実に語ることができたのは、すくなくとも一九四五年時点において初等教育の高学年か中等教育に在籍中であった世代の人々である。この経験を考慮し、一九三五年頃に生まれ、一九四一年に国民学校に入学し、四年時（約一〇歳）に日本教育の終末を迎えた世代を、日本教育の影響を受けた年齢的な下限とする」。引文見於洪郁如：《誰の日本時代：ジェンダー・階層・帝国の台湾史》，（日本：法政大学出版局，2021年），頁10。

2　比如說，跟黃春明一樣，1935年出生的羅福全（出生於台灣嘉義，活躍於經濟領域，2000年至2004年擔任台北經濟文化代表處駐日本代表）也說；「國語、地理、歷史等用中文教的課都是外省人老師擔任教的」。引用見於陳柔縉：《榮町少年走天下：羅福全回憶錄》（臺北：天下文化，2013年）的日文版：小金丸貴志訳《台湾と日本のはざまを生きて：世界人、羅福全の回想》（日本：藤原書店，2016年），頁103-104。

期國民黨透過日治時期的貶抑、否定，來強化中國認同：強調日本殖民主義的負面性正可以證明國民黨取代日本統治的正當性，強調國民黨代表中國正統正足以證明曾受日本統治的台灣人民乃是被『殖民遺毒』奴化、需要被『再中國化』的人民。透過廢日語、去日本化和白色恐怖，壓制日治時期記憶成了五〇、六〇年代中國認同的基礎。」[3] 雖然在日治時期用日文寫作的作家，因無法轉用中文，許多人放棄了寫作，但是戰後接受學校教育的下一代人則能用中文來書寫，漸漸地開始創作。他們寫出戰後現實社會中窺見的日本殖民時期的記憶。

　　例如，出生於日治時期台灣、與黃春明同時出道的作家陳映真（一九三七年出生）的〈鄉村的教師〉（1960），鄭清文（一九三二年出生）的〈二十年〉（1970）描述二戰末期在南洋戰場上充當台籍日本兵的戰爭記憶，以及他們回台灣後的痛苦和絕望。此外，老一輩作家陳千武（一九二二年出生）曾當過日本兵，出版了自傳體小說〈獵女犯〉（1976）。此外，年輕一輩的作家宋澤來（一九五六年出生）曾出版〈最後的一場戰爭〉（1976），這是一本關於他父親的戰爭記憶和日本戰後賠款問題的小說。[4] 這些作品被認為「表現出七〇年代台灣社會的一般看法，而且對日本殖民統治歷史的批評忽隱忽現」。[5] 在重視中國認同的台灣文學界，包括〈甘庚伯的黃昏〉，這

3　劉亮雅：《後殖民與日治記憶：二十一世紀台灣小說》（臺北：國立臺灣大學出版中心，2020年），頁10。

4　劉亮雅：《後殖民與日治記憶：二十一世紀台灣小說》，頁11。

5　明田川聡士：〈台湾における戦争記憶の継承——呉明益《眠りの航路》から《自転車泥棒》へ〉，《マテシス ウニウェルサリス》，第22巻第2号，（獨協大学国際教養学部言語文化学科，2021年3月），頁2。本文所引日文文獻，由筆者中譯。

些描述台籍日本兵的作品都被「邊緣化」[6]。

　　近年來，隨著經歷日本殖民時期的一代逐漸變少，新世代作家也陸續出版新形式的台灣文學。[7]其中有一些作品以日治時期為主要背景，描述那個時代的記憶。因為在現在的自由創作空間中，積極地繼承歷史的記憶，想像／創造歷史的記憶的意識越來越強了。另外，筆者認為詮釋經歷日治時期的作家們如何在戰後試圖保存他們的戰爭記憶的研究，在台灣史與文學史上具有重要的意義。

　　本文探討黃春明〈甘庚伯的黃昏〉中如何描述日治時期以及二戰的記憶。此外，三十多年後的二〇〇八年發表的〈有一隻懷錶〉也是一部喚起戰爭記憶，筆者想透過這兩本小說，解釋何以經過這麼長的時間後，一位台灣作家才提筆描繪戰後台灣的日本殖民時期和戰爭記憶。

二、黃春明所講述的日治時期

　　在考察各篇作品之前，我們先看一下黃春明是如何講述他日治時期的經驗。據筆者所知，目前黃春明幾乎沒有發表以日治時期為背景的小說。他在有一首散文詩中，描述他這一代的集體記憶。他說：「我們有在日治時代經常喊著『天皇陛下萬歲』長大的」，[8]不過，

6　劉亮雅：《後殖民與日治記憶：二十一世紀台灣小說》，頁11。

7　例如：吳明益《睡眠的航線》（2007年）、《單車失竊記》（2015年）；甘耀明《殺鬼》（2009年）、郭強生《惑鄉之人》（2012年）等。參考明田川論文、劉亮雅著作。

8　黃春明：〈沉默的玫瑰花〉，《九彎十八拐》，臺北：聯合文學，2009年），頁136。

他說自己對日治時期的記憶並不清楚，只說他記得那時她母親過世。

黃春明八歲時失去了母親，母親過世那一天的記憶很詳細。這在多篇散文和訪談中可以看到，筆者也聽到黃春明演講中講的話。在本文中引用描述得最詳細的訪談。

媽媽彌留那一天，家裡來了很多人，我平時都很少見過他們，據說都是我們的親戚。阿嬤裡裡外外忙著。中午已過多時，我和弟弟因為還沒吃，所以向阿嬤叫肚子餓。阿嬤嚴厲地罵我說：「你瞎了，你母親快死了，你還叫肚子餓！」我們小孩當然不知道母親快死了就不能叫肚子餓，不過看阿嬤那麼生氣，我們只好不再叫餓。我和弟弟各拿一個空罐準備到外頭去撿龍眼核玩。我們外頭被衛生單位潑灑了濃濃的消毒藥水，還圍了一圈草繩，因為媽媽感染了霍亂。我們撩開草繩就鑽出外頭了。我們沿路撿路人吃龍眼隨地吐出來的龍眼核，撿到帝爺廟的榕樹下。有一群老人圍在那裡聊天，其中有人在吃龍眼，我和弟弟就跟人擠在一起，為的是等吃龍眼的人吐出龍眼核。就這樣過了一陣子，阿公急急忙忙走過來了。這裡的老人都認識阿公，也知道他的媳婦病危，有人問他說：「允成，你媳婦現在怎麼樣了？」他沒有直接回答老朋友的問話，他只對我們兩小孩說：「你母親都快死了，你們跑來這裡幹什麼！」說完拉著弟弟就走。我跟隨在後頭，只知道媽媽快死了，但是一點也不懂得難過。

進到裡面，弟弟被推到媽媽的身邊，媽媽有氣無力地交代他要乖，要聽話。弟弟被拉開之後輪到我靠媽媽的時候，我還沒等

媽媽開口，我就把撿了半罐的龍眼核亮給媽媽看，我說：「媽媽你看，我撿了這麼多的龍眼核哪。」我的話一說完，圍在旁邊的大人，特別是女人，他們都哭起來了。我也被感染，也被嚇著了。沒一下子，媽媽就死了。哪知道「媽媽你看，我撿了這麼多的龍眼核哪」。

這句話竟然是我和母親話別的話。[9]

　　在日治時期中，抗日戰爭爆發，日本戰局逐漸惡化，台北遭到空襲等，戰爭離台灣越來越近了。然而，黃春明從未談到將自己的童年連接到二戰的記憶，更沒有提及過當時的日本國家和日本人。這可能是因為身為小學生，黃春明對日治時期的「日本」了解得不多，不如對母親逝世的記憶更深刻。而且，在他的記憶中母親過世的那天是「龍眼很多的時候」，甚至小學老師問他母親幾月幾號過世時，他都答不上來。[10]黃春明可能沒有將自己的童年記憶與日治時期連結起來。也許可以說日治時期在他作品中，呈現出的戰後台灣所留下來的問題。

9　原文網址https://kknews.cc/n/6a6e9nv.html。還有跟日本學者西田勝訪談的日文版被收錄在《溺死した老猫──黃春明選集》（西田勝編訳，日本：法政大学出版局，2021年），頁222-224。這是在1998年12月31日以及1999年1月3日訪談的。另外，有一次訪談裡面黃春明講過他童年的記憶：「我的童年我會寫出來就是所謂的龍眼的季節，那整個，所以我就很少去講，那麼寫出來也不是用我的自傳方式，而是大部分都是我……在像寫小說這樣子寫，所以比較沒有去寫這個。」見於蔡佳佳：《流動與跨界書寫：黃春明生命歷程及其創作研究》，（國立新竹教育大學中國語文學系碩士論文，2014年），頁114。

10　〈《インタビュー》：龍眼の熟する季節〉，見於西田勝編訳：《溺死した老猫》，（日本：法政大学出版局，2021年），頁224。

三、〈甘庚伯的黃昏〉

（一）摘要

〈甘庚伯的黃昏〉發表於《現代文學》（1971年，四十五期）。雜誌創辦核心人物白先勇高度評價此文：「發表在《現代文學》上的〈甘庚伯的黃昏〉。是黃春明的傑作。這篇篇幅頗短的故事，十分有力的闡明了台灣日據時代殖民歷史的一段傷痛」，「在黃春明的筆下，白痴阿興變成了台灣人苦難的象徵，台灣殖民歷史也是『台灣現實』的一部分」。[11]

這部短篇小說以宜蘭縣「粿寮仔」的老人甘庚伯為中心，講述一個父子家庭的故事。他有一個兒子阿興，今年四十六歲。阿興作為台籍日本兵被派往南洋戰場，戰爭結束一年後帶著嚴重的精神障礙回來。儘管阿興無法說話，但是他在夜間大聲重複日本軍人式的命令，例如「立正」、「稍息」。雖然甘庚伯的妻子嘗試了各種方法來治療阿興，但是阿興的症狀並沒有好轉。她擔心著兒子去世了。失去妻子、年事已高的甘庚伯專心照顧失語、無法獨立生存的兒子。阿興有時會癲癇發作並打破家裡的東西，突然跑出家去在外面引起騷亂，並試圖從橋上跳下去。甘庚伯每次都去善後，但最終他再也無法獨自對付阿興，將他鎖在一間小屋裡，並在柵欄門上釘了一顆五寸釘。

（二）台籍日本兵的形象

阿興在日治時期接受日式教育，遠赴南洋為國作戰。筆者認為阿

---

11 白先勇：〈六〇年代台灣文學——「現代」與「鄉土」〉，《樹猶如此》，（臺北：聯合文學出版社，2002年），頁191。

興最晚是在一九四四年前入伍並被派往南洋戰場，[12] 但小說中並未描寫阿興從軍的動機或戰爭的記憶，無法判斷他是否真的想成為「日本人」，或者是否有為國而戰的意圖。阿興戰後結束後一年才回國，當時已出現精神異常跡象，直到甘庚伯到基隆港接他後，才得以返回他的家鄉宜蘭。

正如許俊雅所說，「台灣作家對二戰題材，經常以『瘋狂』、『死亡』的情狀，來暗示戰爭對善良人們的摧殘」，[13] 這部作品也描繪了戰爭造成的、經歷過戰爭的人都會「精神錯亂」。對這傷痕最明顯的描繪就是當阿興赤裸裸地在小鎮商圈裡，被孩子們欺負而引起騷動時，甘庚伯眼中映出的阿興臉上的表情。

> 老庚伯伸出左手，抓緊阿興那濃密烏黑的長髮，把深埋在雙膝間的臉孔，拉了出來扭向自己。然而，當他們父子的目光相觸的剎那，老庚伯教阿興那清秀的眉目，和那蒼白而帶有高雅的受難的臉孔時，大大的吃了一驚，使得內心那股緊壓，越發高漲了起來。現在他才發現，他從來就沒有這般靠近，而專神的注意過阿興的顏面。尤其在他觸及到，那一對清澈透底的，有如無任何雜念的稚童的瞳眸時，一陣冷震的微波，蕭然滑過脊髓，突然令老庚伯感到，自己萎縮得變成渺小的微粒，而掉落到那清澈瞳眸的深潭裡，教他覺得他的心靈已經接近到什麼似

---

12 1942年開始招募「特別志願兵」，1944年敕令公布台灣實施徵兵，此舉也是台籍日本兵以軍人職稱的大宗。再至1945年初戰況吃緊，台灣的全面徵兵制度正式實施。

13 許俊雅：〈記憶與認同——台灣小說的二戰經驗書寫〉，《台灣文學研究學報》，第二期，2006年，頁69。

的，腦子裡一時落得空空，只是心理那麼無助而虔誠又焦灼的
直喊。[14]

對於長期守護兒子的父親甘庚伯來說，兒子臉上「帶有高雅的受
難」的表情，顯得兒子的戰爭傷痕尚未癒合，而且也讓甘庚伯面對他
本人帶著這些傷痕生活在其中的現實。

另外，在前來觀看阿興騷亂的圍觀者與他交談的場景中，可以
看出甘庚伯接受這一現實的同時，也對把阿興變成這樣的日本感到憤
怒。

「阿興瘋得久囉！」
「十年都有吧？」
「十年？」老庚伯一邊替阿興結草繩，一邊拉高聲音說：
　「二十五、六年囉！」聲音又降得很低，「十年！」像是受了
　委屈似的，又像是計較少給了他什麼。
「有那麼久？」
「怎麼沒有？光復幾年了？光復後第二年從南洋回來就這個模
　樣了嘛！老庚伯顯得無可奈何，而又憐惜的說：嗯──我們把
　一個好好的人交給他們，他們卻把一個人，折磨成這個模樣才
　還給我們！」[15]

最後一句表達了對日本拋棄台籍日本兵的憤怒，以及甘庚伯獨

14　黃春明：《兒子的大玩偶》，（臺北：皇冠出版，2000年），頁184。
15　黃春明：《兒子的大玩偶》，頁186。

自堅持而沒有得到任何補償的無力感。此外,透過把日本(軍)稱為「他們」,他明確地把戰後的日本描述為「他者」。儘管「光復」的意思是日本統治已經結束,但是阿興已經抱著戰爭的傷痕,超過二十五年生活在與日治時期的戰爭緊密相連的現實。甘庚伯意識到,以後也會被國家的歷史翻弄,絕望到對從現實中解脫不抱任何希望,所以為了擺脫這種無奈的現實,他採取了監禁阿興的方式。

故事結尾的場景中,甘庚伯敲釘子的聲音和阿興時不時發出的「立正」、「稍息」的呼喊聲,隨著夜風吹進村民的內心深處。如柯慶明所說,阿興呼喊的日式號令是「大家所無法真正壓抑、禁制、或遺忘的昔日的夢魘」,[16] 而且甘庚伯釘上了阿興所住小屋的柵欄聽到敲擊聲的每一個人也「參加了這個禁錮」。[17] 可以說這一幕表達的不僅是甘庚伯、阿興父子,也是台灣人民在日治時期和戰爭中所受到的傷痛吧。

(三)日治時期記憶的傳承與斷絕

接下來,思考這部作品所描述的日本殖民時期的記憶。小說中出現另一個名叫阿輝的男孩。他住在甘庚伯家附近,是去告訴甘庚伯阿興在商圈鬧事的。甘庚伯帶著阿興和阿輝回家時,突然開始向阿輝講談阿興出征前的記憶。

「阿興也和你一樣識字。不過以前廣興還沒有學校,他是到街

---

16 柯慶明:〈台灣《現代主義》小說序論」〉《台灣現代文學的視野》,(臺北:麥田出版,2006年),頁166。

17 同註17。

仔去讀的，天還沒亮就和你父親阿楠他們，一道涉溪到街仔讀
書。他寫得一手好字，經常老師都在他的本子上畫三個紅圈
哪。」他又勾頭看一看阿輝。「你寫字都得幾個紅圈？」

「沒有。」

「沒有？」老庚伯很驚訝：「一個紅圈都沒有？」這次他側身
看著阿輝。

「我們不畫紅圈子。……」

「那你們畫什麼？」

「我們老師給我們畫甲乙丙。」

「呃！甲是最好囉！」

「甲上。」

「那阿興得的三個紅圈就是甲上。」老庚伯想到阿興的小時
候，把那圈有朱紅的三個圈子的本子攤開在眼前。接著就向
他討角子的事。「你這孩子，畫是你讀的，三個圈也是你
的。……」[18]

對於這一幕，如木下佳奈所解釋：「雖然甘庚伯似乎是在談論
作為自豪的回憶兒子當時的成績很優秀，但是歸根結底，這些成績與
多年折磨父子的日本統治時期的記憶有關，這無非是統治者一方的評
價。阿輝作為對日本殖民時期沒有記憶的一代人，也許沒有意識到日

---

18 黃春明：《兒子的大玩偶》，頁195-196。
19 木下佳奈：〈黃春明が描く台湾社会における、日本統治期の記憶——小說・
《甘庚伯的黃昏》，《莎喲娜啦・再見》から〉，（公益信託松尾金藏記念奨学
基金《明日へ翔ぶ——人文社会学の新視点》，第5号，日本：風間書房，2020
年），頁35。本文所引日文文獻，由筆者中譯。

本前一代的矛盾，親眼目睹了一些悲慘的故事。」[19] 由於因此國民黨政府有意識地排斥日治時期的記憶，所以在接受中國式教育的阿輝等孩子們的眼中，阿興成為了被「異化」的人。有一天晚上，阿輝等孩子們像是為了考驗自己的膽量，偷偷溜出家門去看阿興喊著「萬歲！」阿輝看到他的樣子感到很奇怪。

另外，甘庚伯在與阿輝的交談中，也開始談論日治時期家鄉的風景，他試圖讓阿輝理解這片土地的豐富和恐怖。

> 「早前那裡是這樣子！ 好幾條溪水滾滾流。阿興放學回來，經過這裡，隨便翻過幾個石頭，回來就是一串大毛蟹。……那麼多的毛蟹都到那裡去了？」
>
> 「我爸爸也捉過。」
>
> 「阿興啊，你要是過頭條溪溝，千萬不要單獨一個人過，一定要結伴才可以。」
>
> 小孩覺得這句話是在向他說啊！怎麼老庚伯叫阿興？阿輝向老人家看了一下。
>
> 「頭條溪溝最不是地方。早前木羊的孩子、永裕的孩子，還有街仔的小學生來遠足，有好幾個都給流走了。」
>
> 「爸爸也說過。現在沒什麼水了。」
>
> 「是啊，我是說以後有水的時候要仔細。」[20]

這些大概是甘庚伯以前經常跟阿興說的話，這一點從他叫錯阿輝就可以看出。阿輝從身邊聽到，只說所有的故事都是他的爸爸和媽媽

---

20 黃春明：《兒子的大玩偶》，頁197-198。

告訴他的，不過，他的父母就像甘庚伯一樣也在努力將這片土地的記憶傳遞給他們的孩子。然而，無論老一輩如何努力將這片土地的風景傳遞給後輩，即使繼承了當地風景的記憶，也不可能將其與自己的記憶聯繫起來，這裡的風景已經完全改變了。對阿輝來說，甘庚伯說的只是過去的事而已。

甘庚伯與阿輝的交流中所體現的是世代記憶的斷裂，清清楚楚地再現了台灣「去日本化」與「再中國化」時期的情況。本應父子相傳的故鄉記憶，被戰後國民黨政府主導的不教授台灣歷史地理的學校教育割斷了。[21] 作品裡描述日治時期的終結，進而描繪戰後記憶無法代代相傳所造成的故鄉記憶的斷絕。

四、〈有一隻懷錶〉

（一）摘要

2008年，黃春明應邀美國愛荷華大學舉辦的「國際作家工作坊」（IWP），當「駐校作家」。並在此期間的兩個月間，他創作了一篇短篇小說〈有一隻懷錶〉（首次發表於《印刻文學生活》2008年6月號）。

主要人物是名叫黃茂全的老人和他的孫子小明。小明的父親曾經

---

21 「学校教科書は国定の統一教科書であり、文科系のものは、その内容のすべてが、中国大陸と中国文化、そして国民党（「国父」孫文、「領袖」蒋介石）に結び付けられていた」。見於若林正丈：《台湾──変容し躊躇するアイデンティティ》，（ちくま新書，2001年），頁111。
22 黃春明：《沒有時刻的月台》（臺北：聯合文學，2009年），頁158。

「被拉去當了日本軍伕，從南洋戰場上，撿了一條命回來了。」[22] 那時帶回的唯一紀念品是一隻外國製造的懷錶。這是一篇在小鎮上的一個家庭與有一隻懷錶的故事。

（二）一隻懷錶讓人喚起的戰爭記憶

在這部小說中，小明的父親沒有直接談論戰爭的場景，不過，只有談到父親怎麼入手懷錶的故事。他在南洋戰場參加掃街戰的時候，讓一個說同樣方言的華僑家庭逃走了。作為回報，他得到了十英磅的錢，然後他交換了上司有的懷錶。懷錶的主人是一位在新加坡與日軍作戰的年輕英國士兵，懷錶上刻著「辛普森」的名字。

老人把懷錶當作寶貝似的，開始隨身攜帶。他的孫子小明也對鐘錶指針的運動著迷，乞求聽聽，但爺爺不會那麼輕易借給他。這個故事也可以解讀為一個幽默的家庭故事。爺爺告訴小明，如果孫子幫他「掏耳朵」，就會可以玩。就這樣兩人圍繞著懷表進行遊戲。

在當時（大概是一九七〇年代左右）的台灣小鎮裡，外國懷錶的稀有性引起了人們的注意，人們紛紛前來一睹為快。從這個部分來看，懷錶蘊含的戰爭記憶已被新台灣社會的價值觀所取代，正在被遺忘。然而，為了不停止時鐘，老人每天早晚都會到火車站，面對塔上的時鐘對時間，這彷彿是保存戰爭記憶的行為。另外，在老人每天經過的火車站，每當火車要出站時，都會有一個像流浪漢的男人站在柵欄一邊，高舉雙手，用日語大喊「萬歲！」。

在同一個地方，老人在現在的台灣又在過去的台灣──日治時代。故事中兩個人物的對比令人印象深刻，風景則彷彿是小鎮的特色，留在人們的記憶中。

然而，隨著時間的流逝，老人的懷錶最終停了下來，他也不再去車站調時間。不知不覺中，那個喊著「萬歲」的人就會被帶走了，再也不會出現。「他們的影子一消失，給這小鎮的火車站，留下了淡淡的，說不上來的惆悵」，[23] 這可以說故事描述當地人對戰爭記憶的喪失。

（三）從戰爭的傷痕到烏托邦

　　老人的懷錶最終會被自動化時代淘汰了，即使壞了也找不到零件，終於停止。老人腰都彎了，幾乎不再出門了，但他總是會拿出懷錶看看。然而，每當他拿出停了的鐘錶時，就會想起它擁有的悲慘命運，傷感越來越沉重地壓在他的心上了。老人一心想把懷錶還給主人，結果在夢中看到一個外國士兵盯著這隻懷錶。老人拿起懷錶時臉上的幸福表情消失了，心中滋生的愧疚感卻始終沒有消失。

　　老人在罪惡感的折磨下，跌倒在後院裡，撞到石頭死了。葬禮上，曾同樣細心對待祖父懷錶的孫子小明再次啟動懷錶，將其放入棺材中為他送行。這樣也可以解讀孫子一代將戰爭記憶封存為過去的描述。

　　老人到達來世，在那裡他遇到了辛普森先生。他是一名在新加坡陣亡的年輕英國士兵的祖父。這隻懷錶竟是辛普森老先生送給離開英國利物浦軍港的孫子的紀念禮物。在來世，兩人無法說對方的語言，但可以互相溝通。

　　「這位是黃先生，把我送你的懷錶送回來了。經過這麼一趟的

---

23 黃春明：《沒有時刻的月台》，頁167。

轉折又回來，這更有紀念性。」說著就把錶交給年輕人。這位
年輕的軍人，接過懷錶之後，很快地立正，向老先生行一個軍
禮。老先生的腰不痛了，他也挺起他的腰，回了一個不曾做過
的軍禮。大家都笑起來了。他感慨地說：「不要說這裡，說我
們凡間，所有敵對的人，只要換個時間和地點，都有可能變成
好朋友。」[24]

作為戰利品帶回來的懷錶，將一名台籍日本軍伕及其家人與南洋
戰場上奮戰的英國人聯繫起來。描繪了一個連接現實與來世的世界，
也完成了一個克服戰爭帶來的荒謬、憤怒與悲傷的烏托邦世界。

四、結論

黃春明〈甘庚伯的黃昏〉的戰爭記憶書寫中，看得到「受難」的
阿興還是飽受過去的日軍傷痕，以及甘庚伯仍然跟阿興一起卡在從日
治時期延續的現在。甘庚伯所談到的與日治時期有關的懷舊記憶，並
不是在國民黨政府教育下的阿輝所繼承的。還看得到，不是只有日本
殖民時期的歷史記憶，甚至父子相傳的故鄉記憶也已經被切斷了。

另外，在〈有一隻懷錶〉中，一隻包含著戰爭記憶的懷錶和一個
讓人想起二戰以及台籍日本兵的人物形象創造了一座小鎮的風景，並
描述如何隨著時代的變遷而消失。而老人過世後小明將懷錶放入棺材
裡的行為表示，將戰爭的記憶封存而當作過去的歷史。在故事的結尾
中，老人在來世遇見了辛普森先生和他的軍人孫子，他創造了一個超

24　黃春明：《沒有時刻的月台》，頁171。

越國家和語言的烏托邦世界，呈現出一種「和解」的形式。還可以說這個結尾代表黃春明晚年祈求下一代平安的心境吧。

　　筆者認為黃春明作品中所反映的台灣社會和他所談論的記憶，都是台灣歷史記憶的一部分。正如山口守說；「黃春明的生活經驗與台灣近代史有許多重疊」。[25]黃春明透過兩篇小說裡面的戰爭書寫，試圖把對戰後國民黨政府下的經歷比較熟悉的自己連接到日治時期的記憶，也試圖展現兩者之間的媒介──「小人物」。也就是說，「小人物」是飽受戰爭傷痕而且戰後也還在苦惱的台灣人民的形象，可能讓人喚起對日治時期太平洋戰爭的記憶。總之，這兩篇小說的意義是，為了治癒將〈甘庚伯的黃昏〉中書寫的戰爭創傷，將〈有一隻懷錶〉的結尾昇華為「和解」與和平的願望。

──選自《日本中国当代文学研究会会報》第35号，2021年12月

原文為〈黄春明が描く戦争の記憶

──「甘庚伯的黄昏」から「有一隻懷錶」へ──〉

論文發表時為慶應義塾大学文学部非常勤講師

（西端彩中譯，梁竣瓘修訂）

25　山口守：〈名もなき庶民への 歌、郷土愛、民間への拘り、社会批判──深い人間愛〉，《週刊読書人》，第3398号（2021年7月16日発行）。本文所引日文文獻，由筆者中譯。

率眞之詩，動人之景

向 陽

　　小說家黃春明最近推出第一本詩集《零零落落》，收入他歷年發表的詩作成書，受到詩壇與閱讀市場相當大的矚目。小說家寫的詩和詩人寫的有何不同？有何特色？乃至於書名為何取名為「零零落落」？都成為大家討論的焦點。

　　關於書名「零零落落」，黃春明在本書〈自序〉中開門見山就說：「本詩集訂名『零零落落』，其實是怕人指指點點挨批，只好先不打自招。」他說到年輕時寫的詩被詩友認為「太白」，後來讀到林良的童詩，詩心復活，重拾信心，方才開始寫詩投稿；他也說，別的詩人的詩集都有主題、中心思想，而他的這本詩集收入的詩則「有如天上的星星，有亮的，有淡淡的，有近有遠，各自獨立。所以看起來就是零零落落。」

　　這當然是自謙之詞，這本詩集收入的詩，發表時間從1991到2011共二十一年，得七十四首，一年約發表三到四首，並不為多，說明了黃春明的詩作發表量看似「零零落落」，創作態度則相當謹慎，必有所感，方有所作。他在〈自序〉中提到寫作〈因為我是小孩〉一詩，靈感來自剛學會走路的么兒在月夜下的童心童語：「月亮是我的朋友」、「我給她星星」、「我給她白雲」，就可知道他的詩是有主

題、有中心思想的。

　　這個主題和中心思想，在本詩集中一以貫之的，就是「童心看世界」。黃春明筆下的詩，多半以童心出發，通過孩童的眼睛觀看外在的世界，〈因為我是小孩〉之外，〈仰望著〉寫仰望星空的孩子對著夜空說：「媽媽──您到底是哪一顆？」〈有一個小孩〉寫村野中的小孩光著屁股唱歌：「歌繞著小孩／小孩繞著歌／他們纏在一起玩／聽著聽著／這個世界好像只剩下／那個小孩在那裡唱歌；通過孩童的眼睛看到的〈黑夜〉是「一隻黑貓」，傍晚被拋出屋外，「把這一天的日曆渲染成黑頁」，晨風來時，黑夜又濃縮，「縮成一隻黑貓／趴在門口睡著了」──滿溢童心，充滿童趣，語言率真，毫不造作，正是黃春明詩作的特色之一。

　　其次，作為小說家，黃春明的詩作也展現了不同於詩人的敘事手法，他擅長以場景和場景的置換進行敘事，營造情境。以收在詩集中的名作〈龜山島〉為例：

　　　　每當蘭陽的孩子搭火車出外
　　　　當他從車窗望著你時
　　　　總是分不清空氣中的哀愁
　　　　到底是你的，或是
　　　　他的
　　　　龜山島
　　　　蘭陽的孩子在外鄉的日子
　　　　多夢是他失眠的原因
　　　　他夢見濁水溪
　　　　他夢見颱風波蜜拉、貝絲

他夢見你——龜山島

外鄉的醫生教他數羊
一隻羊、兩隻羊、三隻羊
四隻濁水溪
五隻颱風
六隻龜山島

龜山島
每當蘭陽的孩子搭火車回來
當他從車窗望見你時
總是分不清空氣中的喜悅
到底是你的,或是
他的

　　詩分四段,每段一個場景,四個場景置換下來,宛然一部微電影。第一段呈現蘭陽的孩子離家北上,坐在火車上,臉上帶著哀愁,看著車窗外的龜山島的畫面;第二段,場景置換為外鄉工作的蘭陽孩子思鄉的夢境;第三段,寫夢醒後失眠的蘭陽孩子數羊的畫面;最後一段則寫蘭陽的孩子返鄉,望見龜山島的雀躍心境——這首詩之所以動人,不是因為意象,而是以敘事手法召喚讀者的想像與共鳴。他如〈菅芒花〉、〈茄子〉、〈我是風〉、〈紅燈下〉等,也都是以敘事手法表現動人之景的佳篇。
　　黃春明的詩,是率真之詩,多用日常口語寫出,以童心展開詩的想像世界,純樸而又充滿童趣;黃春明的詩,也以小說敘事筆法見

長，透過場景、情節（有時是對話）和鏡像的置換，呈現動人之景，可以觸發讀者共鳴。這是一本看似「零零落落」，實則詩篇相互貫串，富含深刻情境的詩集。

──選自《聯合副刊》2022年7月23日

文章發表時為國立臺北教育大學名譽教授，
現為財團法人國家文化藝術基金會第十屆董事長

輯三

研究資料
目錄————

2013-2023

| 專書及學位論文 |

【專書】

01　李瑞騰、梁竣瓘編選《臺灣現當代作家研究資料彙編42：黃春明》，臺南：臺灣文學館，2013年12月

　　國立臺灣文學館自2010年啟動「臺灣現當代作家研究資料彙編計畫」，至2019年已選編120位臺灣現當代重要作家。每本書皆包含作家生平重要照片、手稿、作品目錄、年表、研究綜述，並刊載重要評論文章及評論資料目錄，為一套既能呈現目前的研究成果，又能全面透視作家作品的重要工具書。而研究成果豐碩的黃春明即在首批（50位）出版的行列之中，由時任國立臺灣文學館館長李瑞騰及開南大學梁竣瓘助理教授擔任主編，協同編輯團隊將學界成果彙整，呈現黃春明研究迄今的完整風貌，以及未來諸多展望的可能。全書共分五輯：1.圖片集；2.生平及作品；3.研究綜述；4.重要評論文章選刊；5.研究評論資料目錄。

02　李瑞騰主編《聽說讀寫黃春明：黃春明及其文學國際學術研討會論文集》，宜蘭，宜蘭縣政府文化局，2016年12月

　　2015年，適逢黃春明80歲，為表達對於黃春明及其文學價值的重視，由文化部指導，宜蘭縣政府文化局、黃大魚文化藝術基金會與國立宜蘭大學於10月16日至17日假國立宜蘭大學、宜蘭縣政府文化局聯合舉辦「黃春明及其文學國際學術研討會」。會中由黃春明以「聽、說、讀、寫」為題進行專題演講之外，並舉辦2場次的論壇及12場次的專題研討，由來自台灣、日本、美國、馬來西亞、香港及中國等學

者發表32篇的研究論文。會後，由大會召集人李瑞騰召集工作小組，進行論文審查及修改，最終確定收入論文集的共計22篇，並且整理出黃春明的主題演講及二場論壇之實錄，以「聽說讀寫黃春明」為書名，提供各界參考。論文集中共分5個專輯：1.特稿；2.不老童心；3.暗夜曙光；4.跨文化對話；5.論壇實錄等五個專輯，另包括16頁的彩色活動翦影。

03　尤麗雯編《黃春明的文學與藝術：第九屆近現代中國語文國際學術研討會論文集》，臺北，萬卷樓出版社 2022年6月

自2008年起，國立屏東大學中國語文系以近現代為領域，持續舉辦「近現代中國語文國際學術研討會」，2021年11月26日，秉持前瞻臺灣現代文學研究的高度期待，特以「黃春明的文學與藝術」為主題，舉辦「第九屆近現代中國語文國際學術研討會」。會中除了舉辦1場專題演講、1場座談會，亦邀請臺灣及馬來西亞不同世代的優秀學者發表9論文。會後將專題演講修改整理成文，並集結8篇論文出版。另於文末收錄由黃大魚文化藝術基金會整理提供之黃春明年表。

04　徐秀慧《黃春明小說研究》，臺北，人間出版社，2022年7月

本書藉由德國文論家班雅明（Walter Benjamin）的理論發想，關注當科技文明所形成的傳播方式的改變，使得「經驗」變得無法傳遞，「歷史」從而失去意義時，現代小說是如何在破碎的人生中尋求意義。並以此突顯黃春明所追憶的鄉土，是如何展現在故事體

的小說中，以及鄉土文學的「現代性」如何體現在黃春明作品中等等問題。全書共兩輯：1.黃春明小說研究；2.黃春明作品評論。正文後附錄：〈黃春明小說初刊年表（1956-1999）〉、〈黃春明訪談（1997.4.18）〉。

【學位論文】

01　吳詠宜，黃春明的鄉土書寫及其鄉土意識之形成，中山大學中國文學系，碩士論文，蔡振念教授指導，2013年，126頁

本論文以其小說為研究範圍，分析作品中的鄉土書寫，並探究其形成之因。全文共5章：1.緒論；2.黃春明的生命印記及其對鄉土的關懷；3.黃春明小說裡的鄉土及其鄉土意識；4.黃春明小說中鄉土意識之形成；5.結論。

02　李玲慧，黃春明散文研究，臺北市立教育大學中國語文學系，碩士論文，江惜美教授指導，2013年，239頁

本論文以「黃春明散文研究」作為研究主題。首先從黃春明的人生歷程探討，了解作家與宜蘭之情感，以及親人對他人生之影響，接著分析其散文主題類型，最後剖析其散文的特色與價值。全文共5章：1.緒論；2.黃春明的生平及其創作；3.黃春明散文主題研究；4.黃春明散文形式研究；5.結論。正文後附錄〈黃春明年表〉、〈黃春明散文作品表〉（依時間先後順序排序）。

03　周冠欣，黃春明小說《放生》中的老人書寫研究，雲林科技大學漢學應用研究所，碩士論文，吳進安教授指導，2014年，95頁

本論文以《放生》文本中所呈現的老人處境與心境著手，從黃

春明關注老人議題的出發點，來回溯傳統孝道的根源，帶出子孫們的盡孝之道，進而剖析現代社會孝的問題，以回應黃春明欲藉由小說挽救已被扭曲的價值觀及文化秩序，由老人書寫的表述中得到一些新的思維與視角。全文共5章：1.緒論；2.黃春明之生平及《放生》的創作背景；3.《放生》中老人的內憂與外患；4.《放生》中的孝道問題；5.結論。

04　李純雅，黃春明的呼喚──203聊書樂，臺東大學兒童文學研究所，碩士論文，林文寶教授指導，2014年，161頁

本研究旨在探討黃春明兒童文學作品應用在閱讀教學上的情形，採用行動研究方法，針對國小二年級單一班級的學生設計課程，實施文學圈閱讀教學，選擇觀察法、問卷調查、訪談、學生作品和教師的省思札記等研究工具進行資料蒐集與整理分析。全文共5章：1.緒論；2.研究方法與設計；3.教學設計與實施；4.教學設計與實施；5.結論與建議。

05　蔡佳佳，流動與跨界書寫：黃春明生命歷程及其創作研究，新竹教育大學中國語文學系語文教學碩士班，碩士論文，陳惠齡教授指導，2014年，184頁

本論文旨在探討黃春明的文學創作、跨界藝文活動與其生命歷程的交會、流動關係，將其文學創作置於生命歷程中理解，並找出跨界在黃春明創作中的位置與意義。全文共5章：1.緒論；2.黃春明的生命歷程；3.黃春明文學創作的流動現；4.跨界創作的展演；5.結論。正文後附錄〈黃春明的生命經歷與文學年表〉、〈黃大魚兒童劇團演出劇碼整理〉、〈當面訪談重點整理〉、〈黃春明散文創作目錄〉。

06　周俊吉，黃春明小說中女性形象研究，東吳大學中國文學系，碩士論文，謝靜國教授指導，2015年，76頁

本論文以「女性形象」為研究主題，挖掘出小說中所呈現出該時代女性的形象，並以小說中為數最多的妓女、妻子和母親為研究主軸，佐以女性主義和教育心理學等相關理論進行論述。全文共5章：1.緒論；2.淪落人的雨夜悲歌——黃春明小說中妓女形象分析；3.屋簷下的無聲光輝——黃春明小說中母親形象分析；4.閨閣裡的溫柔後盾——黃春明小說中妻子形象分析；5.結論。

07　羅玉瑩，1970年代黃春明小說中兒童的家國寓言，中興大學台灣文學與跨國文化研究所，碩士論文，高嘉勵教授指導，2015年，71頁

本論文嘗試從詹明信（Fredric Jameson）的第三世界文學「家國寓言」（national allegory）概念出發，探討黃春明如何透過兒童展現國族隱喻和殖民批判。全文共4章：1.緒論；2.日本殖民下兒童的家國寓言；3.美國陰影下兒童的家國寓言；4.結論。

08　游信達，黃春明小說作品中的生命書寫探索，佛光大學未來與樂活產業學系，碩士論文，張美櫻教授指導，2016年，125頁

本論文以文本分析法及文獻分析法為研究方法，來研究黃春明之生命歷程如何反映於其小說作品的創作當中。全文共5章：1.緒論；2.時代背景與思潮；3.黃春明其人與其文學觀；4.黃春明小說的人物形塑；5.結論。

09　莊雅雯，六、七〇年代臺灣鄉土小說語碼轉換之研究——以黃春

明、王禎和小說為範圍，高雄師範大學國文學系，博士論文，許長謨教授、王松木教授指導，2016年，246頁

本論文主要基於語言的角度，從語法、語意、語用三面向，以六、七〇年代黃春明、王禎和二人鄉土小說為研究文本，探討語碼轉換在小說中的使用，了解語言形式與小說文本的內涵關係。全文共7章：1.緒論；2.鄉土小說中語言文體之混生與融合；3.鄉土小說中語碼轉換的詞語結構分析；4.鄉土小說中語碼轉換的語意內容分析；5.鄉土小說中語碼轉換的語用功能分；6.小說中語碼轉換之範例解析；7.結論。正文後附錄〈六、七〇年代黃春明、王禎和具語碼轉換現象之作品〉、〈黃春明具語碼轉換現象之作品〉、〈王禎和具語碼轉換現象之作品〉、〈六、七〇年代鄉土文學相關學位論文〉。

10　李時愿，黃春明小說在韓國的翻譯、展演及影響──以〈莎喲娜啦‧再見〉與〈兩個油漆匠〉 為中心的探討，政治大學中國文學系，碩士論文，高桂惠教授指導，2016年，162頁

本論文以黃春明《莎喲娜啦‧再見》與《兩個油漆匠》作為照鑑韓國社會的研究文本，論述解放後就不顧一切追產業化的韓國社會在精神、物質文化上遇到什麼樣問題，並說明黃春明兩篇小說在韓國之接受與發展情況。全文共5章：1.緒論；2.韓台文學之比較探析；3.黃春明與小說翻譯本探析；4.黃春明小說《兩個油漆匠》的話劇與電影之編；5.結論。

11　宋惠萍，從庶民發聲到社會關懷：黃春明小說中的人物形象，中興大學中國文學系，碩士論文，林淑貞教授指導，2016年，177頁

本論文以黃春明的《莎喲娜啦‧再見》、《青番公的故事》、

《放生》、《兒子的大玩偶》、《看海的日子》、《大便老師》、《沒有時刻的月臺》七本小說為主，採用文本分析法。全文共5章：1.緒論；2.男性人物形象：反映庶民的生活；3.婦幼人物形象：反映刻苦耐勞、以夫為主之傳統婦女與貧苦弱小的孩童；4.黃春明小說人物形象書寫特色與生命關懷的開發；5.結論。正文後附錄〈黃春明研究學位論文一覽表〉、〈黃春明生平與著作一覽表〉。

12　王柔雅，黃春明祖孫書寫中的家庭樣貌與倫理思考，清華大學臺灣研究教師在職進修碩士學位班，碩士論文，陳芷凡教授指導，2016年，119頁

本論文分析黃春明小說中祖孫人物形象、情感互動關係，以及所呈現的家庭樣貌與倫理價值思考，給予黃春明及其作品更豐富的詮釋與定位。全文共5章：1.緒論；2.黃春明的祖孫書寫與背景探究；3.祖孫書寫中的人物互動與形象；4.祖孫書寫所寄寓的思想內涵；5.結論。

13　邱怡瑾，黃春明小說中父子關係書寫研究，臺灣師範大學國文學系，碩士論文，許俊雅教授指導，2017年，122頁

本論文以黃春明小說中父子關係書寫為研究主軸，引導讀者反思各自原生家庭之父子關係互動，並思索未來如何因應高齡化社會之到來。全文共5章：1.緒論；2.父親人物形象分析；3.父與子的角色扮演；4.父與子互動關係之分析5.結論。

14　周銘芳，黃春明及其兒童劇研究，淡江大學中國文學系碩士在職專班，碩士論文，張雙英教授指導，2017年，196頁

本論文以黃春明及其四齣兒童劇劇本：《稻草人和小麻雀》、《愛吃糖的皇帝》、《小李子不是大騙子》、《小駝背》作為論述範圍，探討其作品之特色及文學性。全文共6章：1.緒論；2.多采多姿的人生閱歷；3.黃春明及其劇本創作之特色；4.劇本文學性分析；5.劇本演出與劇場藝術迴響6.結論。

15 張綺仁，黃春明兒童劇文本分析研究，臺灣藝術大學戲劇學系，碩士論文，石光生教授指導，2018年，83頁

本論文的研究範圍即是從黃春明老師對兒童戲劇教育的理念出發，討論其編寫的兒童劇中，曾由宜蘭縣立復興國中少年劇團所演出的《稻草人與小麻雀》（2000、2003）、《小李子不是大騙子》（2001）、《我不要當國王了》（2002、2007）、《愛吃糖的皇帝》（2004）、《小駝背》（2006）五部劇作文本。並以亞里斯多德《詩學》的六大要素理論為基礎，運用其中的情節（plot）、性格（character）、思想（thought）要素進行文本分析。全文共8章：1.緒論；2.黃春明的兒童戲劇教育；3.《稻草人與小麻雀》兒童劇文本分析；4.《小李子不是大騙子》兒童劇文本分析；5.《我不要當國王了》兒童劇文本分析；6.《愛吃糖的皇帝》兒童劇文本分析；7.《小駝背》兒童劇文本分析；8.結論。

16 張水錦，黃春明小說中的男性角色探討，淡江大學中國文學系碩士在職專班，碩士論文，崔成宗教授指導，2018年，138頁

本論文針對黃春明小說中的男性角色加以探討，從黃春明不平凡的經歷，可以瞭解他對鄉土的濃烈情感、對小人物的崇敬之心。他的作品以豐沛的情感、生動的文字，描繪一幅幅淳樸的鄉土畫作。全文

共6章：1.緒論；2.黃春明的生命歷程與文學創作；3.黃春明小說中的年邁長者—祖父及獨居老人角色；4.黃春明小說中的一家之主——父親角色；5.黃春明小說中的香火傳承者——子孫輩角色；6.結論。

17 呂叔芹，黃春明小說鄉土小人物形象書寫之研究，高雄師範大學國文學系，碩士論文，姜龍翔教授指導，2019年，151頁

本論文研究重點是黃春明小說中的鄉土小人物，首先透過黃春明的生平瞭解其創作的背景和歷程，解讀黃春明作品中的創作理念，接下來從文學和社會的觀點探討黃春明的著作，在文學觀點上主要探討黃春明的寫作技巧，從鄉土小人物的內、外在描述技巧、小說中的衝突、人物設定進行分析；就社會觀點而言，是希望藉由歸納黃春明小說鄉土小人物的形象，瞭解當時的時代背景以及社會狀況，進一步省思當前的社會問題，面對弱勢族群，社會應該提供他們什麼幫助，最後，希望藉由本研究將黃春明的創作意識傳遞給社會大眾。全文共6章：1.緒論；2.黃春明生平及其小說創作；3.黃春明小說鄉土小人物描述技巧；4.黃春明小說衝突的分析；5.黃春明小說鄉土小人物形象探討；6.結論。

18 吳伊婷，台灣文學繪本融入華語文課程設計——以黃春明〈兒子的大玩偶〉為例，中原大學應用華語文系，碩士論文，梁竣瓘教授指導，2019年，117頁

本研究採用文本分析法，以台灣文學繪本《兒子的大玩偶》應用ADDIE模式設計並藉由9位中原大學大學部、碩士班學習者實施台灣文學繪本課程。全文共5章：1.緒論；2.文獻探討；3.研究設計與實施；4.研究結果與討論；5.研究結論與建議。正文後附錄〈《兒子的

大玩偶》文學繪本〉、〈台灣文學繪本課程宣傳海報〉、〈前後測驗卷與回饋問卷題目〉、〈教學教案與反思〉、〈學習單與寫作成果〉、〈與研究對象合影〉。

19　陳子巧，臺法文學中的妓女形象：以《羊脂球》與《看海的日子》為例，淡江大學法國語文學系碩士班，碩士論文，徐鵬飛教授指導，2020年，61頁

本論文期望人們對於人人避而遠之的妓女行業有更多的了解、讓其被看見，重新喚起臺灣社會正視處於弱勢的女性，故希望以此論文為女性發聲，藉由比較臺灣、法國妓女文學間於社會風氣影響下妓女形象之異同性，也運用書中妓女的角色當作社會顯影劑（révélateur）呈現當代當地的社會狀況。全文共3章：1.《羊脂球》、《看海的日子》中的社會背景與文化脈絡；2.女性的社會定位；3.以《羊脂球》、《看海的日子》比較臺法妓女文本之異同

20　詹益嘉，從盧卡契的現實主義重探黃春明的兒童劇，臺北藝術大學戲劇學系碩（博）士班，碩士論文，何一梵教授指導，2021年，73頁

本論文企圖跳脫鄉土文學的框架，以盧卡契「現實主義」文學的觀點來探討黃春明的兒童劇。盧卡契現實主義的核心概念可以扼要總結為「人是社會的人，而不是孤獨的人」，探討「人與社會的關係」，展現出社會中的整體性與人物的典型性，表現生而為人所面臨到的難題—包括兒童在內。因此當盧卡契的現實主義遇見黃春明的兒童劇時，將會發現「兒童」與此社會的關係以及所面臨到的難題。全文共5章：1.從鄉土到現實主義；2.盧卡契的現實主義；3.兒童的道

德兩難——看《小李子不是大騙子》；4.聽聽兒童的聲音（兒童的純真）：《稻草人和小麻雀》；5.結論。

21　李芸華，試論黃春明的兒童繪本：歷程、主題與互文，清華大學臺灣研究教師在職進修碩士學位班，碩士論文，謝世宗教授指導，2021年，60頁

本論文將透過黃春明生命歷程與童書的關係，由他的生命中重要事件著手，就能深刻描述黃春明文學作品背後的生命意涵；將黃春明近期的五本兒童繪本童書，把故事主人翁角色的刻畫、內容的轉折、心理的歷程、傳達的意義，來分析、影響、詮釋黃春明所要帶給孩子們心中所勾勒的桃花源境地，希望能為未來的孩童留下一個美好的想像。全文共4章：1.緒論；2.黃春明的寫作歷程：映照作品風格；3.黃春明的童話書寫；4.結論。

22　謝芳春，黃春明小說中的商人形象研究，中正大學中國文學系，碩士論文，江寶釵教授指導，2023年，123頁

本論文首先參考西方資本主義的「工具理性」之概念，進行黃春明小說中商人形象類型的析判。次則，指認小說中，精準地再現了臺灣資本社會的操控策略，商人透過「教化權力」」（the Disciplinary Power）的運作，造成勞動群像的「社會潛意識」之「壓抑機制」，展現出語言行事、邏輯思維與精神文化的特色。最後，則以商人依據「進步觀」思維管理個人以及組織導致的衝突，探討商人形象的隱喻。綜上，本論文意圖凸顯黃春明小說書寫臺灣邁向資本主義社會的特殊性，暨其敘事藝術。全文共5章：1.緒論；2.形象類型的析判；3.「教化權力」的運作；4.形象內涵的隱喻；5.結論。正文後附

錄〈黃春明小說中的商人形象類型及「教化權力」種類總表〉

23 蔡碧欣，從小說家蛻變而成的大地詩人──黃春明現代詩研究，清華大學中國語文學系，碩士論文，丁威仁教授指導，2023年，232頁

本論文旨在探討相較於小說的篇幅較長且較為寫實的敘事風格，黃春明是如何轉為象徵隱喻性較高的現代詩？由於這兩者文類的差異性較大，故小說家詩人寫的詩究竟有何特色？以及小說家跨文類書寫的價值與目的為何？藉此總結出黃春明作品跨文類間的互文關係，以及統整出黃春明這位小說家詩人的寫作特色；並從其愛家、愛鄉、愛土地的詩文書寫中，重新認識這位從小說家蛻變而成的大地詩人。全文共5章：1.緒論；2.人物親情詩；3.鄉土自然詩；4.社會議題詩與其他；5.結論。

24 柳至芳，移動・顯像・對話──以黃春明的作品作為高中國文教育改革之實驗過程的反身民族誌，清華大學臺灣研究教師在職進修碩士學位班，碩士論文，李威宜教授指導，2023年，89頁

本論文運用作者高中國文教師的實務經驗，以民族誌的參與觀察為研究方法，採第一人稱、散文方式寫成。將視線和思緒往返於觀看和遙想之間，藉由閱覽黃春明其人及其作品時，思索他的移動故事，以及自己身進出城鄉的進程與反思，從而拉出距離檢視教學過程、推行實驗課程，嘗試將個人的生命經驗變成可被體驗的教學活動，從而體察離開家鄉、抵達彼方不再是前行的唯一意義，反而是前進時與他人產生連結、與群體創造同在變成了定義自己的方式。全文共5章：1.導論；2.移動；3.顯像；4.對話；5.結語。

| 期刊及研討會論文 |

【期刊論文】

1. 林積萍　文學與影像的對話──臺灣新電影之教材編纂　黎明學報 24卷1期　2013年1月　頁37-44

2. 李瑞騰　黃春明小說中的車聲輪影　臺灣文學館通訊　第39期　2013 年6月　頁18-23

3. 劉滌凡　黃春明〈看海的日子〉一文中「永生」神話原型的研究 通識學刊：理念與實務　2卷2期　2013年6月　頁101-118

4. 謝世宗　跨國資本主義與理性化精神：論王禎和與黃春明筆下的 中小企業主原型　東吳中文學報　第26期　2013年11月　頁 265-288

5. 蕭英鴻　黃春明：說故事的人──文學作家的社會實踐　新活水　第 52期　2014年2月　頁20-25

6. 謝鴻文　黃春明童話角色的身體認同與差異　華人文化研究　2卷1 期　2014年8月　頁179-196

7. 洪士惠　烈日炎炎──鍾理和〈蒼蠅〉與黃春明〈打蒼蠅〉的象徵 意涵　國文天地　30卷6期　2014年11月　頁72-75

8. 莊雅雯　七〇年代鄉土小說華臺語語碼轉換之意涵──以黃春明作 品〈鑼〉為觀察對象　臺灣語文研究　10卷2期　2015年9 月　頁75-103

9. 王　志　論黃春明《沒有時刻的月臺》中的「失序」描寫　中正臺 灣文學與文化研究集刊　第15期　2015年9月　頁17-32

10. 黃英哲　翻譯臺灣（一）：黃春明與日本　文訊　第360期　2015年

10月　頁21-25

11. 謝世宗　文學改編、媒介特質與自我解構：〈蘋果的滋味〉的比較敘事學研究　藝術學研究　第17期　2015年12月　頁153-181

12. 蘇碩斌　文學的時空批判：由〈現此時先生〉論黃春明的老人系列小說　臺灣文學研究學報　第22期　2016年4月　頁201-231

13. 楊　森　現代化歷程中的海峽兩岸鄉土文學——以黃春明與閻連科為觀察核心　高雄師大學報：人文與藝術類　第43期　2017年12月　頁31-48

14. 蒲彥光　黃春明2016年短篇小說之研究　通識教育學報　第5期　2017年12月　頁117-135

15. 陳薏如　跨媒介的交融與轉化——論吳念真〈兒子的大玩偶〉劇本改編　藝見學刊　第15期　2018年4月　頁29-41

16. 李有成　在冷戰的陰影下：黃春明與王禎和　臺北大學中文學報　第26期　2019年9月　頁1-24

17. 施又文　從兩篇小說來看文學與社會——吳濁流〈三八淚〉與黃春明〈蘋果的滋味〉　東海大學圖書館館刊　第40期　2019年4月　頁46-61

18. 徐秀惠　慾望的敘事——論黃春明小說　聯合文學　420期　2019年10月1日　頁36-39

19. 莊雅雯　以臺語聚焦鄉土的黃春明——從〈城仔「落車」〉談起　聯合文學　420期　2019年10月1日　頁40-43

20. 劉怡伶　無以名狀的深情——談黃春明和他的詩　聯合文學　420期
　　2019年10月1日　頁44-45

21. 黃儀冠　說故事的人——黃春明小說與新電影的文學改編　聯合文
　　學　420期　2019年10月1日　頁46-49

22. 謝鴻文　在兒童戲劇中溫暖相遇——黃春明與兒童戲劇　聯合文學
　　420期　2019年10月1日　頁50-51

23. 黃啟峰　感官時代的滑稽鬧劇——讀黃春明《跟著寶貝兒走》　聯
　　合文學　420期　2019年10月1日　頁54-57

25. 潘君茂　與神同行：黃春明小說〈銀鬚上的春天〉、〈眾神，聽
　　著！〉中的神祕經驗啟示　有鳳初鳴年刊　第16期　2020年
　　7月　頁45-56

26. 陳碧月　論黃春明《跟著寶貝兒走》的思想藝術特色　國文天地
　　36卷2期　2020年7月　頁130-136

27. 賴錦雀　日本語訳「戦士、乾杯！」の解剖　潘　創刊號　2020年10
　　月　頁93-121

28. 徐秀菁　引導式提問法融入大一國文教學之成效——以黃春明〈溺
　　死一隻老貓〉為例　通識教育與多元文化學報　第9期
　　2020年12月　頁23-44

29. 邱逸華　馱負蘭陽遊子永恆的鄉愁——黃春明詩筆下的龜山島　台
　　客詩刊　第24期　2021年5月　頁18-22

30. 林沛玟　多音交響下的聽覺空間——黃春明小說中的聲音　中正臺
　　灣文學與文化研究集刊　第26期　2021年6月　頁91-107

31. 孫致文　試析黃春明新編戲《杜子春》的文學、表演及佛教內涵
　　佛理與文心：臺灣現當代佛教文學論集　2021年10月　頁
　　153-192

32. 西端彩 黃春明が描く戦争の記憶——「甘庚伯的黃昏」から「有一隻懷錶」へ 日本中国当代文学研究会会報 第35 2021年12月 頁37-48

33. 丁莉芸 這是誰的都市？1970年代黃春明和趙世熙小說中後殖民論述的他者經驗與都市空間形構 中正台灣文學與文化研究 1期 2022年6月 頁2-27

34. 陳正芳 老人書寫的「魔幻現實」——以黃春明和王禎和的小說為例 臺灣文學學報40期 2022年6月 頁1-34

35. 蒲彥光 時移事往，精魂猶在——黃春明小說《跟著寶貝兒走》研究 國立臺灣科技大學人文社會學報 18卷3期 2022年9月 頁233-250

36. 王明翠 談黃春明《秀琴，這個愛笑的女孩》中的女性處境 台北海洋科技大學學 13卷2期 2022年9月 頁169-189

37. 譚祖兒 性別／性欲／人性：黃春明《跟著寶貝兒走》析論 華人文化研究10卷2期 2022年12月 頁115-126

【研討會論文】

2015年宜蘭大學「黃春明及其文學國際學術研討會」論文

1. 西田勝 黃春明的眼光——社會弱勢、幽默、文明批判

2. 黃英哲 文學與翻譯：黃春明在日本

3. 朱雙一 精神世界的呈示和心理病症的診察——黃春明小說創作的重要視角和特徵

4. 劉 俊 論中國新文學中諷刺小說的三種類型——以魯迅、張天翼和黃春明為例

2019年中央大學「黃春明小說研討會」論文

6. 蘇郁評 從布爾迪厄談黃春明小說中的語言與權力關係——以〈莎喲娜啦・再見〉為範疇

7. 蔡賢儒 統治者的位移：論黃春明小說中的階級意識

8. 陳沛瀅 從黃春明「兩個油漆匠」——論城鄉移動

9. 吳宛蓉 黃春明小說圖像化 論《兒子的大玩偶》、《銀鬚上的春天》繪本敘事

10. 盧金枝 談黃春明〈蘋果的滋味〉小說與電影中的人物形象塑造

11. 陳思齊 黃春明〈看海的日子〉文學與電影改編之研究

12. 吳家羽 黃春明〈看海的日子〉敘事研究

13. 張登博 黃春明小說中的外國人形象

14. 周雨靜 從阿德勒心理學看合灣教育——以黃春明小說〈小巴哈〉、〈清道夫的孩子〉為研究範圍

15. 許家瑞 議題教有融入國文教學之思考：以高中國文黃春明現行選文為例

2020年中央大學黃春明週「黃春明文學研討會」論文

1. 譚祖兒 性別／性欲／人性：黃春明《跟著寶貝兒走》析論

2. 林佳樺 同樣都是寶貝兒——黃春明《跟著寶貝兒走》與《肉蒲團》的比較分析

3. 王明翠 黃春明《秀琴，這個愛笑的女孩》中的女性意識

4. 陳羽姍 從黃春明小說中的老人看台灣社會的變遷——以〈最後一隻鳳鳥〉中的阿義為例

5. 盧慧寧 黃春明《莎約娜啦・再見》的「再見」主題

6. 曾淑梅 論黃春明〈看海的日子〉浪漫主義精神之展現

2021年國立屏東大學「第九屆近現代中國語文國際學術研討會——黃春明的文學與藝術」論文

1. 林素卉　六、七〇年代黃春明小說中人物語言使用與語碼轉換所表現的台灣社會

2. 傅含章　論黃春明《毛毛有話》中兒童視角的作用

3. 郭澤寬　追憶逝去的過往——《等待一朵花的名宇》裡的感覺結構

4. 洪瓊芳　「禁語」下的翻騰：蘭陽戲劇團《杜子春》的入世思維

5. 林秀蓉　近取諸身：探黃春明小說中的身體密碼

6. 廖淑芳　哭笑不得——黃春明近期小說《跟著寶貝兒走》、《秀琴，那個愛笑的女孩》中的情色書寫與社會批判

7. 陳正芳　老人書寫的魔幻現實——以黃春明和王禎和的小說為例

8. 董淑玲　死亡與完成——黃春明小說的老人群像

9. 楊宜佩　梅花香自苦寒來：談黃春明《看海的日子》女性形象的轉渡與自我意識的覺醒

2023年清華大學黃春明週「黃春明及其作品研究研討會」論文

1. 李欣倫　毛毛說與百家鳴：從《毛毛有話》對讀黃春明散文中的兒童養育觀

2. 陳若怡　從電視紀錄片《芬芳寶島》試探黃春明的現實影像實踐路徑

3. 林皓淳　編輯者黃春明——《九彎十八拐》的發行實踐

4. 陳正芳　閱讀馬奎斯之接受研究：以黃春明和王禎和為例

5. 李時雍　跟著戰士走：黃春明的魯凱書寫

6. 沈欣蘋　詩太「白」？：黃春明現代詩評述——以詩集《零零落落》為例

一般評論及訪談

1. 蔡佩玲 黃春明的兒童文學劇場《稻草人與小麻雀》 臺灣文學館 通訊 第39期 2013年6月 頁80-81

2. 蕭仁豪 傳誦文學之美：黃春明──〈為台灣文學朗讀〉系列之三 新活水 2013年6月 頁8-11

3. 李瑞騰 和春明嫂通了個電話 人間福報 2014年11月12日 第15版

4. 彭蕙仙 我要專心寫小說 台灣光華雜誌 2015年6月15日

5. 彭蕙仙 病好就要專心寫小說 人間福報 2015年6月24日 第15版

6. 李瑞騰 黃春明精神 九彎十八拐 第64期 2015年11月 頁24-26

7. 李瑞騰 黃春明文學館的想像與期待 聯合副刊 2016年1月9日 D3版

8. 李瑞騰 黃春明文學館的想像與期待 九彎十八拐 第66期 2016年3月1日 頁22-23

9. 鴻鴻 吃鬼的人──贈春明爺爺 自由時報 2016年2月17日 D11版

10. 向 陽 聲援黃春明活動的深層意涵 九彎十八拐 第66期 2016年3月1日 頁11-12

11. 尤子彥 藝文活動不是賣牛肉麵 九彎十八拐 第66期 2016年3月1日 頁12-13

12. 吳明益 文化需要耕作 九彎十八拐 第66期 2016年3月1日 頁14-16

13. 邱英美 從黃春明到鄭愁予 九彎十八拐 第66期 2016年3月1日 頁16-17

14. 李　商　我們已看到文化的一道曙光　九彎十八拐　第66期　2016年3月1日　頁19

15. 陳芳明　黃春明的內心世界　九彎十八拐　第69期　2016年9月1日　頁26

16. 江秉憲　黃春明：我能給你們的建議，就是寫　INK印刻文學生活誌　第157期　2016年9月　頁42-44

17. 藍祖蔚、楊媛婷　面朝大海的未竟之業──專訪黃春明　自由時報　2018年1月7日　A12版

18. 李　賴　春光在明媚──記2018春光再明媚：黃春明特展　九彎十八拐　第78期　2018年3月1日　20-25

19. 徐惠隆　春光再明媚──黃春明特展文創天地　文訊389期　2018年3月1日　166-168

20. 陳琡分　黃春明X阮義忠：兩個宜蘭人，在鄉與返鄉　新活水　第四期　2018年3月　頁8-15

21. 藍祖蔚　陳士惠×黃春明──不一樣的菅芒花　自由時報　2018年3月25日　A13版

22. 沈　眠　這是生命的火花：黃春明的文學漫畫　OPEN BOOK閱讀誌　2018年6月29日

23. 劉姵芬　不只寫書更會畫漫畫！來看黃春明的創作心路歷程　自由時報　2018年8月10日　名人悄悄話

24. 林妏霜　時序在遠方，意義綻放在身旁──記陳芳明老師去黃春明老師家吃飯　聯合文學　420期　2019年10月1日　頁24-29

25. 鍾宜芬　書桌旁的日常——專訪師母林美音　聯合文學　420期　2019年10月1日　頁30-31

26. 鍾宜芬　從三明治人到漢堡薯條——專訪黃國珍　聯合文學　420期　2019年10月1日　頁32-33

27. 李欣倫　順著這條血路　聯合文學　420期　2019年10月1日　頁58

28. 謝鑫佑　權力的奇幻冒險　聯合文學　420期　2019年10月1日　頁59

29. 李時雍　小刀與男人　聯合文學　420期　2019年10月1日　頁60

30. 邱常婷　小鮮肉之奇幻漂流　聯合文學　420期　2019年10月1日　頁61

31. 林姵霜　時間老了，小說家還沒老——黃春明　聯合文學　420期　2019年10月1日　頁74-79

32. 許文貞　老頑童不停筆——黃春明用ipad寫情色　中國時報　2019年10月4日　C4版

33. 許文貞　黃春明：靈感不是打蚊子，一拍就有　中國時報　2019年10月4日　C4版

34. 何致和　我的文字只是一座橋梁——黃春明談《跟著寶貝兒走》自由副刊　2019年10月14日　D7版

35. 林美音　老爺車了，要慢慢跑，快快寫　醫病平台　2019年11月18日

36. 阮慶岳　為什麼要回來寫小說？——評黃春明《跟著寶貝兒走》文訊　第411期　2020年1月　頁127-129

37. 尉天驄　寂寞的打鑼人——黃春明的鄉土歷程　九彎十八拐　第90期　2020年3月1日　頁7-11

38. 藍祖蔚　文豪老不修——黃春明高奏寶貝詼諧曲　自由時報　2020年5月10日　A13版

39. 藍祖蔚　文豪老不修——黃春明高奏寶貝詼諧曲　九彎十八拐　第92期　2020年7月1日　頁26-27

40. 蔣亞妮 愈沒人看文學的時候，我愈要寫──專訪黃春明 文訊 第420期 2020年10月 頁91-95+97-98

41. 歐銀釧 每一隻螞蟻都有名字 聯合副刊 2022年1月15日 D3版

42. 歐銀釧 時光重逢：等待黃春明種植的米 人間福報 2022年1月21日

43. 袁世珮 孩提純真的不老心法，專訪童心未泯的文藝魔術師黃春明：「願戲劇如詩，讓想像力飛翔」 ELLE 2022年8月17日 娛樂版

44. 李瑞騰 自然與人文雙美：李瑞騰讀黃春明詩集《零零落落》 閱讀誌OPWN BOOK 2022年6月8日

45. 錢欽青、袁世珮 人生如精彩的彈珠台──日日好日的88歲作家黃春明 聯合副刊 2022年6月27日 C3版

46. 錢欽青、袁世珮 因家人和貴人成就的黃春明 聯合副刊 2022年6月27日 C4版

47. 向 陽 率真之詩，動人之景 聯合副刊 2022年7月23日 D3版

48. 陳昱文 羅智成vs.黃春明〈詩與小說的二重奏〉（上） 聯合副刊 2022年9月26日 D3版

49. 陳昱文 發表羅智成vs.黃春明〈詩與小說的二重奏〉（下） 聯合副刊 2022年9月27 D3版

50. 楊惠君 不要在自己的地方，遺失了自己的東西──黃春明的鄉土文學裡，只有生活沒有理論 報導者The Reporter 2022年12月19日

51. 田運良 黃春明寫詩《零零落落》 國語日報 2023年1月8日

52. 沈珮君 日日是好日──黃春明被退學四次的九彎十八拐（上） 聯合副刊 2023年3月19日 D3版

53. 沈珮君 日日是好日——黃春明被退學四次的九彎十八拐（中）
聯合副刊 2023年3月20日 D3版

54. 沈珮君 日日是好日——黃春明被退學四次的九彎十八拐（下）
聯合副刊 2023年3月21日 D3版

55. 沈珮君 我聞我問／記憶像一條繩索——黃春明訪談錄 聯合副刊
數位版 2023年3月21日

56. 李禎祥 尋找「王賢春」：黃春明恩師的生死之謎 上報Up Media
2023年4月13日

57. 廖淑儀 慢慢撕，聽故事 人間福報 2023年4月23日 B2版

58. 黃議震 《學生創作》創刊號裡的黃春明 人間福報 2023年6月15
日

59. 西端彩 「黃春明週」參加記 九彎十八拐 第111期 2023年9月1
日 頁26-27

| 編後記 |

梁 竣 瓘

　　如果說人與人的結緣，早在相遇前便有跡可循，那麼我在十多歲時閱讀黃春明老師的小說，就已埋下相遇的伏線，很高興那伏線在1998年成了明線。1998年我決定碩士論文以黃春明為研究對象後不久，黃老師獲頒第二屆國家文藝獎文學類獎，次年春天，黃老師到中央大學駐校，當時規畫課程的李瑞騰教授正是我的指導老師，指派我擔任課程助教，於是有了親近作家的機會。那個學期，黃老師同時在淡江大學講授兒童文學課程，我在中大完成助教工作，就跟著黃老師到淡江繼續聽課。跟課不僅讓我能受教於文學大師，更經由訪談收集到不少第一手資料。

　　我的碩士論文除了研究黃春明小說及流傳外，更討論了黃春明作為文化人的身份傳承與創生台灣文化的努力。博士論文其中一部分則討論黃春明在中國大陸的接受。此後，仍陸續發表一些關於黃春明的活動報導與訪談文章。2013年，在李瑞騰老師的推薦下有幸和李老師一起編纂《臺灣現當代作家研究資料彙編42──黃春明》一書，並寫就〈黃春明研究評述〉一文，爬梳黃學的發展脈絡。2022年李老師在接下黃大魚基金會董事長一職

後，除了規畫藝文活動外，更致力推動黃春明研究，這部《每個門窗都是一幅畫──黃春明研究資料續編（2013–2023）》即是其中一項重要的工作項目。很感謝李老師給我繼續彙編黃春明研究資料的機會，並在編輯過程中給予我們很多專業的建議。能在畢業多年後，還能為黃春明研究盡一點棉薄，感謝之中，更誠惶誠恐，努力完成任務。

　　為期一年多的編輯工作，除了感謝李老師的運籌帷幄，更要感謝我的學生也是我的學妹潘殷琪對編務的盡心盡力。殷琪大一時，我就發現她對中國文學的領悟力極高，讀得多，亦善為文。爾後我在系上開的所有文學課程她都高分修畢。大學還沒畢業就推甄上多所研究所，最後她選擇到中央大學中國文學研究所，並成為我的同門師妹。殷琪在研究所繁忙的課業中，仍抽出時間勤跑國家圖書館查找資料，有時候還得代替我參加一些黃春明的活動幫忙記錄、拍照。每次開會她總是鉅細靡遺記錄下討論的內容，也會提供她的意見與想法，經過這一年多的辛勞，她也蛻變

為黃春明專家了。

　　編輯過程中，得到黃師母林美音女士和聯合文學周昭翡總編輯許多協助。黃師母知道我仍持續編輯黃老師的研究資料，總會將老師各地活動的照片發給我，讓我能在第一時間獲得老師的動態消息。一些台灣找不到的外譯書籍，向師母詢問，總是很快回傳翻拍照片，借此感謝黃師母的協助。昭翡姐在聯合文學多年，出版老師的作品集總是親力親為，好幾次在黃家和她一起聽黃老師說故事，享用老師親手烹煮的美味。這次續編，因昭翡姐的鼎力相助得以順利出版，在此感謝聯文的同仁。

　　最最感謝的人當然是黃春明老師。黃老師不只是我尊敬的長者、研究對象，更是我的人生導師。90歲的黃老師仍持續創作，關心台灣的未來。我觀察到在很多有孩子的場合中，他總是主動向他們打招呼，一有機會就鼓勵，為他們講故事。他不僅是文學家，更是身體力行的實踐家，將自己的理念經由自身傳遞給大眾，企盼經由本書能讓更多人進入黃春明的文學世界。

國家圖書館出版品預行編目資料

每個門窗都是一幅畫：黃春明研究資料續編（2013-2023）/
李瑞騰，梁竣瓘編.
—初版. - 臺北市：聯合文學，2024.2
292面；14.8×21公分. -- (當代觀點；034)

ISBN 978-986-323-591-0（平裝）

1.CST: 黃春明 2.CST: 臺灣文學 3.CST: 文學評論

863.4   113000397

034

當代觀典

每個門窗都是一幅畫
黃春明研究資料續編（2013－2023）

策　　　畫／財團法人黃大魚文化藝術基金會
編　　者／李瑞騰　梁竣瓘
發 行 人／張寶琴

總 編 輯／周昭翡
主　　編／蕭仁豪
編　　輯／林劭璜　王譽潤　潘殷琪
封面設計／不倒翁視覺創意
資深美編／戴榮芝
業務部總經理／李文吉
發行助理／林昇儒
財 務 部／趙玉瑩　韋秀英
人事行政組／李懷瑩
版權管理／蕭仁豪

法律顧問／理律法律事務所
　　　　　陳長文律師、蔣大中律師

出 版 者／聯合文學出版社股份有限公司
地　　址／（110）臺北市基隆路一段178號10樓
電　　話／（02）27666759轉5107
傳　　真／（02）27567914
郵撥帳號／17623526 聯合文學出版社股份有限公司
登 記 證／行政院新聞局版臺業字第6109號
網　　址／http://unitas.udngroup.com.tw
　　　　　E-mail:unitas@udngroup.com

印 刷 廠／松霖彩色印刷事業有限公司
總 經 銷／聯合發行股份有限公司
地　　址／（231）新北市新店區寶橋路235巷6弄6號2樓
電　　話／（02）29178022

版權所有・翻版必究
出版日期／2024年2月 初版
定　　價／380元

ISBN 978-986-323-591-0（平裝）　　本書如有缺頁、破損、裝幀錯誤、請寄回調換